# 田野手记

刘锡诚/著

文匯出版社

**图书在版编目（CIP）数据**

田野手记 / 刘锡诚著. —上海：文汇出版社，2020.1
ISBN 978-7-5496-3091-2

Ⅰ. ①田… Ⅱ. ①刘… Ⅲ. ①随笔－作品集－中国－当代 Ⅳ. ①I267.1

中国版本图书馆CIP数据核字(2019)第296812号

---

**田野手记**

著　　者 / 刘锡诚
责任编辑 / 许　峰
装帧设计 / 李树声

出版发行 / 文匯出版社
上海市威海路755号
（邮政编码200041）
印刷装订 / 苏州华美教育印刷有限公司
版　　次 / 2020年1月第1版
印　　次 / 2020年1月第1次印刷
开　　本 / 787×1092　1/16
字　　数 / 150千
印　　张 / 12.5

ISBN 978-7-5496-3091-2
定　　价 / 30.00元

# 序一：田野归来笔生花

冯骥才

人生的耕耘会有两种收获，一种是倾尽全力的、刻意的、精心的，一种是不经意之间信手而为的。后一种如田边地头的花草蔬果，在大面积的耕作收割之后，才发现它的存在、美好，乃至意义。这便是锡诚先生这本新编的《田野手记》。

这里收集的40余篇文章，都是他在全国各地、诸多民族的考察中随手的笔记。时间自20世纪60年代至今，跨越半个世纪。其中，有民族传统节日的采风，有地域传说的探源，有古老习俗的闻见录，也有礼俗的记叙和歌谣的采集。“田野手记”是学者专用的一种独立的文体，是人类学和民俗学者在进行学术性的田野工作时，对某一有价值的过程和难忘情景的记录。所记内容很多都未进入学术成果，但这些特殊的文字里，往往含有珍贵的素材与重要的信息。时间过去愈久，反倒愈有价值。比如，他在《葛沽皇会有遗韵》中记载的那样繁盛、热烈又庄重，今天已是情味寡然、面目全非了。比如当年如果没有笔录下日喀则那些动情的民歌，今天还能再听到吗？这不是一种另类的学术吗？

学者的“田野手记”同作家的游记全然不同，它最重要的价值，是专业学术的眼光和严格的纪实。此中，锡诚观察之周密、捕捉之敏锐、记录之精准，都在他自然流畅的行笔之中，显出一位具有深厚田野功底的文化大家之深厚和老到。锡诚一边具有宏观的理论视野，一边深入田野、步步有痕。故而，几十年里他一直守望和伫立在民间文化学术的高地上。在此书中，亦可深知。

不要把它作为一位大学者的一本小书。它就像作曲家即兴的钢琴短曲或画家信手拈来的咫尺小品，诸多意味，皆在其中。

我与锡诚是40年的朋友，最初相识是在文坛。我写小说，他是小说评论家，便成为朋友。后来我到民间文化界做遗产抢救，诸多理论问题都要求教于他。人间情谊的表达往往不是文字可以胜任的，唯有在这《田野手记》出版之际，写这些话道出由衷的祝贺吧。

2018年清明后

# 序二：自然流露的真实质感

余未人

已经是多年的老习惯了，每当我遇到民间文学、非遗理论方面的问题，就会将“球”从边远的云贵高原朝着身居北京的刘锡诚先生抛去。而他呢，不论在忙些什么，总是马上停下手上的活儿给我答疑解惑，击中问题关键。没想到的是，在锡诚先生迈入83岁高龄之际，他却把一个球抛回给了我，嘱我为他多年积累的“田野手记”作序。我自然得接下，甚至忘了寒暄客套——也许因为在我与先生几十年的交往中都是直来直往，免了前后缀，现在要补为时已晚，恭敬不如从命吧。

拜读了先生40余篇手记，这是从事社会学、人类学、民族学、民俗学、口述历史学等学科的基本功，它在叙事的同时加入了自己的观察和体验，成为一种独特的叙事和创造。手记里多为浓得化不开的“干货”，换到作家手里，也许可以写成若干本书了。从这本手记的字里行间，能够触摸到它的真实质感。

刘锡诚先生在民间文学界的成就和威望早已为业界所共知。他的《二十世纪中国民间文学学术史》皇皇百万言，对百年中国民间文学学术史作了独特的审视，是民间文学界的扛鼎之作。而这本小书却让我惊羡。他年轻时的足迹远踏天涯边陲，亲历了享誉世界的民间文学的原生地。当年不仅是采风、体验、工作，还用年轻的生命与当地民族同呼吸、共生死，有时惊心动魄，令人终生难忘。

1959年，青海省被指定为西藏、青海、甘肃、四川、云南、新疆、内蒙古七个藏族长篇史诗《格萨尔》流传省区的首选地。刘锡诚先生乘坐试通车的第一列火车，走进西宁，进行《格萨尔》的搜集工作。其中有些做法是闻所未闻的：“他们打算利用在监狱里服刑的一些前国民政府的要员，如县长、警察局长等，来做这项繁难而艰巨的工作，因为他们懂藏文，懂英文，能胜任翻译和资料整理的工作。”“文革”中，中国文联及各协会宣布解散时，《格萨尔》又被装进战备箱，运到“三线”湖北的山洞里保存，足见《格萨尔》在当年具有何等非同寻常的地位！然而，愈重要愈是命途多舛，《格萨尔》资料本在“文革”中被焚烧，幸得徐国琼同志奋不顾身从大火中将其抢救出来。史诗抢救中的波诡云谲犹如蜿蜒曲折、瞬息多变的雅鲁藏布江，《格萨尔》的这种“特殊规格”和厄运，不会见诸论著、教科书。如果没有亲历者的这份手记作为见证，就在时光中湮没了，后人缘何得知？这也是像刘锡诚这样的理论工作者所具备的田野基础。这份手记，让《格萨尔》以更加真切的面貌屹立在史诗之林。

在门巴族聚居地，那里一年大雪封山九个月，刘锡诚就趁着“开山”的季节骑马挥鞭赶赴。一位刚从复旦大学中文系毕业，分配到当地工作的干部，常年与两只小熊、小狗相伴，寂寞难耐，见到他们就像见到家人，说着说着，竟像个孩子一样哭了起来。当天安门前第一个有关国庆的电波传来时，人们激情澎湃，每人的眼眶里都充盈着激动的泪水……这都是手记中珍贵的记录，这让读者看到，老一辈民间文学工作者的田野调查就是如此丰富，他们留下的不只是文字资料，还有今日难觅的真情和激情。前辈采风人的高尚灵魂就在一些小事中隐隐闪光。

“田野手记”的另一条主线，是对各种民间仪式的采集书写。塔尔寺大法会、德宏泼水节、六月六青海土族花儿会、石岛海祭、泼雪泉旁端午节、葛沽皇会、东岳庙会……对这些仪式，人人能写，且多为一种模式。与调查报告相比，它突破了学术访谈的框架，不是纯学术的记叙，也没有更多的闪光点、动情点，却是作者实实在在的行动。这种描述需要在仪式中手脑并用，观察被看热闹的人们忽略的各个环节；需要用火眼金睛，捕捉那些稍纵即逝的细节，对仪式的各个步骤做出科学准确的认识、判断和记录。它考验作者的知识和功力，内行还是外行，一读就泾渭分明。这一组仪式采集的手记，也为读者展示了一种仪式观察的角度。

集子里让我百感交集的一篇，是《走马苗寨》。文中回顾了先生与我在1980年的相识，还提及“最近冯骥才在一次朋友聚餐时打趣地说，余未人、冯骥才和刘某人，我们三人起步于文学，如今不约而同又都走在了一起，倾心于民间文化和非遗的保护工作”。是啊，贵州苗族英雄史诗《亚鲁王》的发现、抢救，我就多次向二位求援，成果中更有他们不可磨灭的智慧贡献。2012 年年底，刘锡诚先生应邀到贵州省图书馆向来自全国各地的“非遗传承人培训班”学员做讲座。他抽出了有限的半天时间，由我和几位非遗工作者陪同，冒雨前往清镇市龙窝村猫寨组造访苗族四印苗支系的歌师王老咪。那里有一个新发现的《簪汪古歌》，是关于四印苗创世、征战、迁徙的唱诵。先生是北方人，听贵州清镇的汉族方言都有困难，何况唱诵是苗语，先生的听力也明显较弱。怎么办？换点换人？不，他明白歌师的价值，不言放弃，而是让我和一位当地文化馆的小伙子提问，他细细辨听记录。回去后又多方查找国内外历史资料，以帮助鉴别。我们去的一行人中，他拍了若干照片，后来又写了这篇《走马苗寨》。而像我这样的土著，来往于那里十几次，却成果寥寥，培养翻译人员的工作也有些尴尬难言。十余位歌师的唱段摄录来了，却至今没能完整地翻译下来，实为愧疚。先生的学术眼光和学术探究的执着，在这一次田野调查中让我略窥一斑——他的著作等身的理论研究成果，绝非仅仅从资料室和图书馆而来，仅从那里出来的东西逻辑也许很严密，但总嫌薄脆。而将研究像这样一步步建立在艰难的田野行走的基础之上，才能不人云亦云，才能有创建，其成果的质感是大不一样的。这也是当今民间文学理论工作者不能丢弃的根本。

捧读这本手记，时而感觉脚下是山岩和土地，时而又若流水和云彩。那自然流露的真实质感让人久久回味。

2018 年 4 月 21 日

# 目录 /Contents


序一：田野归来笔生花

序二：自然流露的真实质感

走向田野……一

泼雪泉旁端午节……八

二上塞罕坝……一一

轩辕之丘的记忆……一四

葛沽皇会有遗韵……一八

天桥何处……二九

庚辰春节逛东岳庙会……三三

妙峰山纪事……三七

再上妙峰山……四〇

石岛观海祭……四四

渔乡归来……五一

寻寻觅觅到昆嵛……五七

团山子火山口记……六〇

在沂源，牛郎织女的话题……六三

游走房陵文化圈……六七

吕家河听歌……七〇

秦越之风江汉之化……七三

啜茶紫金庵……七八

塑壁残影……八一

邓尉探梅……八四

参差烟树是周庄……八六

雨中访严子陵钓台……八九
造访缘缘堂……九三
乌镇的香市……九七
历史是这样炼成的……一〇〇
几度东风吹世换……一〇三
在绍兴鉴湖上看社戏……一〇七
香榧：又一个“中华人文瓜果”……一一一
江以孝永　百行之先……一一六
凤庆一夕……一二〇
初识临沧……一二四
会说话的山岩……一二八
一日十浴傣家女……一三四
走马苗寨……一三七
巴渝文化：寻找记忆碎片……一四三
遥望西宁……一四七
谒唐蕃分界碑……一五一
日喀则和萨迦采风记……一五四
勒布采风手记……一六二
老爷山花儿会记……一七六
土族女性的美饰……一七九
唐布拉采风手记……一八二
伊宁情思……一八六

# 走向田野

中国是一个有五千年文明史的国家，在民间文学的采集和研究上，有自己独到的文化学术传统，“采风”制度就是其中之一。1957年9月4日，我大学毕业后进入中国民间文艺研究会工作，至1966年5月“文革”爆发，这九年中，除了在办公室里阅读、研究、翻译和下放劳动锻炼之外，还在领导的引导下深入各地作民间文学调查，即“采风”，开启了我60年文学生涯中的多次田野采风之旅。

## 烟台芝罘、常熟白茆、福建海防前线、上杭、南昌、肥东采风

1958年第1期《红旗》半月刊上发表了周扬的《新民歌开拓了诗歌的新道路》长文，传达了毛泽东主席关于搜集新民歌的信息。这一年的3月22日，毛主席在成都会议上发出关于搜集民歌的号召。他说：“搞点民歌好不好？请各位同志负个责任，回去搜集一点民歌。各个阶层都有许多民歌，搞几个试点，每人发三五张纸，写写民歌。劳动人民不能写的，找人代写。限期十天搜集，会搜集到大批民歌的，下次开会印一批出来。中国诗的出路，第一是民歌，第二是古典。在这个基础上，两者‘结婚’产生出新诗来，形式是民族的，内容应当是现实主义和浪漫主义的对立统一。……这个工作，北京大学做了很多。我们来搞，可能找到几百万、成千万首的民歌。看民歌不用费很多的脑力，比看李白、杜甫的诗舒服些。”（中共中央酝酿“大跃进”的成都会议，1958年3月22日）于是，中国迎来了历史上声势浩大的“新民歌运动”。

那时我所供职的中国民间文艺研究会研究部的职责就是搜集和研究民间文学，我和《民间文学》编辑部的老编辑、解放前就是山东老根据地的革命文艺战士的铁肩同志，在研究部主任、著名访书家路工先生的带领下，立即起身冒着料峭的春寒，赶赴山东烟台的芝罘岛去作采风调查。那里的果农们正忙着在苹果园里剪枝、浇水、松土，我们深入苹果园，与果农交谈，听他们唱歌吟诗，感受席卷全国、风起云涌的新民歌运动。我和铁肩都有记录，可惜那些包括笔记本在内的新民歌材料和调查情况，经过1964年自上而下掀起的“文艺小整风”和1966年爆发的“文革”，全都散失了。但在我漫长的文学生涯中，芝罘作为我走向田野、深入民间的第一站，永远留在了记忆中。

结束了在芝罘的采风，铁肩回北京编辑部编稿发稿，我和路工途经济南南下南京。此时的江南已是春意阑珊。我们在江苏省文化局局长周邨、省文联主席李进（夏阳）、宣传部副部长钱静人的建议和指导下，来到著名的吴歌之乡常熟县白茆乡（镇）。在白茆乡公所的办公室里，县文化馆和乡文化站的工作人员第一个就把陆瑞英找来。那时，陆瑞英是乡里的卫生员，以唱四句头山歌在当地颇有名气。在过去白茆塘的山歌对唱中，她曾经被推选为对唱的首席女歌手。她的肚里不仅贮藏了许多传统山歌，还有随机应变的能力，能够在后援者的支持下临场即兴编创。当陆瑞英来到我们跟前时，我们发现，她就是我们老远看到的那个光着脚丫子一面踩水车一面唱歌的年轻女孩子呀。

从全国来看，此时“大跃进”的形势已经形成，但农村里人民公社还没有诞生，农村的主流建制还是高级合作社，人民公社是7月份以后才陆续成立的。我们是带着任务下来的：第一是要调查当地新民歌创编的情况；第二是要按毛主席的指示，搜集些新、旧民歌回去。新民歌创编的情况，是由乡里的负责人向我们介绍的，而搜集民歌，则主要靠陆瑞英给我们演唱了。陆瑞英的嗓音甜美，被人们称为“金嗓子”。在20世纪五六十年代的万人山歌会上，人们常常能听到她的优美歌声。当时，农村做水利工程，组织全市各地的农民汇集一起挑土方、做水利、挑灯夜战，并开展劳动竞赛。作为文艺骨干，陆瑞英被安排到工地上为民工们唱山歌、唱好人好事。有一年开白茆塘河，有关部门又叫陆瑞英去唱山歌。那年冰冻三尺，天气十分寒冷，但民工们大搞水利的热情十分高涨。陆瑞英白天、晚上连续唱山歌，患了感冒，但仍坚持到工地一线唱山歌，结果把喉咙给唱哑了。陆瑞英的嗓音嘶哑后，当时的省民间文艺家协会副主席、稍后就任文学研究所所长的周正良十分关心，主动给她写信，勉励她另辟蹊径，讲民间故事。从此之后，她就逐渐以讲述故事为主了。因为周正良的这一建议，才有了五十年后（2007 年）北京大学陈泳超教授和周正良二人用吴语方言记录稿与普通话整理稿对照的《陆瑞英民间故事歌谣集》（常熟市古里镇人民政府、中国俗文学学会编，学苑出版社）的问世。

白茆田野调查采风结束之后，我和路工继续上路，辗转奔赴福建。先是沿着岷江乘船而下，第一站是福州。继而前往闽西老革命根据地上杭和厦门海防前线。在闽西革命根据地搜集了一些第二次国内革命战争时期的红色歌谣，在厦门和福州前线搜集了一批战士歌谣，编成一本《海防前线战士歌谣选》，交由上海文艺出版社于 1959 年出版。

受白茆民歌和民歌手陆瑞英的激发，我对民间歌手产生了浓厚的兴趣，于是从福建直奔安徽省肥东县，去访问已经有点名气的女农民歌手殷光兰，并撰写了一篇题为《民间歌手殷光兰》的文章，编入中国民间文艺研究会主编的《向民歌学习》（“民间文学论丛”之二）一书中，交由作家出版社于 1958 年 7 月出版。那个时代，向民歌和民间歌手学习，是文艺界特别是诗歌界提出的一个响亮口号并形成风气，中国民间文艺研究会主编的“大规模搜集全国民歌”（作家出版社，1958 年）和“向民歌学习”两种丛书相继出版后，民研会和《诗刊》编辑部联合召开了座谈会。殷光兰所唱的“门歌”（有些地方称“锣鼓歌”）这种本来只流行于皖中地区的民间演唱形式，一下子在全国出名了，殷光兰被中国民间文艺研究会看中，参加了 1958 年 7 月 16 日在北京举行的全国民间文学工作者大会，并和全体代表一起在中南海接受了毛泽东主席的接见。

## 与李星华在李大钊故乡的调查采风

1961 年 12 月，我与李大钊的女儿李星华、董森三人到李大钊的故乡河北省乐亭县去作了一次民间文学调查采录。那时的李星华已经因在大理采录的《白族民间故事传说集》而闻名于全国文艺界了。从专业的角度说，我们此行是要实践采录民间文学“忠实记录，慎重整理”的原则；从个人的角度说，选择乐亭和大黑坨，是因为那里是李星华已故父亲李大钊的故乡，她与那里有着血肉联系和文化情怀。1919年李大钊在《青年与农村》文中提出“到民间去”，对北大歌谣运动产生了一定的影响。常惠在《我们为什么要研究歌谣》里说：“依民俗学的条件：非得到民间去搜集不可。”而常惠正是李大钊影响下组成的北京大学“平民教育讲演团”的成员之一。李星华在20世纪50年代到中国民间文艺研究会工作，从事民间文学搜集与研究，很可能是受到父亲的“到民间去”思想影响。

到乐亭后我们三人兵分两路：李星华留在县城和家乡大黑坨村，指名道姓请来村里的故事篓子单景荣、景玉兰等老太太和李采亭等老人讲故事。大家围坐斗室，聆听和记录下《小黄狗拜月亮》《铁树开花》《张仙和火神的传说》等民间传说故事。我和董森则到海边的捞鱼尖村去采访渔民传说故事，记录口传的民间作品。我们在乐亭县城、大黑坨村和北港捞鱼尖的采风，记录了《海上娘娘的传说》《庙岛成仙》《金钟河》《沙垅望》《海霸神》《酒鬼李三》《天降龙》《赶鱼郎》等20多个民间故事，写了21页的调查报告。可惜的是，调查报告上交给单位领导，现在已经找不到了，我手头只保存下了当时的记录稿（25页打字稿）。令我高兴的是，当年已经79岁的北港公社捞鱼尖的老驾长安庆长老爷子讲的《螃蟹的故事》《扳倒井的故事》《孟姜女的包袱》三个故事幸存下来，成为新中国成立以来最早搜集到的具有鲜明渔民文化色彩的民间口头作品。他讲了两个螃蟹的故事，其中一个是全国各地多有流传的牛郎织女会的故事，我的记录稿如下：

**一、《螃蟹的故事》**

每年七月七，牛郎织女会。

到了七月七这一天，王母娘娘准许天上的织女和地上的牛郎相会。每到这天正晌午，使船的就打不着螃蟹了，相传在这一天，海里的螃蟹都去给牛郎和织女搭桥去了。螃蟹们一搭好桥，银河就通了，隔在银河两边的牛郎和织女，领着他们的孩子，就踩着螃蟹桥见面了。

记录时间：1961年12月23日

【注：在捞鱼尖我访问了几个老渔民，请他们讲牛郎织女的

故事，但是，除了安庆长老爷子讲的是螃蟹搭桥之外，其他人都说是鹊儿搭桥。安老爷子说，农历七月海货中螃蟹正多，但渔民网不到螃蟹，故有此传说。——记录者】

## 二、《扳倒井的故事》

早先，唐王征东，曾经打咱们这里过。来到祥云岛，人困马乏，不能前进了。他手下的人要饮牲口，只见有一口井，可是没有提水的兜子怎能打水饮牲口呢？他们便去问唐王。唐王说："你们把那口井扳倒，不就喝到水了吗？"这话一说完，井就倒了。人们喝足又往前走了。打那时起，祥云岛就留下了这个古迹——扳倒井。

唐王领兵来到海边，前面是汪洋大海，不能前进。这时，海里的螃蟹都来给他搭桥。桥搭好了，大家骑马从桥上走过去。螃蟹背上就留下了一个马蹄印。不信你看看，螃蟹的背上都有马蹄印，相传那是唐王的马踩的。

记录时间：1961 年 12 月 23 日

【注：祥云岛，地名。古时可能是一海岛，现在已与陆地连接。曾有"霭岛祥云"之称。此地有一眼井，向东南倾斜。一说，此井是薛仁贵扳倒的。】

## 三、《孟姜女的包袱》

孟姜女的丈夫是修长城的。秦始皇修长城不是一两年的事，一修修了好些年。孟姜女打家里背上包袱，上长城这里来找她男人。谁知道，她男人在修长城时累死了。孟姜女找不见男人，就到处打听。人家告诉她，说她男人死了，填在墙里头啦。

孟姜女听说她丈夫填在墙里了，连尸首也见不着，就伤心地哭了起来。哭呀哭呀，把长城给哭倒了。长城一倒，露出墙和好些个尸首来。那时秦始皇修长城害死的人可多呢。

日子多了，那些尸首都认不出模样来，孟姜女连她丈夫也认不得了。她听人家说："男女合血。把你的血滴在你男人身上，要是合了，那就是你男人。"这时，她就滴血认尸，一口咬破中指，把血滴了下去，认出了她男人的尸首。

孟姜女知道她男人真的死了，她也就活不下去了，接着她就在山海关那里没海死了。

孟姜女没海死后，海里长出了一座坟墓来。相传这坟是孟姜女坟。正中是一块直上直下的大石头，坟外面四下里都是海水围着，石头上长满了蛎蝗。坟旁边还有一块石头，真像连麻髻一样。咱们使船的走到那里都去看看，出了蛎蝗隔了老远就看得见，一眼看去，像是孟姜女找她男人时背的包袱。相传这块石头是孟姜女的包袱。

记录时间：1961 年 12 月 26 日




我和董森从捞鱼尖采录结束回县城后，一起到高航舟副县长的办公室里汇报情况时，李星华尽自己所知，把儿时父亲李大钊带她看皮影，为孙老兆影班编写影卷《安重根刺伊藤博文》，皮影剧作家二高，雕刻家聂春潮，影界翘楚周文友、孙老兆，箭杆王张老壁等皮影艺人以及乐亭大鼓界温荣、齐祯、韩香圃等人的艺术风格、遗闻逸事，活灵活现地介绍了一遍。我们也听得如梦如醉。为使北京来的我们领略乐亭皮影的风采，在李星华的同意下，乐亭影社为我们作了专场演出。看完《柳毅传书》和《火焰山》两个单出之后，一幕幕令人悲戚泪下、嬉笑捧腹的动人场景，直到上了火车，还久久萦绕在我的脑海里。

乐亭采风，促成了 1963 年春由中国民间文艺研究会出面邀请乐亭皮影剧团到北京演出，邀请文艺界名家、全国政协委员观看，影响很大。1957 年被错划为“右派”的钟敬文，在 1962 年摘掉“右派”帽子之前，基本上只在北京师范大学教学，1962 年他把注意力放在晚清民间文艺学的研究上，写了两篇专文，发表在校内的《学报》上，没有机会参加社会上的活动。乐亭皮影应邀来京演出，我们邀请了钟敬文来观摩，是他在学界息影多年来第一次在社会上露面，并应《民间文学》编辑部之约写了《看了乐亭皮影以后》一文，发表在该刊第 2 期上。

李星华在乐亭县城的调查采访，重温了儿时乐亭皮影留下的光影，回京后又为乐亭皮影进京多方奔走，这一切已经记录在了史册上；但她在大黑坨记录的传说故事，我不掌握，也未见发表，可能已经成为历史的过眼云烟了。幸运的是，她的乐亭和大黑坨之行，毕竟找回了早逝的父亲、中国共产党的创始人、无产阶级革命家李大钊早期活动的事迹，撰写了一部《回忆我的父亲李大钊》，流芳后世。

# 泼雪泉旁端午节

昨天还徜徉在古渤海国的旧京遗址，寻觅那些被历史的烟尘淹没了的那丰都大聚的踪迹，如今却已经置身于这个满族发祥地之一的宁古塔、今之宁安县了。有幸的是，今天（1992年6月5日）恰逢农历壬申年五月初五，是中华民族传统的三大民俗节日之一——端午节，又是二十四节气中的芒种。为什么叫端午节呢?《荆楚岁时记》说："京师以五月一日为端一，二日为端二，三日为端三，四日为端四，五日为端五。"俗以"五"为"午"误，所以"端五"也称"端午"。我们可以与此地满汉民族的兄弟们一起过节，参与和了解此地的种种风习。

天刚刚放亮，朋友们便大呼小叫地起身，从住宿的宾馆出发，结伴向着城西的公园进发，去参加在那里举行的一年一度的端午节活动了。大约有两三里的沙土崐公路上，人们或以步代车，或骑自行车和摩托车，或乘马拉车和拖拉机，三五成群，簇簇拥拥，扶老携幼，迤逦而行。芒种，在黄河流域的中土之地，已经是忙着收割小麦的"三夏"时节了，可是，在这地处祖国北疆的宁古塔，却刚刚处在春夏转换的时节。无怪乎在这一天，男女青年和儿童都甩掉了旧衣，穿上了节日的新装。沿路看去，个个手执刚刚采摘来的艾枝，头发上或衣服的前胸上插着艾枝。（在北京，妇女们这天还要在头上插上石榴花）小女孩的手腕上系着五彩丝线，脖颈上则系着香袋和绣有蝎子、蟾蜍、壁虎、蜘蛛、蜈蚣图案的"五毒"兜袋和葫芦。无论是艾叶、石榴花，还是这类小器物，都是具有辟除邪恶功能的。土径两旁，卖香袋和五毒兜袋一类民俗手工艺品的家庭妇女，在招摇、兜售自己的智慧和劳作。今天，她们也许是儿童和青年们最受欢迎的角色了。在这个远离大都会的乡村城市，她们才是最懂得中国农民礼俗和心理的人，她们以自己的智慧和劳作，有意无意地延续着中国民间的文化传统。

我们来到了绿树成荫、山泉奔流的一座山坡前面，这里就是今天人们自发地举行端午节活动的所在。清代学者张缙彦在《宁古塔山水记》里对宁古塔的山水做过这样的描写："其山连绵而纡郁，四望如屏如障，云兴雾涌，烟霞万态；其泉清而驶，狭处若瞿唐峡口，瞬息百里，广处澄潭霁洁，波谷萦回，游鱼可数。有奇峰突碛，下临不测之溪，奔流有声，风驱电薄于沙石之上者。有林木数十里，不见日月，千寻百围之材，不可胜数者。"在这云兴雾涌、葱郁苍翠的林木之间，崖畔叠石之上，到处生长着高可盈尺的艾草和许多不知名的小花，可供游人采摘来插在门阃上、头发上，拿在手上，以作驱邪辟凶之用。

啊！沧海桑田，此去几百年来，地球的变迁是巨大的。人类的许多伟大遗产，在寒来暑往中已经归于虚无。然而几百年前就有记载的"泼雪泉"却历数劫难而不曾枯竭，至今仍然汩汩有声。"新城迤西，离郭才数武，山下出泉，清湛可鉴毛发。土人冬月饮马得之，都统命缁流建刹山上。石路委折，以叠石为级，如下垂然。泉在山之趾，山平衍，无可取。由山上入，即辽沈大道，轮蹄嚣杂。由山下入，则水石幽□，仄径繁荫，眼界一开。盖河山夹道，阔不过半里，人兽罕至，乱石相交，大者如立，踞者如蹲，伏者如眠，昂者如骞，峻者如攫。且有如舂、如几、如枅、如蒲团之形，游人坐卧憩息甚适焉。山半有洞，二三人可坐而饮。有小溪三，其二亦自为一泉，然细而易涸，冬则结冻。此泉方不过三四尺，深可容膝，自山坎旁出，□青□碧，与越之龙井相似，但无小鳞数尾，出没其中□□异让之。崖岸多杏花、□桃、□□，琪花如石竹，蛾眉，□山所不生者。盖水泉冬燠，土气所蒸，故能凌冰破雪，涓涓之流，直达长河，名之曰泼雪泉，盖不诬云。"这泼雪泉还在，有石碑一通可证。据说，此泉之水，已经成了酿酒的水源。

如果置身于吴越或荆楚之地，逢此端午佳节，那龙舟竞渡的壮观场面，除了带有纪念楚国大夫屈原的意思外，想必还包括由于历史上长期的渔猎和航运的集体劳作而积淀起来的集体意识。而今天我们亲历的泼雪泉旁举行的端午盛会，实在很像是内地清明时节踏青的风俗，让我们看到了季节转换、送冬迎春的强烈文化意味。少男少女们来到崖畔，纷纷把头脸低垂下来，用手抖动那些野花野草嫩叶上滚动着的露水，用五月端午这天清晨晶莹洁净的朝露洗涤自己的眼睛。据说，用端午这天清晨的露水洗涤眼睛，不仅一年中不害眼病，而且还有明目的功效。人们还拥挤在那山泉的出水口，用手或毛巾接那涌出来的水流，用以洗脸。由于泉眼的部位在斜坡中间，所以等待接水的人群簇拥在一起，排成了长龙。人人都认为得到这里的泉水洗脸，洗去一年来的积垢，无异于送走了瘟神，于是就可以免灾祛病、一年无虞。这些带有接触巫术意味的仪式，竟也感染了我们这些外来人，谁也都不顾脚下的泥泞，放下了矜持，挤到前面去一试身手。

最让我感兴趣的是，人们沿着水溪的岸边，寻找着蛤蟆能够藏身的小洞，把隐居在里面的这种形象相当难看的水生动物掏出来。这使我回想起童年时，家乡也有类似的举动。民间普遍认为，拿一锭上好的墨，往这天逮住的蛤蟆身体内塞进去，从屁股到嘴巴整个地把一个蛤蟆给翻过来，让那墨把蛤蟆身上的水分吃进去，使其变成一个蛤蟆干，可以治疗腮腺炎。我年幼时，也得过腮腺炎，农村里叫痄腮，发病很快，很疼痛，而且传染性很强。老人们便拿这种墨，研来在我腮部的脓肿处画圈，治疗若干次也就痊愈了。在愚昧无知的农民看来，自然是不可索解的接触巫术的功效所致，然而，这实在并非什么巫术，倒是这种蛤蟆身上和墨里可能包含着某种治疗病毒的元素，蛤蟆裹墨便成了一种治疗无名脓肿的有效偏方罢了。此情此景，不正是这一习俗的流变吗?

1993 年 2 月 3 日

发表于《健康报》，1994 年 6 月 4 日

# 二上塞罕坝

由于厄尔尼诺现象的影响，今夏气候反常，酷热难当。8月4日，环境文学研究会的秘书长高桦女士来电话，说要举办1998环境文学笔会，邀请文学界的几位朋友到承德和木兰围场——塞罕坝草原去考察那里的生态环境和环境保护，要我和老伴也参加。于是我便有了重游这个生态环境优美、被列为著名国家森林公园的旅游胜地的机会。

我第一次到塞罕坝是1987年的夏天。10年前的那个夏天也是暑气溽人。在承德市山庄宾馆参加完一个会议后，来自不同城市的编辑朋友们，一道去木兰围场观光。常年生活在都市里的知识分子乍来到草原上，平素压抑着的感情一下子爆发出来。坝上草原美极了！一眼望不尽的“花的原野”！我们在大草原上赏花、照相、嬉戏、骑马，游览了将军台、十二座连营、将军泡子等历史遗迹。我也仗着年轻时在鄂尔多斯草原骑过马，便一时兴起，从牧马人那里借来他骑的马，沿着起伏的草滩驰骋而去。不曾料到这竟是一匹野性十足的马，在跨越一条壕沟时把我甩在了沟里。我从休克中苏醒过来时，脑子里一片空白，全然不知道我当时是在哪里，为什么要到这里来。所幸我在黄泉路上只走了一小段，万幸没过奈何桥。朋友把我送进塞罕坝林场医院，及时为我做简易的治疗，没有留下脑震荡后遗症。在塞罕坝的这段历险，也就深深印在我的脑海里，终生难忘。

这次到塞罕坝，目的是考察坝上的生态环境。我们一行中有小说家赵大年，诗人查干，评论家崔道怡、刘茵，环保专家余超然等。我们在承德市环保局局长刘艳东等的陪同下，从承德出发，经围场县城，继续往坝上进发。开始汽车在丘陵山道上盘旋，海拔也随之不断升高，继而在白桦树、落叶松等覆盖的山坡和原野上穿行。经过一个多小时的行程，来到绿草如茵、繁花似锦的塞罕坝大草原。凭窗远望，满目苍翠，碧空如洗，白云悠悠。美丽的塞罕坝，我又来了。

塞罕坝，是满语塞堪达巴罕的俗称，意思是美丽的高原。这里就是300年前由玄烨开辟，康、乾、嘉三代皇帝用来举行狩猎、练兵（秋狝）和“绥藩”的木兰围场旧址。这里就是海拔高度在1500米以上，无霜期只有120天，从1962年起人工植林、如今有林面积已达110万亩的塞罕坝国家森林公园。这里就是浸润着冀东、内蒙古和天津市的滦河（吐里根河、小滦河、伊逊河、伊玛吐河）与养育着辽西走廊的辽河（阴河、乌乐岱河）这两大水系的发源地。这里就是草茂原丰、禽兽肥硕、生态环境优美、气候凉爽宜人的塞外避暑胜地。叶里根河啊，这条河北省与内蒙古的界河，就在我们的脚下。10年前，我曾捧喝过你清澈甘洌、毫无污染的流水，如今你仍然是那样日夜不息地在大草原的胸膛上流淌着。我跨过界河，来到克什克腾旗的草滩上，寻找着昔日乌兰布通古战场的遗迹。岁月似乎已经掩埋了一切。更令人惋惜的是，森林从这里戛然而止，草场也显示出退化的迹象。

上一次来到坝上，映入眼帘的只是一望无际的花的原野。林业职工们栽种下的树还不过是一片片不高不粗的幼林，草原上也没有什么像样的旅游设施和今天沿途看到的那一簇一堆的供游客下榻的蒙古包，当年我们下榻的塞罕坝机械林场招待所，也不过是一排砖结构的简易平房。如今草原上的花草更茂更丰了，人工林木已成为浩瀚无垠的林海，昔日的漫漫黄沙，已被这厚厚的植被给牢牢锁住，恢复了300年前的生态，成为北京、天津的天然绿色屏障。我们下榻的木兰宾馆，更是今非昔比，如今是一座掩映在草原深处、绿树丛中的现代化旅游宾馆。宾馆大厅里那大理石的黑色地面、浅黄色的墙裙、枝形吊灯，营造出一种温暖华贵、宾至如归的气氛。这座由三栋二层建筑组成、设备齐全、给我们舒适生活的现代化宾馆，是木兰围场在改革开放、发展前进道路上的一个标志。我并不喜欢这座建筑，因为我们这些刚刚走出大都市的人，对于我们生存于其中的钢筋混凝土建筑有一种天然的排斥感，到草原上来为的是追求一种与大自然的亲和感。可是我们从它的怀抱里得到的，却仍然是人与自然的疏离和排斥。尽管如此，我还是承认，它是草原文明的一件代表作。

1998 年 8 月 29 日

发表于《今晚报》，1999 年 1 月 16 日第 10 版；

《文化月刊》，1999 年第 3 期

# 轩辕之丘的记忆

地处张家口南部的涿鹿县，4500 年前，曾是中华民族的始祖轩辕黄帝和另一个始祖蚩尤打过仗的古战场——史称“阪泉之野”。20 世纪 50 年代末到 60 年代初，意外地成了中国文联和作协干部下放的地方。当年我们好多文艺青年都在那儿劳动锻炼过，受过农民兄弟的再教育。可惜的是，我们当年的任务是专心改造那散发着“资产阶级知识分子臭气”的灵魂，没有机会，也没有心绪去参观和凭吊这个在中国历史上具有重要意义而又享誉世界的圣地。始祖黄帝也好，下放干部也好，谁也没有帮助这里的子孙们脱贫致富，到如今还是生活得可怜巴巴的。时过三十多年之后，再度应邀到这儿踏访考察，真可谓感慨万端。几千年历史匆匆翻过，斑斑点点的古老历史踪迹还在，而当年曾在这里流下汗水和脚印、生龙活虎、赤胆忠心的许多年轻伙伴和朋友，却早已成了故人。我不禁想起了孔老夫子那句不无伤感的警句：“子在川上曰：逝者如斯夫！”

这里就是《山海经》里所称的那个“轩辕之丘”或“轩辕之国”吗？《西次三经》曰：“轩辕之丘，无草木。洵水出焉，南流注于黑水，其中多丹粟，多青雄黄。”郭璞注：“黄帝居此丘，娶西陵氏女，因号轩辕丘。”郝懿行注：“郭云黄帝所居，然则此经轩辕之国，盖黄帝所生也。”《大荒西经》：“轩辕之国，在此穷山之际，其不寿者八百岁。在女子国北。人面蛇身，尾交头上。”《大荒西经》：“有轩辕之国，江山之南栖为吉，不寿者乃八百岁。”轩辕之国的人，均人面蛇身，尾交于头上，或许这正是古神话中黄帝的形貌吧。明本《山海经》里的“轩辕之国”图，正是一个蛇身人面、尾交头上的神人。画面的下中部，是神马乘黄，《汉书·礼乐志》说：“黄帝乘之而仙。”拥有乘黄的是白民之国，而白民国在轩辕之国以北。下部是女子国，系《海外西经》所说“海外三十六国之一”。

这就是我们仰慕已久的黄帝故城——轩辕之丘吗？我们面前是一片高低不整、错落有致、种了庄稼的黄土地，周围用一道高宽均为 3 米左右的土围墙围起来。黄帝时代，还没有形成现代意义上的城市，当时的“丘”就是部落驻地，不过是一个四面用土石垒墙围起来防止外来势力侵袭的圆圆的土丘而已，大概与现在的居民点是同一个意思吧。据当地文化局局长赵育大先生介绍说，这个东西长 500 米、南北长 550 米的城墙，只在西南角开了一个大门。说是大门，实际是一个可以走马车、汽车的大豁口。至于当年为什么只在西南方向开一个门，其他方位都封闭起来？其实际的或象征的意蕴，早已淹没在历史的深处，成为一个千古之谜，无人能够说清楚了。我们漫步在这个古代“轩辕之丘”的土地上，到处都可以拣到战国时代的遗物——陶片、陶豆、纺轮以及至今还埋藏完好的灰坑。我毫不费力气就在田里拣到了一块古人加工磨光了一面的褐色玛瑙石，其光洁度宛若一面镜子。还拣到一块古老的磨盘残片，但没有寻觅到哪怕一点点“人面蛇身、尾交头上”的影子。同行的考古学家宋兆麟兄把那块玛瑙石拿去请朋友鉴定，并告诉我确系加工过的文化遗物。我虽然不是考古学家，但我也为自己找到了一块货真价实的文物而感到由衷的高兴。其实，真正使我感兴趣的，倒是那块质地粗糙但纹路鲜明的石磨残片，虽然有 2 千克之重，我还是不辞辛劳地把它带回北京来。因为在我读过的许多民族的洪水神话中都曾讲到，洪水遗民兄妹二人不敢违背原始习惯法缔结血缘婚姻，神意则命他们二人经受几项原始的考验，其中一项就是从山顶上往山下滚磨盘，如果两扇磨盘在山下合在一起，则二人可以婚配。考验的结果是，兄妹二人结为夫妻，于是，才有了人类的后代子孙。多年来这个带有巫术意味的问题，一直萦绕在我头脑中而不得其解，我多么希望得到一个使我满意的解答啊。我终于得到了一块古代（据说是战国时期）的石磨盘的残片，尽管这残片上没有那想象中象征着男女性器官的磨轴或磨眼，我已经满意得超乎预想了。

当我伫立在这座俗称为“黄帝城”的古老而又古老的土围子上，背着塞外乍暖还寒的西北风极目远眺的时候，一幅幅悲壮的历史画面，像团团的浮云，迅疾在脑际闪过。剽悍善战的蚩尤部族，与习用干戈的黄帝部族，在此“阪泉之野”发生过一次残酷的部落战争，在这次战争中，蚩尤部落以失败而告终。关于这段对于中华民族至关重要的史实，后人众说纷纭，其评价甚至截然相反。在一些史书中，通常把南方部落联盟的首领蚩尤描写为一个残暴不仁、好兵喜乱、诛杀无道的异类。如《路史·蚩尤传》注：“三代彝器多著蚩尤之像，为贪虐者之戒。其状率为兽形。”这种手法，颇有些像京剧里给反面角色涂画的白色脸谱。相反，轩辕黄帝则因以武功统一了华夏地域，使之从野蛮时代进入了文明时代，从而受到历代的称颂，成为中国大地上第一个天子。这里既有历史观的影响，也有道德观的作用。不是吗？从汉民族正统的历史观和道德观来看，胜者王侯败者贼嘛。可是从现在还居住在南方的“三苗”后裔的立场来看，蚩尤作为他们祖先的部落联盟的首领，虽然在与黄帝族的战争中失败了，传说被黄帝砍下了头颅，然而蚩尤却仍然不失为一个不死的大民族英雄。

历史是多么复杂而曲折啊。本来蚩尤部族兴起于长江以南，较早地从事原始农业耕作，继而战胜了炎帝神农及其部落联盟，生产力得到了空前的发展壮大。但他们从遥远的南方来到北方，与北方的原住民族黄帝部族发生部落战争，并败在了生产力发展水平相对落后的黄帝部族之手。黄帝部族由于战胜了强大的蚩尤部族而统一了华夏诸族，从而变得空前强大起来。胜者王侯败者贼，不是形而上学的历史观又是什么呢？可是，由于这是一种经受了几千年历史锤炼的历史观，是那样地深入人心，所以也就见怪不怪了。即使在当代社会生活中，这种形而上学的历史观和虚伪的道德观，也仍然有着广泛的市场。中华民族的子孙呵，漫长的历史却永恒地凝固在一瞬间，谁都很难跳出这种思维的怪圈，去获得充分的自由。这多么像轩辕之丘古城只开凿一个大门！我们还要冲杀多久才能跳出这个怪圈，到达现代社会呢？我不知道。

在黄帝部落的大本营，我拣到了一大塑料袋的古陶器残片。有几个完整的陶纺轮，有几个残破但相对完整的陶豆，有印着粗绳纹样的大型陶罐的塑沿。有战国的，也有汉代的。是不是有黄帝时代的，不敢说。也许在地下有，因为没有进行过发掘，谁也说不清。同伴们戏说：“你有这些文物，足可以开一个小型的博物馆了。”是的。我想我拥有的是一个古代中国，一个轩辕黄帝时代的中国，但我不想开什么博物馆。

1993 年 5 月 19 日写
2000 年 5 月 18 日改
发表于《光明日报》，1993 年 6 月 26 日

# 葛沽皇会有遗韵

有幸到农村去观赏民间庙会上那些残留着民间信仰的浓重痕迹、又未经专业文艺家们雕琢的民间艺术表演，享受民间艺术的熏陶，吸吮民间艺术的液汁，对于我这个文艺工作者兼民间文化学学者来说，自然是一件人生乐事。记得龙年（1988 年）元宵节时，朋友们曾驱车前往位于河北省与天津市接界地区的盛芳镇，领略了那里享誉华北的庙会上的多种民间艺术的风采，那情那景，至今仍然历历在目。今年（1990 年）元宵节又来到了，几位朋友又相约去天津南郊区的葛沽镇，观摩和调查那里源远流长、专为天后娘娘而举行的“皇会”上的民间歌舞和音乐技艺的表演。

## 一、“皇会”是什么

皇会是什么呢？据《续天津县志・风俗志》云：“（三月）二十三日天后诞辰，预演百会，俗呼为‘皇会’。……先之以杂剧，填塞街巷，连宵达旦，游人如狂，极太平之景象。”[①]徐肇琼撰《天津皇会考》云：“皇会乃酬神所献之百戏也。至皇会之始，有谓因康熙三十年（1691 年）圣祖幸天津谒天妃宫时，民间作百戏以献神，又借此以娱圣祖，于是有‘皇会’之称。”[②]所谓皇会，原本是老百姓（多是渔民）对神话传说中的海神娘娘林默即妈祖的诞辰所举行的民间文艺活动，这种文艺活动既有酬神的性质，又有自娱的性质。这项活动在天津何时始，尚无定论，一说在康熙年间，大致已有 200 多年的历史。经过多年的变迁，现在的皇会，已不是在妈祖诞辰三月二十三日举行，而是在正月十八举行，除了“皇会”的名称之外，也看不到明显的天后崇拜祭祀活动，酬神的性质减弱，自娱的性质加强，几乎演变为一种名为颂扬妈祖天后的功德、实则纯属饯腊迎春的民间文艺活动了。

天津是我国北方工业重镇，城市发展史相对来说不算很长，而且靠近北京，但它却在历史上形成并且传承、保存下了自己的民间文化传统。人们说天津的文化是“漕运文化”，这不无道理。天津地扼渤海湾，历史上在海运、漕运上起过相当重要的作用，来往船舶不仅带来了各地的物质文明，也带来了不同的精神文化，它融汇和重铸了南来北往的地域性文化系统。南郊三大镇的小站、咸水沽和葛沽，就是在这一背景下形成的大村镇，而且接受了盐渔行业的海神信仰。因此，可以说至今仍存的皇会活动，就是天津漕运文化的一个代表性符号。

清朝杨无怪有《皇会论》一文记述初期举办皇会的情况，甚是详尽，可大致窥见当年皇会之始的盛况：

> 国泰民安，时移岁转，春光明媚艳阳天。只听得锣鼓声喧，又见那儿童欢喜、妇女争妍，却原来是皇会重兴第二年。月未逢三，早将会演。有一等游手好闲，家家去敛，口称善事，手拿知单。有钱无钱，强派上脸，图了热闹，赚了吃穿。这盛事直到三月间。
>
> 跨鼓声喧，中幡耀眼，看会的来到街前。吃了早饭，换了衣衫，行走间先问门幡。买卖齐声喊，喧哗有万千。乱嚷嚷早听见“冰糖海苏丸”。
>
> 一群村媪站街前。河沿上早来了香火船，手持竹竿，身穿布衫，靠定栏干，人人等把抬阁看。急忙忙，莫容缓，来复往，不惮烦。数杆黄旗在会前，上写着“扫殿”。逞精明，露强干，薄底儿鞋亦穿武备院，夹套裤簇新月白缎。腰巾儿长，帽梁儿短，青褶缎袍把齐袖挽。无事呢，扬扬得意；有事呵，磕了个头山，好和歹出了些汗。
>
> 通网抬阁是新演，今年会胜似去年。节节高，乏人办；莲花落，不耐看；猴扒杆，亦有限；杠官箱，委实可厌。稍可的，是侯家后“什不闲儿”。秧歌高跷数见不鲜，唯有那溜米场高跷人人称赞。
>
> 不论女，不论男，颠倒争把青蛇看。貌似婵娟，名胜梨园，

是何时结了喜欢缘？他面庞儿俏，意思儿甜，一架娇痴墨牡丹，掩映在红绿间。舞花本自戏中传，四海升平见一斑。说什么长亭袅娜，绣球灯烂。有一等结彩铺毡，假充官宦，廊檐外派下跟班。会一到将闲人赶散，点心包拿在眼前。有几个老斗围着小旦，询饥渴，问寒暄，殷勤体贴，不怕心烦。叫管家时把茶儿换，到晚来下了个名庆馆。

意翩翩美少年，有那些良家子弟杂其间，好叫我难分辨。风动帘角，时来偷眼。静悄悄，不敢言；细留神，遮遮掩掩；侧耳听，呖呖莺声花外啭。你亦看，我亦看，帘外帘中隔不远。碧玲珑不是万重山，野花时卉偏正妍，两廊下穿红挂绿，抱女拥男。脂粉腻，笑语喧，花儿朵儿插鬓边，自觉得好看，不知是憎厌。未语人前先腆脸，一见人，把头还，羞容满面。都是些浓眉大眼，高拥髻鬟。

晚妆楼上杏花残，风过处，应怯衣单。夜儿黑，影儿暗，氤氲郁馥不辨钗钿。又不是轻云薄雾，唯有些人气香烟。半掩香扉卷帘，出头露面不怕春寒。又见灯火高悬，青烟四散。

宝塔仍是章家办，花瓶会到底让口岸店，打顶马的数周家露脸——衣帽新鲜，顶戴齐全，人物头面胜似当年王寿田。还有管事的，双双对对穿的是大镶大沿。小马夫，温唇善面。跟班的，光滑脸蛋似粉团。茶挑子，亮光光净素玻璃片。耳旁边金鼓震连天，会儿多，记不全，法鼓还算大园小园，一到茶棚敲得更熟练。翻来覆去离不了七二幺三。

夜色漫漫，行人缓缓，一更之后，众会蝉联。一伙子清音大乐声悠远，两当子河南雅乐喧，后跟一行道士调笙管，西洋德照，前后光悬，少不了老鹤龄在和平音乐前，不知不觉已过了四驾辇。法鼓声犹近，鹤龄音不远。提灯伞扇来到跟前，手执请驾羊角灯，说："驾到了，靠后罢。"一个个俱都气静神安。有那女眷拈香拜街前，一种情思无两般，无非是求子育男。

霎时间，夜阑人散，拦舆拜罢各回还。香消粉减，漏尽更残，好似神仙归洞天。难消遣，怎留恋，夜深门掩梨花院。繁华都在眼中收，记不清，珠帘掩映芙蓉面。

又有清人沈存圃作《皇会歌》，不仅记录了当时皇会的情状，而且印证了皇会与漕运的密切关系。现录之如下：

鸣钲考鼓建旗纛，寻橦掷盏或交扑。
鱼龙曼衍百戏陈，更奏开元大酺曲。
笙箫筝笛弦琵琶，靡音杂遝听者哗。
老幼负贩竞驰逐，忙煞津门十万家。
向夕灯会如匹练，烛天照地目为眩。
香烟结处拥福神，仅从缤纷围雉扇。
白昼出巡夜进宫，献花齐跪欢儿童。
慈客愉悦默不语，譬彼造化忘神功。
别有香船泊河浒，携男挈女求圣母。
焚楮那惜典钗环，愿赐平安保童竖。
我闻圣母奠海疆，载在祀典铭旗常。
初封天妃嗣称后，自明迄今恒降康。
津门近海鱼盐利，商舶粮艘应时至。
维神拯洛免沦胥，策励不朽宜正位。
在昔缇萦与曹娥，皆因救父死靡他。
虽云纯孝泽未远，孰若仁爱照山河。
复有静波称小圣，立庙赢壖禋祀敬。
未闻报赛举国狂，始信欢虞关性命。
伊余扶杖随奔波，欢喜字作迎神歌。
康衢击壤知帝力，阙里犹记乡人傩。[3]

历史上天津市如此壮观的皇会，自清朝末叶起就难得一见了。20世纪30年代以来，由于兵祸加国难而一蹶不振。近几年，国泰民安，工商发达，生活提高，政策放宽，始有皇会的复兴。

笔者1988年5月应邀在天津民俗博物馆（即旧日之天后宫）门前广场上观摩南开区举办的天津民俗文化博览周时，第一次欣赏到葛沽镇农民们“跑辇”的精彩表演，不仅为他们所表演的文武歌艺所倾倒，而且为他们在“文革”后重新制作的、昔日妈祖娘娘所乘华辇（轿）的工艺之精致与独创暗中叫绝。尽管那次有机会与葛沽镇东茶棚的会头李洪升有所接触，并粗略地了解了皇会的大致情况，但由于时间的关系，未能详谈，因此，希望再次欣赏皇会中的主要节目——跑摮的全貌并作进一步采访的愿望一直没有忘却。这样的机会终于到来了。

## 二、法鼓与花会

庚午（1990年）春节刚过，我们便于2月12日到达了天津。我的朋友、天津文联主席、作家冯骥才，知道我带领一干人马要到天津南郊的葛沽镇去调查皇会，以天津文联的名义，假著名的吉士林西餐厅为我们壮行。我对大冯此举，非常过意不去。

正月十八（2月13日），天津南郊葛沽镇，天空飘着鹅毛大雪。据当地老乡讲，这一天是天后娘娘的接驾日，也是自正月初二起举行各种文艺活动以来，皇会达到高潮的一天。因此，来考察观摩的文艺、新闻界人士特别踊跃。和我们同来的，有天津文联的作家刘焕章，以及民间文艺研究家和音乐家。我们进得镇来，喧天的锣鼓声和富于民族、地域特色的音乐，把我们带进了浓郁的民族文化氛围之中。沿街排列着的各种名目的法鼓会、武艺会、捷兽会（狮子会）、高跷会等等，簇拥在各村群众之中，五颜六色，争奇斗艳。真个是："碧玲珑不是万重山，野花时卉偏正妍，两廊下穿红挂绿，抱女拥男。"

葛沽皇会参加表演的狮子会，是颇有特色的一项活动，它的特色在于狮子大小不一，表演的套数也与众不同，给人耳目一新的观感。大狮子里是两个装扮者：前面一人手拿狮子头，后面一人为狮身。小狮子则为一人。据称他们是按着八卦——乾、坎、艮、震、巽、离、坤、兑，八八六十四门耍的，技艺复杂而多变，他们耍了多少套数，作为观众，我们不得其详，加之雨雪路滑，可能删繁就简就鸣金收兵了。不过，当演出终止，从狮子皮下钻出来的是一个浓妆艳抹、神采飞扬的小学生，那活泼可爱、笑容可掬的身影，着实使拥挤不堪的观众由衷地感到喜悦。尽管那些狮子的全身不像古人那时是用珍珠线缀成的价值昂贵的彩狮衣，然而其形象、其做派，却仍然蹈袭了旧日捷兽会的真传。他们从幼小年纪起，就受着民间文化传统的耳濡目染，可以指望他们能成为中华民间文化的新一代的传承者。

法鼓也是在别处未见，而是皇会里不可或缺的一种“会”。（按：“会”，现在俗称“花会”，是华北平原上民间的一种文化组织，大致分为文会和武会两种。）古来就有种种名目的法鼓，如“宫音法鼓”“花音法鼓”“金音法鼓”之类名称或流派团体。所谓“音”者，就是现在的名词音乐之类。法鼓是从僧道作法演奏的音乐演化而来的一种以鼓为主的民间音乐（法鼓是打击乐，而打击乐通常是庙会或皇会上民间音乐的主体）。我们站台的对过，就是“雅音法鼓”黄底黑边黑字的旗幡，在雨雪中猎猎飘扬。

法鼓团体很多，但表演的乐器和乐队的排列，则是一样的。据《天津皇会考记》记载，法鼓的组织是：鼓、钹、铙、铬子、铛子等五种乐器，以鼓为主。钹、铙、铬子、铛子担任协调的角色。行排的编排，鼓在中央，左列是钹，右列是铙，铬子和铛子附随在鼓之后。法鼓的曲子有《蹶腿》《拉河西》《鬼叫门》《常远点》《摇鼓通》等数十种，演奏中不时变换曲子。行进中，钹、铙停止，只由铬子、铛子敲着《常远点》调，借以调整步伐；出会或截会（为某家截住停下来表演）时，则各自拿着乐器舞耍，叫“耍钹”“耍铙”。法鼓的演奏，疾徐相间，高低有致，别有一番民族音乐的韵味。笔者去年（1989 年）9 月在大连第一届中国民间艺术节期间，观赏了山西晋城矿务局锣鼓队的演奏，节奏明快，雄壮有力，给人振奋，倘能从葛沽法鼓曲牌、技法中汲取一些可取的旋律和招式，使之达到刚柔相济的境界，岂不是一件取长补短的好事吗？

高跷会里也不乏令你心动神摇的情节与表演，并非一般人想象中的千篇一律。清代这里就有“秧歌高跷数见不鲜，唯有那溜米场高跷人人称赞。不论女，不论男，颠倒争把青蛇看。貌似貂蝉，名胜梨园，是何时结了喜欢缘”之叹。今日葛沽街头的几支高跷队，为了吸引观众，大都贯穿着民间传说的情节，装扮成地方戏曲里的人物。尤其是青蛇白蛇的故事，不仅妇孺皆知，而且老少咸宜。边走边舞，打情骂俏，体态轻柔，风趣诙谐，洋溢着汉民族民间文化所特有的那种乐天、达观、幽默、快活的情趣，给人以善的启迪和美的愉悦。从那一群群一簇簇观者的喜怒与共的神态里，我仿佛可以想象到，他们会在窃窃私语中议论着，在回家的路上模仿着，这无疑是他们放纵个性、享受文化熏陶最集中的一段时间了。尽管皇会的时间，即祀拜和颂扬妈祖的活动，有一个时段而并非一日，但一般来说，从明天起，这里的农民们就多半不再以一个艺术家的身份，而是以一个务实的农民的身份，生活在这个世界上了。追念和祭祀天后妈祖的仪式结束之后，沉浸在浪漫主义情怀之中的农民，便再一次回归为现实主义的农民，作为祭祀（纪念）仪式和狂欢活动的今天的皇会，不过是这些循环往复的链条中的一环。

## 三、华辇、宝辇、跑辇

一队队的民间艺术表演队伍在长街上献艺之后，那一直隐而不露的“跑辇”——皇会的主角，就该登场，让翘首以待的乡亲们，一睹其雍容华贵的面孔了。流光溢彩的八座宝辇和两座同样鲜艳夺目的表亭（安置着钟表的亭子状的辇）及各茶棚的仪仗，一字儿在镇供销社商场门前的马路牙子上摆开，至少占据了足足50米远的地盘。其壮观而多彩、肃穆而欢快的场面，是可想而知的，也许这就是葛沽镇一年中最值得骄傲的时刻吧。为了它，区、镇的领导来了，北京和天津的作家、学者、艺术家来了，新闻界的朋友来了。为了它，那些原本非“三顾茅庐”而不出的电视记者、摄影记者们，竟然不顾地上的雪泥，冒着跌落下来的危险，爬上高高的房顶，把摄影机贪婪地对准着它。据介绍，葛沽镇早先曾建有九桥十八庙，现在路桥尚在，而庙宇呢，则因历次的兵燹和“文革”的“革命行动”而不复存在了。老人们说，这供销社的所在地，就是当年娘娘庙的旧址。娘娘庙不存在了，那宝辇里也不再放置天妃娘娘的塑像了，在经历过历史沧桑的葛沽人的意识深层里，却仍然不事张扬地把宝辇和表亭停放在这块原本属于它们的地方。这个特定的地点和这个行动的意义，也许只有当地的民众们才懂得，因为记忆是代代相传的。

辇是艺术品。辇原分为宝辇和华辇，天后（海神娘娘）所乘者为华辇，其余四位娘娘所乘者为宝辇。现在辇的外形依旧，内涵却已大变了。由于天后——海神娘娘的塑像不复存在，原来焚香膜拜的祭祀仪典也已荡然无存，因此，酬神性质已逐渐为娱人性质所取代，这大概也是历史的必然。但意识的改变却并非如此容易。辇恢复了它的艺术品的品格。这座六角形的木质结构，周围饰以绣花围子，四扇花棂屏风组成辇龛，顶部饰以宝石玻璃，八角飞檐，周身透雕，龙柱贴金。底座四角形，每角又雕有马足兽驮伏着，象征吉祥。全辇缀有蜡灯81盏，夜间跑辇，灯盏齐明，金碧辉煌。

辇由 8 人抬着，前后把持 2 人，两旁各有 2 人执垫脚凳，另有执日罩 1 人，共 15 人。每驾辇前，还有一队仪仗，一般是：小锣一面、高照四个、大锣一对、软对一副、硬对一副、龙棍一对、立瓜一对、躺瓜一对、斧一对、朝天蹬一对、八宝枪（云、罗、伞、盖、花、冠、鱼、虫）八枝、龙扇一对、龙凤扇一对、金凤扇一对、孔雀凤扇一对、灯牌一对、茶催子两对、提炉一对、盘炉一对、纱灯一对、歪脖伞一对。每驾辇全副执事据说 80 余人。可惜的是，因为雪雨致使表演未能充分展开，各茶棚的辇、亭，未能把准备就绪的全套技艺、招数施展出来，只是匆匆表演一遍，尤其未能欣赏到夜间在焰火、灯火、鼓乐中群情激昂的狂欢节式的表演。成千上万的群众顶风冒雪伫立街头，久久不散。他们劳碌了一年，积聚在体内的兴奋之欲，未能痛痛快快倾泻出来。直到晚八时才得到正式消息：皇会活动被迫终止。满街的人群，包括我们这些外来客，只得带着无限的遗憾和惆怅，快快不乐地离去。

## 四、皇会的组织

我们来到区里的金谷宾馆住下。昨天下午我们来到镇上时，在供销社临街的那面墙壁上，看到一张大红纸的布告，上面公布的是葛沽镇各村老百姓捐钱办皇会的账目和自发组织起来的领导班子的名单。当我们调查询问皇会活动的组织领导和经费问题时，区文化局的同志告诉我们，全部活动都是镇上的群众自发捐资、自发组织的，镇上有威望的人出头主持；他们举办此项活动的目的，是为了祈求国泰民安，来年有个好收成。今年跑辇、花会表演都未能尽兴，他们心中聚积了一种惆怅的情绪，就无心种好今年的庄稼。

俗谚说："八月十五云遮月，正月十五雪打灯。"今日之雨雪，是不是应了这句谚语呢？不记得去年八月十五是不是"云遮月"的天气了。希望今年能有一个好收成，这场大雪也许可以扫清和弥补葛沽人民因未能尽兴地在皇会期间玩儿而产生的遗憾和不快吧。

事实是：在天后娘娘接驾之日举办皇会，是葛沽民众每年一度的狂欢节和必修课。经历过多年的消歇之后，现在这个承载着民众心愿和憧憬的文化传统，已经随着改革开放的脚步得到恢复。

人不留客天留客，在风雪中回到我们下榻的金谷宾馆。朋友们以小酌驱寒，一时兴起，作打油诗一首，以志此行：“冷风狂雪才几日，刀光剑影敢相欺？帆樯林立华辇过，春雨一夜花满枝。”

作于庚午年（1990）正月十八，改于二月初二
发表于台北《民俗曲艺》，第67/68期（1990年10月）

**附记**

这篇调查报告写于15年前，即1990年初春，记述了当年正月十八天津南郊区葛沽镇举行的天后娘娘皇会的情况。多年前，我写了一篇《相见时难》的短文，发表在老友、光明日报记者张安惠主编的《中华英才·京都夜话》2003年第1期上，记述了这篇田野调查手记诞生的经过：

“文革”后期，在天津南郊的团泊洼文化部“五七”干校劳动时，去来北京天津，总要在天津大学附近的一个汽车站换车。因此，那块地方便成了记忆中无法抹掉的故地。十年后，又曾有一次经过此地去南郊，也给我留下过难以磨灭的印象。因此，总想有一个机会再去一趟，哪怕瞥一眼如今的容颜。恰好日前冯骥才君召集一个抢救与保护民间文化研讨会，会址就在天津大学对面的天宇大酒店，故决定前去，既酬大冯的盛情，又旧地重游，一举而两得。

第二天早晨起来，悄然出得宾馆大门，独自一人沿着通往郊区的马路漫步，谁料不知不觉中竟迷了路，不辨东西，找不到北，回不了宾馆。心情沮丧之余，思绪不期然地回到了记忆中去。

庚午年春节过后，是我从工作岗位上下来后的第一个春节。我忽发奇想，何不利用老关系，带领单位的年轻朋友们去一趟天津南郊的葛沽镇观摩皇会表演呢？大雪纷飞中到了天津，冯骥才得知后，要在吉士林请我们吃西餐。我顿时有些感到过意不去。第一，我已是个下台干部，俗话说，官场人情薄如纸，人一走茶就凉，何况下台之后的人，没有什么价值可利用了。第二，吉士

林是天津第一流的西餐馆，我带着这么多弟兄，人情和破费也太大了。大家在餐桌上就位后，我站起身来说：“我已经下台了，在如此高贵的餐馆里宴请我们，我承受不起，不知该说些什么好，感谢你不忘老朋友。”席间，大冯笑嘻嘻地带着他惯常的幽默说：“正因为你下了台，我才在这里宴请你们，你若是还在台上，我就不请你了！”此公一席话，并无世俗之浊气，但显朋友之真情，说得我心里涌动起一股感激之情，眼泪几乎要夺眶而出。欢宴结束后，我们一行冒着铺天盖地的大风雪，驱车迤逦向天津南郊的葛沽镇而行。

到达葛沽那天是正月十八，是传说中天后娘娘接驾之日，又是从正月初二开始的15天皇会活动的高潮。这一天又恰逢我的55岁生日，我的心情也就鬼使神差般的特别愉快。同行的朋友们在我们下榻的馆舍里，给我设宴祝福。老友和小友们的友情，给了我力量和温暖，从不会写诗的我，也不顾是否合辙，平生写下一首打油诗：“冷风狂雪才几日，刀光剑影敢相欺？帆樯林立华辇过（指天后娘娘所乘之华辇和仪仗），春风一夜花满枝。”古诗云：“相见时难”。多年后，大冯还没有忘记老友，给我提供了一个机会，相见之外，也让我还了一个重见那个通往团泊洼的换车站的夙愿。

由于风雪的影响，那次葛沽皇会的所有关目没能全部完成，故而留下了遗憾。很想能再有机会去作第二次调查，补上那些为风雪而简省了的仪式和表演关目，同样遗憾的是，我的这个愿望终于没能实现，许多本可补上的内容没能补上。那年我55岁，正当壮年，如今已是古稀之人了，看来这个愿望将成为终生之憾。此文写成后，没有在国内刊物上发表过，在整理旧稿时重新审读它，觉得其中所记内容还未失其意义，现略做文字上的修饰，交付发表，希望能提供一些当年天后信仰在天津郊区的情况。如今社会大变，市场经济无孔不入，农村人口大量流动，郊区农村城市化，民间信仰、特别是海神妈祖的信仰及其皇会发生了何种变迁，希望能读到新的调查报告。

参加1990年调查的有：贺嘉、吴超、刘晓路、金辉、李亚沙、李凌燕。

2005年3月27日

① 徐肇琼：《天津皇会考》，《天津皇会考纪·津门纪略》，第4页，天津古籍出版社，1988年6月。
② 同上。
③ 同上，第5—9页。

# 天桥何处

在京住了近60年，先后搬了五六次家。东城、朝阳、海淀、西城都住过了，户口簿上记载得清楚无误。这些住过的地方的市容市貌、风土人情也大都了然于心，却唯独没有机会住过南城，而南城又是旧京文化的聚集之地，拥有诸如乾隆、嘉庆年间一些历任大臣居住过、孙中山五次到过、召开过国民党第一次全国代表大会并宣布国民党成立的湖广会馆啦，有着300年历史的中国第一座整体木结构室内剧场正乙祠啦，古玩字画纸张书帖鳞肆林立的琉璃厂啦，珠宝经营鼎彝罗列的火神庙啦……看来并不起眼的一处地方、一所房子、一条胡同，无不隐藏着深厚而独特的南城文化。自从吴贻弓根据林海音的小说《城南旧事》改编的电影放映后，在北京人的内心激起了对南城文化浓重而持久的怀旧感。对我而言，虽然在京居住了半个多世纪之久，也参加过一些有关南城文化的展览与研讨，读过几本写南城的书，甚至写过《天外晨钟》那样广泛流布于南城的空竹之声的文章，却总感觉是一个没有融入北京土著的外乡客，对南城的人文和历史至今还有一种陌生感。须知，不了解南城，就不能说了解北京。

若说对南城一点儿都不知、一点儿都不晓，那倒也不是。记得1959年，当时担任中国科学院文学研究所副所长的著名诗人兼文艺理论家何其芳先生，邀请年轻的苏联汉学家李福清访华，要我去作陪。我同那时著有《万里长城与孟姜女的故事》等中国文化研究著作的李福清神交已久，但却只是通通信、互寄一些各自需要的书刊而已，并没有见过面。这次见面，对我来说，自然非常高兴，又是受何其芳的委托，自当尽力帮助苏联客人了解北京城的地理人文。李福清是研究中国俗文学和民间文学的，所以除了参观故宫、颐和园等名胜以外，一定要逛逛琉璃厂和天桥这两个地方。那时的天桥，大街小巷都是摊贩、书肆、杂耍，是下层文化汇聚之地，喝茶、买书、购物、闲逛的人摩肩接踵，熙来攘往。对于一个读书人来说，可以不费力气地买到许多在新华书店里无法买到的民国时期的旧图书、旧唱本。头一次到中国来的李福清，对此行的安排高兴极了。这些地方对他来说，是梦寐以求的，他哪里见过这世面？

这对我来说，也是头一次逛天桥。最让我不能忘怀的，是陪他到一家书馆听连阔如说评书，那天说的是《长坂坡》。连阔如参加过第一次全国文代会，而且早就是华北文协的成员，虽然在1957年被戴上了“右派”帽子，却仍然是北京地面上公认的、妇孺皆知的评书艺术大家。可惜由于年久日深，他说书的那家书馆的名字我已经忘记了。1992年李福清再次来华访问时，还向我提起这件事，说他自己去寻访旧地时，那看门的老太太还记得他这个大鼻子的老毛子。这也不奇怪。那时与普通老百姓一起到那种地方去听书的外国人，毕竟是凤毛麟角。现在开放了，各国人都来了，什么人都去，什么地方都钻，只要不是保密单位。加拿大的留学生大山，甚至成了鼎鼎大名的相声演员。我陪李福清进去的书馆，记得顶多也就是能容纳二三百人的小场子，黑着灯，一排排的长条凳子（不像现在都是靠背椅子）上坐着男女老少的听众，主要是下层市民，如搬运工人、三轮车夫等劳动者。卖茶水、瓜子的小贩穿行其间，如入无人之境，把盛着瓜子、香烟的箩筐伸到你脸前，你只得掏出钱来买上一包。边吃、边喝、边嗑、边听，真是乐在其中。台下的人被台上人的说唱所吸引，忘掉了一切，时间不知不觉过去了。唯感不快的，是每隔五分钟来收一次票钱，否则就得给轰出去，因此常常被打断思路，不像现在进门买一次票可以看到终场。那时的天桥，除了说书的茶社书馆之外，还有耍把式的、耍中幡的、拉洋片的、卖药的……天桥在全北京城可说是独具风采，无可替代。可惜后来再也没有机会去欣赏那里的民俗文化风情，结识那里的种种人物。

1959年是建国十周年大庆，辉煌雄伟的十大建筑不仅改变着北京昔日留下的灰蒙蒙的头脸，而且也给市民带来了心理上的兴奋。那是共和国的兴盛时期呀。天桥在那次建设中，也旧貌换新颜，有了驰名全国的天桥商场、天桥剧场。据说，天桥商场和天桥剧场的兴建，是那时改造天桥计划中的组成部分。天桥剧场的建设，在天桥这个传统的俗文化园区的旁边，给北京人增添了一个侧重于上演歌剧和舞剧等雅文化的公共场所。好几出著名的外国歌剧，如《蝴蝶夫人》等，我都是在那个剧场里观看的。

记得 20 世纪 80 年代有幸参加了一个讨论南城改造的什么会议，听取了黄宗汉先生牵头编制的包括老天桥在内的南城改造计划，面对出自文化专家和建筑专家之手的旧城改造蓝图，我倍受鼓舞。90 年代初，相别多年的弟弟、妹妹趁冬闲时节来京探望我，再次创造了一个去逛逛天桥的机会。他们是从穷乡僻壤来的农民，谁也没有出过远门，更没有来过北京。那天虽然下着雪，我还是不顾疲劳和路滑，带他们去了天桥和天坛。天坛依旧，天桥却变了。我们所看到的，与我印象和想象中的天桥完全是两回事。老天桥原址上盖起了一排排居民住宅楼，记忆中的那个老天桥消失不见了！面对这些高楼大厦，实在是无语。天桥成了梦里乐园。老天桥被贬黜、被废弃，不免使北京人涌出一种“乡关何处”的悲戚之情。

进入 21 世纪以来，世界大变。各国政要和文化人士痛感人类传统文化的迅速流失，世界文化多样性的萎缩消解，人类面临着由文化人逐渐异化为物质人的悲哀前景。于是世界各国的有识之士大声呼吁保护人类创造的物质文化遗产和非物质文化遗产，而且在短短几年内，已有 140 多个国家在联合国教科文组织的《保护非物质文化遗产公约》上签字画押，标志着保护人类的传统文化已成为世界潮流。“野火烧不尽，春风吹又生”，在这股保护传统文化潮流中，一些因老天桥的人为消失而流散多年的民间艺人和他们的徒弟，又重新浮出水面。2005 年还是 2006 年，记不清了，在老天桥以玩中幡而扬名的老把式宝三的徒弟付文刚，在宣武区文化馆一位文化干部的陪同下来到舍下，向我谈及希望借“非物质文化遗产”保护工程的时机重出江湖。付先生的到来和交谈，使我更加感到尽快恢复天桥文化场所的必要性和紧迫性。没有了天桥，难道让付文刚的中幡，在北京的四合院或舞台上耍吗？保护中幡、耍中幡的场所和文化空间，自然也就成了重建和保护的题中应有之义。

在充分重视传统文化的世界潮流中，我国进入了文化大繁荣大发展的快车道，现在北京市西城区的执政者们接受了以人为本、保护传统文化的文化理念，以一部新的“天桥演艺区”的规划蓝图，给了人们以鼓舞和希望，而踪影消失多年的老天桥的复现，已是指日可待了。

2012 年 12 月 13 日

发表于《文汇雅聚·2013 春分集》，文汇出版社，2013 年 3 月

# 庚辰春节逛东岳庙会

北京庚辰春节过得特别隆重，大概是因为龙年与千年碰到了一块儿的缘故。即将过去的这个千年中毕竟只有9个龙年，更何况是最后一个龙年。这种千载难逢的历史机遇，谁不愿意抓住呢？事业家们愿意借此做点善事，政治家们愿意借此留下美名，企业家们愿意借此敛钱发财，老百姓们愿意借此求得吉利。为此各界固然做了很多灿烂辉煌的大事，包括建了个中华世纪坛，中央电视台举办了个春节联欢晚会，等等。在我看来，最容易红火煽情、最与老百姓贴近，能使他们得以从一年来的紧张劳动中舒缓一下筋骨并释放掉由于种种原因而郁积于心的积怨的，莫过于庙会了。在往年举行的白云观庙会、龙潭湖庙会、地坛庙会之外，今年又有东岳庙庙会等加入其中。从春节到元宵节期间，庙会数量之多、规模之大、花样之新、气度之盛，大概是新中国成立50年来绝无仅有的。连东安市场这种辉煌的"庙堂"里也办起了土里土气的庙会，黄包车大摇大摆地穿行在商厦大厅之中，何曾有过？何曾听过？

可不要小看了那被"士人"瞧不起的庙会，只要翻翻中国历史的老账，就得承认，庙会历来是政治清明、社会安定的一个重要标志，历来是给一个城市带来永久声誉的重要因素。而且此类民俗活动，对社会的安定和国民的凝聚力也起着相当的整合作用。

由于刚读了我的老同学王之梁兄写的一部以老北京为题材的长篇小说，其中有关老北京民俗生活的篇页，娓娓道来，如数家珍，连我这个多少研究过点民俗的人也顿生自愧弗如之感喟。破五那天，竟然也老夫突发少年狂，相约上另一位正沉浸在中国传统文化研究中的老朋友、现任北京大学博士生导师的李明滨兄，一起到东岳庙去看看刚恢复不久的七十二司、送子娘娘殿和那里热闹的庙会。两三年前，东岳庙刚恢复时，博物馆馆长何放先生曾邀请包括钟敬文、史树青在内的一批首都的民俗学家去开会谈建馆意见，我也有幸位列其中。两年过去了，这次进了庙门，稍事浏览，便被主办者的新意奇想吸引了。本届庙会的创意，并不以招徕商贩、吆三喝四、赚钱捞利为主，而设计了以“福文化”和“龙文化”为主题的庙会内容。祈福心理是普遍的一种人生追求，通过一定的方式使人们的这种心理得到满足，使其心理达到平衡，精神得到升华，对于个人或社会，都是有益无害的。在“福文化”的旗号下，游客们纷纷在横幅上签名和留言，购买“带福还家”福牌，等等，既富有中华文化的内涵，又切合民众的心理要求。君不见那密密麻麻挂在树上和东岳大帝庙堂墙上的红色“福牌”，给人一种怎样的喜庆欢乐祥和康宁福祉的心灵感受。而那“龙文化”展，尽管展品不是很丰富，阐释也未必都很精当，通过不同时代、不同造型、不同风格、数量有限的龙绘画、龙图案、龙建筑艺术的陈列与解释，仍然能够给游客以文化和历史知识，满足人们希望了解龙年文化意蕴的渴望。东岳庙庙会的举办，在北京市虽然起步较晚，却给传统庙会在当代条件下如何发展，提供了有益的启示。

但庚辰北京庙会也并不都是成功的。地坛庙会离我的寓所近在咫尺、举步便到，因此每年都要带着小外孙女去逛，帮助她感受传统文化的精深，然每年都是高兴而去、扫兴而归。今年的地坛庙会仍然名之曰“文化庙会”，却除了在方泽坛北面的中幡表演和几个小戏小品演出外，称得上是“十年一贯制地”既没有“文化”，更没有丝毫创新。丰富多彩而又十分驳杂的北京民俗文化，在这里几乎没有地位，不仅相互有别的郊区传统花会圣会缺席，就连市区的一些传统花会也没有到场。我想，称其为一个没有文化的“文化庙会”似乎更为恰当。携老扶幼、拥挤不堪的人流只好在林立的摊贩炉灶之间穿行，只图个热闹而已。小吃的油污随处乱泼乱洒，废弃的碗筷垃圾遍地狼藉，异味达到了呛人的程度。公园管理方面为了捞钱，大量招商，以致去年花费巨资刚刚种植的草坪也几近被夷为平地。不信，庙会刚结束的那几天，公园内的几条主要通道上油污遍地、臭气熏天，令我辈常年在此晨练的市民们望而却步。无怪乎《北京晚报》在庙会还没有结束时就迫不及待地发表文章，对其提出了非议。

这里引出的问题是：民俗文化的价值判断——庙会向何处去？

庙会的形成和延续，受着一定的生活方式与精神需求的激发和制约。生活方式和精神需求是发展的，民俗也就是变易的、流动的，而不是僵死的。但这种变易是按固有的规律发生的，不是按某些人的意志或金钱和资本的驱动发生的。庙会的改造，不等于把传统的民俗文化游艺等当作有害的文化驱除掉。回顾社会动荡的晚清时代，在反孔、反迷信的大思潮中，也曾经出现过打倒泥胎、扳倒神像一类的过激行动，结果如何呢？后来信神信鬼的迷信不是又恢复如初了吗？“文革”中不是也以急风骤雨式的手段破除过“四旧”吗？结果如何呢？一进入改革开放的时代，人民生活稍微安定下来，那在“四旧”之列的造神修庙、烧香拜佛、算卦求签之风，不是又悄悄地死灰复燃了吗？为什么？归根结底，是因为人们的科学认识水平并没有提高，掌握和支配自己命运的能力并没有提高。如马克思所说，暴力是不能解决精神的问题的，解决精神领域的问题只有依靠精神的武器。暴力不能解决精神问题，同样，权力和“钱老大”也不是解决精神问题的武器。

这里好像牵涉到“移风易俗”的方针了。问题不是不要移风易俗，关键是移风易俗的目的是什么，“移”什么样的“风”，“易”什么样的“俗”？历史上最早提出“移风易俗”口号的思想家们的意图，是在于改造国民的精神，加快国家的进步。战国时期的荀子（约前313—前238）说：“乐行而志清，礼修而行成，耳目聪明，血气和平，移风易俗，天下皆宁，美善相乐。”他提出的是一个理想的社会模式，而“移风易俗”乃是这种社会模式的一个中心支点。到了他的学生，秦朝的思想家李斯，也曾提出“孝公用商鞅之法，移风易俗，民以殷盛，国以富强”的治国方略。达到“民以殷盛，国以富强”的手段，不是别的，也是“移风易俗”。过了两千年，晚清的维新派思想家黄遵宪，再次提出“治国化民”“移风易俗”的主张，并与徐仁铸、谭嗣同等在湖南率先成立“不缠足会”“延年会”等，身体力行推行民俗改革。现在我们仍然沿用这个口号。不同时代的思想家的意图却是一致的。

移风易俗，具体到庙会上，既不是要不分善恶、不分良莠，对一切历史上传袭下来的民俗事象，持抱残守缺的态度；但也绝不是把老百姓喜闻乐见的传统民俗和游艺都革除掉，更不是唯赚钱为上。庙会原来是指与古代的宗庙社郊有关的祭祀和游乐活动。现在我们已经将其改造成为以群众文化娱乐活动为主的农历民俗节日，应该提倡合乎中华文化传统而又于群众、于社会有益无害的风俗习惯、文化游艺、民俗信仰，革除那些有害于群众和社会的陋习、迷信和游艺。但这种革除绝不是要把历史上传袭下来的丰富而驳杂的民俗文化，统统看成是要不得的迷信和精神垃圾，统统看成是与当前的意识形态水火不容、应予摒弃的消极的东西。如果让这种观点得逞，我们就将重新堕入极“左”的泥淖之中。对待过去的传统文化，包括民俗文化，唯一正确的态度就是历史主义。

北京庙会的历史久矣，民俗传统久矣。北京庙会之所以闻名遐迩又穿越时空，是因为北京庙会是古都的庙会。如同唐长安、宋汴京和杭州、明金陵一样，都以其斑斓多彩的庙会和年节民俗而代代相传，并永载史册。开封有《东京梦华录》，杭州有《乾淳岁时记》，北京也有《燕京岁时记》和《帝京岁时纪胜》。如果没有这古都的民俗节日和庙会风采之盛，我想北京作为中华文化杰出代表之一的形象是会大为减色的。因此我们要十分珍惜这个传统。我们在庙会的改革和设计上，在“移风易俗”的操作上，应该尊重的是历史上民俗变迁的客观规律，精神领域里的问题用精神的武器去解决。在民俗文化的价值判断上，我以为重提先辈学者们提出的“有益无害”论为好。

2000 年 3 月 3 日

发表于《北京观察》，2000 年第 7 期；

《广东民俗》，2000 年第 3 期（总 21 期）

# 妙峰山纪事

今年农历四月初一至十五的妙峰山进香庙会，被列为在门头沟举行的首届中国民俗旅游节的组成部分。它的日期是历史上沿袭下来的，已经有了三百多年的历史。为了筹备首届中国民俗旅游节，清明节前夕，妙峰山乡乡长李春仁邀请我们一行去妙峰山踏春，去看看那里庙宇修葺及庙会设施的情况。庙会期间，又在你推我搡、熙攘嘈杂的进香人流中，陪同中国民俗学奠基者之一的钟敬文老先生上了一次山，考察进香的情况，还了他毕生的夙愿。

70年前，即1925年的4月30日至5月2日，北京大学国学研究所的青年学者顾颉刚、孙伏园、容庚、容肇祖、庄严等，徒步对妙峰山进香庙会进行了我国历史上第一次田野调查，并于同年6月起在《京报副刊》上连续发表了参加调查者的调查报告和纪游。1928年，广州中山大学把顾颉刚编的《妙峰山》一书列入“民俗学丛书”出版。妙峰山及其庙会一时名声大振。成书于清光绪二十六年的《燕京岁时记》载：“妙峰山碧霞元君庙在京城西北80余里，山路40余里，共130余里。……每届四月，自初一开庙半月，香火极盛。凡开山以前有雨者，谓之净山雨。庙在万山中，孤峰矗立，盘旋而上，势如绕螺。前者可践后者之顶，后者可见前者之足。自始迄终，人无停趾，香无断烟。奇观哉！”每到庙会时期，山前山后三条香路上，人烟辐辏，车马喧阗。来此祭拜神灵的香客，不下几十万人，其中也不乏前来“借佛游春”的游客。据记载，来此进香的香客，南有江淮一带的，北有来自吉林省长春的。花会最多的时候，不下130档。沿途茶棚、粥棚，星罗棋布，修路的道会、补鞋的缝会，散落香道。夜间数十万盏灯火，布于道旁，蜿蜒几十里，灿如列宿。民国初年，有一位叫奉宽的满族学者写了一本题为《妙峰山琐记》的书，对妙峰山庙会在晚清的盛况及其凋零的过程，做过很精彩的描写。他写道：“（妙峰山）庙会自光绪庚子四月六日风雪告警，七月二十一日京师糜烂后，昔年之丰富气象不可复寻。”这里的庙宇，始建于明代，毁于“文革”之中，现在的建筑，都是“文革”之后按原样重建起来的。

近年来，改革开放，国泰民安，庙会又得到恢复，成为首都北京和华北广大地区老百姓寄托心愿和旅游欢乐的胜地。今年庙会盛况空前。我们上山的5月7日，正是大礼拜休息日，从南道上山的人群络绎不绝，真如史籍记载的那样“前者可践后者之顶，后者可见前者之足”。山前村庄的停车场、道路上停满了汽车。来此进香献艺的花会大约有40档之多。我看见蓝淀厂老会、崇文门文化馆老会等群众组织的老会、圣会等多起，也有种种义务尽责的老会和个人。我们看到，在免费施茶的“绪善升平清茶圣会”旁边，就贴着一张招帖，是朝阳区一个叫高志怀的人“舍馒头”十天。上山的香客和旅游的人士，混杂其间。在我熟悉的文化界人士中，就碰到了周巍峙、于是之、舒乙等。香客们向着碧霞元君朝拜许愿，而那些游客们则是来放松自己。几乎所有的人，都相互问候：“您虔诚！您虔诚！”下山的时候，买一个带花的“带福回家”标志，别在身上，我也买了一个戴在胸前。在这里，古老的庙会信仰习俗与新的文化因素交织在一起。

对于老百姓的庙会及其信仰，顾颉刚说过一段极为精彩、至今也还没有过时的话：“朝山进香是他们生活中的一个重要部分，绝不可以用迷信二字一笔抹杀的。我们在这上，可以看出他们意欲的要求、互助的同情、严密的组织、神奇的想象，可以知道这是他们实现理想生活的一条大路。他们平常日子只有为衣食而努力，用不到思想，唯有这个时候，却是很活泼地为实际生活以外的活动，给予我们以观察他们思想的一个好机会。另一方面，这是他们尽力于社交的时候，又是给予我们以接近他们的一个好机会。”顾先生的言论，十分精辟。自清末以来，历届执政的政府，只看到了庙会消极的一面，没有看到其中人民“意欲的要求、互助的同情、严密的组织、神奇的想象”，因而曾多少次发起过破除迷信的行动，包括打倒泥胎在内，但到头来却收效甚微，深深藏匿在人们心底里的民间信仰，像野草一样，野火烧不尽，春风吹又生。

妙峰山是一座神奇的山，是一座文化的山。我第一次登上妙峰山时，是三月，山桃花漫山遍野地开放，成为迎接春天的天使。山桃落英，六月里桂花又紧跟着怒放，把一座座山头染成一派绯红。桂花开起来，香飘四方，既可欣赏，又是名贵的经济花卉，桂花饼、桂花糕、桂花油成为当地畅销全国的名产。来此进香的香客和旅游者们，下山的时候，每个人都喜欢在头上或胸前插一朵鲜花，红色的花朵在民众的心里是“得福”的象征；每个人都买一根桃木棍作为下山用的手杖，一来帮助支撑倾斜的身体保持平衡，二来桃木有辟邪的象征含义，能够满足人们祈求平安吉祥的心理。

1995年5月23日
发表于《吉林日报·东北风》，1995年8月4日

# 再上妙峰山



妙峰山作为北京的“五顶”之冠而被载于史册。从明末以来的300余年间，除了抗日战争到“文革”这段时间外，每年的正月初一到十五，山上都要举行盛大香会，来自华北地区的群众到此向金顶灵感宫里的碧霞元君等礼敬，最盛时达40万人，因而妙峰山历来被称为“北京的宗教中心”。民国以降，1925年的香会最富文化史意义，北京大学的顾颉刚、孙伏园、容庚、容肇祖、庄严等著名学者一行五人，从德胜门出发，迤逦80里山路，从北路登上妙峰山，进行民众香会调查，在山上住了3天，开了正在初创中的中国民俗学田野调查的先河，是为北京、也是中国现代文化史上的一段佳话。

香会是旧称，1986年恢复时，改称庙会，于是香会成了历史称呼。近年来每年进山参加庙会的百年老会和新会，大约有200档之多。这些百年老会中，有的是修路的、有的是缝鞋的、有的是挂灯的、有的是舍馒头的、有的是舍茶的……总之，都是公益性质、慈善性质的。保存至今的这一类老会中，以花会和舍茶、舍馒头的居多，修路的、挂灯的等，已不多见了。他们的会头，都是些群众认可的民间领袖人物，他们承继先辈传下来的老规矩、老传统，带领会众在会期内登山朝拜和献艺比武，宣泄一年来郁积在内心的情绪，消除生产劳动中的疲劳，充分放松自己的身心，进行有益的社会交往。因此，社会学家和民俗学家认为，庙会在社会整合和稳定中起着积极作用。

在顾颉刚一行上山70周年这个极有意义的日子里，1995年的5月7日，迎来了80年代以来规模最为盛大的一次庙会。这一天，我陪老民俗学家钟敬文教授和语言学家马学良教授登上了妙峰山。那天上山的人特别多，据说总数不下于10万，人流络绎于途，交通拥塞。时代毕竟不同了，当年顾先生他们五位学人是骑驴、乘轿、步行登上山顶的，而我陪着的钟老时年已是93岁高龄，马老也已82岁，我们只能以车代步。但等我们乘坐的面包车到达山下的涧沟村时，山上却传下消息来说，山顶的停车场已车满为患，一切车辆暂停上山。我们的车意外地被阻于山下，遥望着葱茏的远山，我急了。当年顾颉刚先生上山时，钟先生一是还年轻，二是身在广州，没有机会躬逢其盛，失去了随顾先生登山考察香会的机会。但多少年来，钟先生都以此为憾，从未放弃寻机上一趟妙峰山的夙愿。一听到我要安排并陪同他上山，他高兴得像回到了青年时代，早早就起床穿好了衣服等着。现在我们竟被阻于山下，如何是好？我急中生智，找到在山下维持秩序的民警，向他说明情况，请他务必用对讲机与山上的指挥部联系。我们终于得到山上指挥部的特许，让我们的车上山。当我们的面包车到达山顶时，钟老高兴地对我说："我本该早来的，可总是没有机会，今天终于圆了70年的一个梦。"钟老先生在一帮年轻的民俗学家、他的弟子们以及众多媒体记者们的簇拥下，神采奕奕地逛庙会，观摩一档档民间花会的演出和比赛，察看古碑、古塔、古树，和一个个年迈的老会头交谈，互道珍重，不禁常常沉入尘封已久的往事和遐想之中。老教授在刻有"金顶妙峰山"五个大字的石碑前留了影。这既是他在93岁高龄时登上妙峰山的记录，也是对顾颉刚先生开创田野调查之功的纪念。我和钟、马二老在灵感宫前面，扶着石栏杆留影。钟老像所有上山进香的人一样，到小摊上买来一个红颜色的"带福还家"小牌牌挂在了胸前。到山上来的人，谁不希望"带福还家"呢？

那一天上山的还有许多文化名人，其中有文化部老部长、中国艺术科学规划领导小组组长、著名音乐家周巍峙。他在延安时和进城后，一向关注民间艺术，为保护和搜集民间艺术采取了很多措施，是保护优秀民间艺术的有功之臣。近年他又全力投入十套民间文艺志书集成的编纂领导工作，对中华民族传统民间文化的保存发扬贡献很大。巍峙老上山时，是从东城的家里出发，独自一人闯去的，到了山下的路卡时，当地的人不认识他，阻挡了他的轿车，无奈中他只好自报家门。后来我见到他，向他表示抱歉，他反而说他没有错过这个时机，了解了很多不知道的情况，玩得很高兴很愉快。因为我是那次游庙会的组织者，没有照顾好周老是我的失误，也没有给周老拍下在山上的照片，心里一直感到遗憾和歉疚，最近我已托朋友找周老的秘书小唐要那次他拍的照片，找到后要送到妙峰山去陈列起来。那天，上山的还有表演艺术家于是之夫妇，前中国日报社社长、中国旅游文化学会会长江牧岳，老舍先生的儿子、现代文学馆副馆长舒乙等文化界知名人士。来自全国各地参加“中国民俗论坛”学术会议的40位民俗学家，不乘车，相扶登上了这座名山。文人学者汇入这人头攒动的民众之中，体验着深厚的中华文化300年来以怎样的方式和力量，在民众中得到积淀和流动。寂寞了几十年后又复苏的妙峰山，又见文人荟萃，成一时之盛。首都的新闻媒体和民俗学家们，也像70年前《京报副刊》等报刊记录顾颉刚先生一行一样，用不同的方式记录下了这次世纪末妙峰山庙会的盛况。

今年5月我又上了一次妙峰山。上海文艺出版社邀请俄罗斯汉学家李福清先生来华访问，并商谈翻译出版《世界文学史》大计。他到京时，正值举行第七届妙峰山庙会。晚上我去旅馆看他，问他是否想去妙峰山看看庙会，他高兴极了，说这对他来说是千载难逢的机会，他先后访华15次，这是第一次碰上。我便打电话给妙峰山风景管理处的负责人王立宇先生，请他帮忙接待一下这位著名的俄罗斯汉学家。5月20日，我们一行上了山。李福清是我40年前结识的老朋友。那是1959年12月，他作为苏联自费旅行者第一次来到中国，受到中国科学院文学研究所所长何其芳先生的接待。何其芳先生把我叫去陪李福清。我们早有通信，但这是第一次见面。我陪他到天桥的五分钟小剧场，听连阔如说三国，逛天桥的书摊、钻小胡同、参观故宫等。后来我又陪他访问过顾颉刚先生。1961年顾先生安排他的亲戚姜又安先生翻译李福清的《万里长城的故事和中国民间文学的体裁问题》（他的副博士论文）一书。因此，李福清先生对顾先生早年上妙峰山的事，对妙峰山作为北京民间信仰中心和民俗中心，了如指掌。在妙峰山，除了主神碧霞元君外，还有一尊天津人信仰的女神王三奶奶。这是由一个真实的女人演变而成为神灵的民间神。这是件极有意思的事。当李福清得知这尊雕像是他认识的天津宗教学家李世瑜先生托人在天津塑成并护送来京的，不胜惊讶和高兴，于是在王三奶奶像前虔诚地祭拜了一番。我们一道拜访了住在山上舍茶的义福善缘清茶老会老司都管石绪才、张义福两位老先生，本届庙会期间他们按旧例从永定门外的家来此设立茶棚，把保存完好的清代茶具摆满了整整一大间屋子。在他们的茶棚旁边，是一家舍馒头的棚和一个山东济宁的老太太舍馒头的帖子。也结识了来自阜成门内孟端胡同的费文通老先生，他率领的老会叫万福顺义少狮老会，顾名思义就是要狮子的花会，资格也很老了。我意识到，这些多年来坚持不渝地在庙会上行善举而不求回报的普通人，正是把这源远流长的庙会文化延续下来的中华文化主体。看来，要真正了解妙峰山，需要的是静下心来倾听。

这次上山，我请朋友刘晓路把四年前钟敬文先生上山时在金顶为其拍摄的照片放大了一张并装入镜框带到山上，交给管理处的王主任，请他们挂在展厅里。可惜的是找不到顾颉刚 75 年前上山时的照片。行前我打电话给顾先生的女儿顾潮教授询问，她说当年《京报副刊》上有一张五人的照片，但不是在妙峰山上照的。我想，那张珍贵的照片也应翻拍出来，陈列到妙峰山的展厅里，进而把妙峰山办成一所京西民俗博物馆。这样，妙峰山作为北京民俗文化史的见证者，才得以完整地再现出来。

1999 年 5 月 25 日于东河沿

发表于《中国文化报·四季文学导刊》，2000 年 11 月 30 日

# 石岛观海祭

海风依然带看阵阵寒意，人们的棉衣还没有脱去，那依依的杨柳却已经把嫩绿的枝条伸到了人们的眼前。谷雨，这个对于渔民们来说至为重要的节气，悄悄地君临这滨海的土地上。我们一行踏着第一场春雨浇灌得湿漉漉的红土地，从北京赶到这地处祖国最东端的渔港石岛镇，兴冲冲地来参加这里一年一度的海祭。

石岛是个闻名遐迩的黄海渔港小镇，向为国内外渔船锚泊避风、增粮加水、集散海货之所，南来北往的渔民商贾，带来了南腔北调的语言和迥然不同的风土人情。镇子中心有一座始建于明代的天后宫，那里袅袅升起的香火的余烟告诉我们，各路渔民仍然把自己的生死安危寄托在这个女神身上。沿着山路往西南走几里，在镇属的玄镇村和蚧口村之间的山包上，矗立着一座小小的龙王庙，龙王以一种威严的神情俯视着山脚下港湾里的大小渔船。不难发现，喧闹的市街生活和繁忙的海上捕捞背后，隐藏着的是一种浓重的民俗文化心理。

谷雨这天举行海祭是玄镇村的一项传统的民俗文化活动和祭祀活动。渔民们经过了一年的紧张劳作，又经过了一个冬天的休整，现在就要出海了。在出海之前，他们要恭而敬之地祭祀在海上护佑他们安全的海神。据说，这种以海祭为中心内容的源远流长的民俗文化活动传统，自从被抗日战争的战火中断之后，逐渐演变为小型的家祀活动了。“文革”的风暴把渔民们奉祀的场所——小小的龙王庙也扫荡得干干净净。当信仰存在的基础还没有消失之前，想用强制的办法来消灭信仰，看来不过是一种天真幼稚而又“左”得可爱的想法罢了。渔民们说，尽管龙王庙没有了，神像没有了，老百姓心里还是有一个“龙王爷”，暗中对他敬重，对他膜拜，把来年风调雨顺的企望寄托在他的身上。

随着改革开放的浪潮，本地渔业生产得到很大的发展，境外的渔船和商船到此地锚泊的日多，海神信仰又悄无声息地盛行起来。镇上的海神娘娘庙由旅游局和姜家疃村共同投资重建一新，玄镇村和蚧口村的龙王庙也得到了修复。一座小巧玲珑但不失威严的龙王庙高高耸立在山角的岩石上，用新泥塑就的龙王爷庄严肃穆地俯视着脚下海面上往来穿行的船只。在庙门两旁是一副出自渔民之手、体现着渔民心愿的金字对联：“龙王献宝锦鳞满仓；四季平安一帆风顺。”农历三月初六（4 月 20 日）是谷雨，渔民们预定在这一天举行隆重的祭祀海神的仪典。而这次民俗活动——海祭仪典，将要在这座小庙前面举行。一位老渔民含着眼泪对我说，这样规模盛大的祭祀活动已经有 50 年不见了。

村民们公推两位德高望重的领袖人物——老渔民领头筹划、操办这次久违了的海祭。他们是：1．王承坤，今年 74 岁，老渔民，已有十多年不出海了。他有三个儿子、五个女儿，老二王国民继承父业，是村里的头船船长，驾着一艘 80 马力的机帆船。我们访问他家，吃团圆饭、喝团圆酒（海祭日民俗）时，他正扬帆南朝鲜未归。2．张景淮，今年 57 岁，老渔民，现在已不再出海，是渔村里群众文艺积极分子，几个儿子都是渔民。筹备工作从正月十五过后就开始了，至今已是一个多月了。今天就要隆而重之地出台接受全体村民和司海的龙王爷的检阅了。

海祭仪礼是由玄镇村和蚧口村共同主办的。整个祭礼由两部分组成：一部分为蚧口村准备的牲牷——一头去毛的完整的肥猪和十只分为两盘、每只为五斤面粉蒸制的大饽饽（馒头），作为向龙王庙里龙王神像的祭品；另一部分是既酬神又娱人的杂耍仪仗队伍，在鞭炮的震耳声浪中从村头走向龙王庙，在祭坛旁边助阵酬神。

行进队伍的先导是一辆载货用的轻型卡车，车上彩旗和幡幢林立，锣鼓喧天，缓步而行。先导车之后，八个青年渔民用木架抬着一头重约 150 斤的去毛猪。猪的腰背和头脸上分别缠着红绸，十字交叉着在背部打结，宛若一朵莲花。猪头朝前，四蹄缩卧，形象生动而逼真。行至龙王庙，摆在面海背山的龙王庙供桌（一尺高的地桌）中央，面向龙王塑像。毛猪的两边是两盘大饽饽，每个饽饽的顶部用红色染了朱点，用刀开为三分的开口花。祭牲的外部是焚香用的香炉和焚纸及纸钱的火坑。四周挤满了敬神礼拜的和看热闹的人群（据估计约有两万人），还有参与酬神的杂耍文娱队伍。在锣鼓声中，一位年迈的老者劈开缭绕不散的烟雾，向龙王跪拜再三，并将祭坛上的即墨老酒洒向龙王和大海，祈愿龙王保佑玄镇和蚧口两村风调雨顺、锦鳞满仓、四季平安、一帆风顺。庄严的祭仪到此便告结束了。

但是，一家一户的祭礼却方兴未艾，从中午一直延续到半夜子时。一捆捆的纸、香，在一挂挂鞭炮的震响中化为灰烬，升腾在附近的海面上。夜间，一张张被香火照亮了的古铜色的脸庞，透着从心底泛出的虔诚与喜悦。

猪是中国古来祭献的"毛六牲"（马、牛、羊、豕、犬、鸡）之一。体毛完整之牲谓之牲牷，隆重的大祭一般用牲牷，小规模的家祭则往往用猪头，这是《礼记》里就有记载的。玄镇之海祭为全村的公祭，所用之祭牲为牲牷，此乃中国传统祭仪之遗响无疑。至于在饽饽上划开三道岔，是否象征佛教徒借以升天的莲花瓣还是另有所喻，渔民们也说不清楚，只好留待他日了。据说，以往海祭仪典结束之后，种种祭品都要由渔船载诸深海抛撒到海水之中，供海神享用，实则让那些给渔民威胁最大的鲨鱼、鲸鱼一类食用，整个海祭才算结束。如今则大为不同了。据村里的主事人相告，大饽饽就在当日子时以后被扔到海中，而猪则抬回村里分而食之。

玄镇和蚧口二村的渔民祀奉的海神是龙王。附近几里地之外有一个叫斥山的小村子，过去曾建有一座海神娘娘庙，祀奉妈祖娘娘，不过庙在"文革"中被夷为平地，祭祀活动也就随之消失了。石岛镇上那座娘娘庙，现已修葺一新，为南来北往的渔民和客商所祀奉。

我们在调查采访中对于当地渔民既信仰龙王又信仰天妃娘娘不明其故。玄镇村和大鱼岛村的老渔民告知说：龙王保佑渔民风调雨顺，一年丰收；娘娘保佑渔民海上安全，不出海难。妈祖娘娘是南方渔民的海神，由南方来的渔民传过来，我们这里的渔民也信她了。传说海上起了大风大浪，娘娘就会给遇难的渔船送灯。送前桅杆灯好，渔船见到前桅杆上有了红灯，就立即会转危为安，平安无事，即使风浪再大，也能安全返航。送后桅杆灯不好，八成要出海难。过去渔民出海打鱼，船上都供着一尊娘娘像（木雕像），还有一个童子侍候她，船员们四时八节烧纸烧香供奉她。（按：这个童子不知何人，一般妈祖庙里是千里眼和顺风耳二位降将，为妈祖娘娘观察和倾听海上的情况。）留在家里的家属也拜娘娘，盼她保佑出海的家人平安无事。现在有的船上也有带着妈祖像的，但不多了。从大风大浪里安然返回的渔民，多半要许愿，蒸饽饽、摆猪头，供奉妈祖娘娘。因为妈祖娘娘显过灵，救过遇难的渔民，所以娘娘庙不能随便盖，附近斥山和石岛的娘娘庙，大体也还是原来的样子，连庙顶上的琉璃瓦也都是原来的。现在条件比过去好多了。过去渔民出海，船很小，靠的是摇橹，在大海里飘来摇去，经不起风浪。如今，船上架设了雷达和定位仪，又有天气预报，海上安全有了保证，海难很少发生了。

谷雨前一天，我们采访了石岛镇上的天后宫。这座天后宫初建于明代，系福建商人建造。湄州祖庙虽没有确凿的资料可证建于何年，但可以确认建于北宋。位于石岛以北渤海湾中的庙岛天后宫建于南宋时期。如果把妈祖信仰的传播作为海上交通和海上贸易发达的佐证之一并无不妥的话，那么，石岛的海上交通和海上贸易的打开，显然要比庙岛晚一些。至少与福建方面的交往是如此。这座庙宫的原貌不得其详。现在的天后宫分前后两进院，而且是两层楼。最后一排房的第二层塑有天后像，门楣上的横匾题有“万里波平”四个楷书大字。院子的当央塑有一尊大理石的妈祖全身像，高擎的手中举着一个圆球——神灯。令人不解、也是值得深究的是，前室的东南角最边上的一间房子里，塑着龙王的雕像。龙王本来是本土海神，现在竟然屈居于外来海神妈祖之下，躲到最不起眼的边边角角去了。在此充分显示了在以舟楫为生的沿海居民信仰中，妈祖的影响逐渐得到扩大，有逐渐取其他神祇而代之的趋势。前面玄镇村渔民对龙王和娘娘各司其职的说法，也是一种值得重视的看法，这种看法同样也说明原来占绝对优势的龙王的地位，已经受到了外来神妈祖的挑战，而且与她平分秋色了。

距离石岛镇更近一些的姜家疃所以肯出资重修天后宫，是因为他们更相信妈祖的神力。当然也还有另外的原因。姜家疃村的村长孙建军对我们说：“俺村从 1987 年才开始打鱼。渔工大部分是雇用的外来的渔民，他们对天后的信仰比较虔诚。”渔业的一个重要特点是本地船主雇用船工帮他打鱼，而这些渔工有本地的，更多的是外地的。这些外地渔民，尤其是南方沿海各省的渔民把他们的妈祖信仰带到了这里。而玄镇和蚧口则不同，那里是老渔村，不仅有长期的捕捞传统，而且也有长期的本土信仰的传统，因而虽然地理位置是近邻，但在信仰上却出现了一定的差异。

我们去采访的这天，恰恰有几艘外地渔船靠岸，船员刚刚结队来到天后宫祀奉了娘娘。我们亲眼看见那一簇簇的线香还在升腾着袅袅轻烟，地下散落着红白相间的鞭炮的碎纸片。天后宫的讲解人员告诉我，谷雨晚上，他们村的渔民将要来此举行盛大的祭祀天后娘娘的活动，还要举行文娱表演。

我们再回过头来记述几笔从玄镇出发向龙王庙进发的那支由十二“阁”组成的仪仗队——民俗文艺队。所谓“阁”，大概就是亭台楼阁的“阁”，即把参加仪仗表演的各路海仙、神仙和人物，用三丈有余的铁杆托于空中，在悬空之中做出种种戏剧性的、象征性的表演，达到酬神的目的，因而成为海祭仪典中一个不可缺少的组成部分。随着人们对自然力的认识和掌握，现在，这支仪仗队已由大概原本只是海祭仪仗队、只有酬神的作用，而转变为半是酬神、半是娱人的民俗文艺表演了。

十二阁依次是：

鱼阁。用铁杆撑托于空中，是一条用木框扎制成鱼形，表面用黄纸糊起来，画出鱼头、鱼尾、鱼鳞的大鱼。在中间的空洞里，站立着一个化了装的四五岁男孩，象征鱼仙。

虾阁。用铁杆撑托于空中，用同样的方法制成的一条大虾，虾旁站立着一个化了装的四五岁男孩，象征虾仙。

蛤阁。用铁杆撑托于空中，用木条扎制、用彩纸贴糊的可以开合的蛤蜊，里面坐着一个浓妆艳抹的小女孩，宛若童话里的蛤仙。

托塔李天王阁。铁杆上托着一个木条扎制、白纸粘贴的多层白塔，塔上站立着一个化了装的七八岁男孩，一手执剑，表演的是《封神演义》里哪吒闹海的故事。

牛郎织女阁。分为两层：上层象征着天界，立着一个小女孩，是天宫里的织女；下层是地界，牛郎担着两个儿郎，隔天河遥望着织女而无法相会。既演示了玉帝将牛郎织女夫妻天各一方的无情，又象征着天上各行其道、不能相遇的星象。

白猿偷桃阁。一个小男孩装扮为神通广大、手执天王所赐金环杖的猴行者，在他脚下石缝里长着青枝绿叶衬托着的大桃子，再现了民间传说和《西游记》里王母池边得仙桃的故事及其场景。

孙悟空大闹天宫阁。一个小男孩扮演手执狼牙棒的孙悟空，把天宫闹得人仰马翻。

猪八戒背媳妇阁。上层是一个小女孩扮演高老庄的高小姐，下层是肩负铁笆，嚷嚷着大家散伙、自己回高老庄去找高小姐的猪八戒。有人说，高小姐就是月宫里的嫦娥，谁说得清呢。

铁弓缘阁。

八仙阁（韩湘子和何仙姑）。

天仙配阁。

荷花生人阁。

如果说前面三个阁，体现了渔民的自然信仰，有的阁取材自民间传说、民间戏曲的话，那么，八仙阁明显地反映了道家求仙思想的影响，有的阁又反映了佛家的观念。可见，作为祭祀海龙王的仪仗，杂糅了各种不同思想体系的仙人、神祇和人物。他们除了酬神娱人外，还承担着渔民与龙王之间沟通的神秘角色。

这十二支阁仪仗队中间，还隔三差五地加入以民间传说和戏曲为主的高跷队，以其滑稽的形象和逗趣的表演，给神祇和人群以娱悦，成功地表现出中国农民和渔民所特有的幽默感。

完成了祭神的仪式之后，十二支阁仪仗队从龙王庙折返到蚧口村，在广场上做表演，完全是为娱人而演出了。停泊在港湾里的渔船上响起汽笛和鞭炮声，一股股硝烟凌空而起，被带有咸味的海风刮走。

一次震撼人心的海祭就此结束。渔民们积聚在心中的情绪发泄出来了，一年劳累的精神得到了新的平衡。谷雨一过，他们就要扬帆出海，踏上征程，到远洋捕捞去了。留给我的却是一个仍然无法解开的谜。

对于每一个渔民来说，大海永远是喜怒无常、神秘莫测的，从登上渔船的那一刻起，他们就把自己交给了冥冥中的那个海神，他们宁可信其有不肯信其无；对于每一个留在岸上的家人来说，只要亲人在海上一天一时一刻，她们总是牵肠挂肚，期盼着平安。无怪乎，归来和出发一样，全家、全村都要疯狂般地狂饮美餐，好像要把一生都吃完喝尽一样。

1991 年 4 月 28 日于烟台文艺之家
1992 年 5 月 9 日修订定稿
原载《汉声》（台北），1992 年 5 月第 41 期；
《走向世界》（济南），1993 年第 1 期

# 渔乡归来

谷雨前夕，和几位文友一起从北京出发，到祖国大陆最东端的渔港之一石岛以及素以东海“三神山”著称的长岛、砣矶岛等海岛渔村，作了次短期访问和民俗文化调查。在这两类渔村里，我们拜访了许多渔民、村镇干部和妇女，参观了他们的养殖基地和文化设施，调查了以海洋文化为特征的海岛传统文化和新文化。我们深深感到，改革开放、联产承包责任制等富民政策，科学技术的进步并迅速转化为生产力，正在极大地改变着这些为大海养育的渔民的命运。

来到渔村，首先映入眼帘的是一排排新的民居建筑，耳目一新的气象，令我们赞叹不绝。沿海一带旧式的渔村民居，多为石头砌墙，海草或麦秸秆为顶的矮小的茅屋，如今依山势起伏建起了一排排砖瓦房，鳞次栉比，层层叠叠，错错落落。其间，偶尔还保留下的一些海草作顶的旧房，已经变成认识传统民居的珍贵遗迹。

据我多处观察，渔户大多有一个独立的院落，类似满族中间流行的四合院民居。正房一般取坐北向南的朝向，三间（一明两暗的老式格局）为多，东间为户主夫妇居室，西间为儿子儿媳居室，中间为堂屋，充作起居室和会客厅，人口多的，还贴着东西两个门边加一隔墙，间壁出一小间做单人卧室。这种堂屋，大概就是结婚时拜堂的地方吧，有的还摆着去世不久的祖先的灵位。东间隔墙连着贮藏室，有的人家在室内还有水井；西间隔墙连着厨房和厕所。住室和天井的地板多用水泥抹地，有的人家用淄博窑上烧制的彩色瓷砖，有的用木头拼接地板，个别渔家铺了地毯。我们在砣矶乡北村支部书记的家里看到，东间铺的是绿色人造化纤地毯，门上都悬挂着珠帘，进屋要换拖鞋。在石岛镇大渔岛村的街上遇见一位推着自行车行走的老渔民，搭话后知道他也姓刘，名叫刘培安，又与我同庚，就拉上了宗亲关系，立时亲热起来，拉我到他家里去坐。他的家就是这类改革后的民居，只是居室多了一间厢房，少了一间东间。未过门的儿媳正在炕上（海边潮湿，一般人家都是睡大炕，招待所里睡床，但备有电褥子）与哥哥的小孩玩耍。我们在客厅沙发上落座，他热情地沏了茶，上街买来济南烟厂出品的"将军"牌卷烟招待我们。整个民居虽然显得局促而不够舒展，但非常洁净，一尘不染，那彩色瓷砖地板鲜艳华贵，一点儿也不比北京知识分子们住的单元楼房差。这大概与渔家妇女不大做渔业上的活儿，能安心持家有关吧。这些民居由三间房一个门楼构成，正房由东西间加堂屋形成一明两暗的格局，显然是继承了传统民居的特点，又根据占地少、结构紧凑的原则作了革新。

渔村水资源一般都比较缺乏，海岛渔村又比沿海渔村更甚，水对于渔民来说十分珍贵。因此，到处可见到节约用淡水的标语。石岛镇大渔岛村家家都用自来水，一点儿也没有感到水资源的紧张。离开石岛五六公里，绕过一座海拔 411 米的山头，到达依崮顶山而建寨的玄镇村，情况就大为不同了。这里没有自来水，家家户户在院子里打了能用压水机压水的简易机井。因为没有充足的淡水，仅有的每户六分地只能种大田作物，解决口粮，而不能用来种植蔬菜。那里的青菜价格与北京差不多，有些甚至要比北京贵一些。从荣成县来到隔海的长岛县砣矶岛上的海岛渔村，又是一番景象。离镇政府几百米处的北村倒是有自来水设备，在我们住在那儿的几天里，每天早晨 6 时至 7 时供水一小时，或隔天供水一小时，部分有自来水管道的渔民家庭到时用水缸等容器贮水。多数渔民家里，尤其是居住在山坡低处、海拔比较低的渔户，都是自己掏有水井，水位不算很深，用水时从井里汲水。每家都有自己的水井，使住室生活配套，形成各自独立的民居格局。白天男子出海作业，守家的女子不必为吃水奔波，而出海回归的男子结束了一段时间的集体生活之后，回到家里会产生一种恬适和安逸之感。吃水问题是海岛建设的一大难题。镇委书记和镇长对我们说，他们有一个远景规划，要么从蓬莱到砣矶建一条海底管道，要么每天从蓬莱往海岛上派运水船，二者何者为上，尚难委决。不管取何方案，政府是关心着海岛建设的。

如果那时再到他们这一座全国人口最多的海岛乡去的话，就不会感到因为水的短缺而带来的生活上的不便了。

诗人常用“白帆点点”“片帆缥缈”一类的词来形容旧时渔民驾船出海的情景。那诗情里却不知掩藏着多少海难的血泪！旧时出海，如同死别，吃罢送别饭后，总要对大海洒酒焚纸，祈求这回出去平安归来。那帆船实在是太小了，渔民在大海的怒涛之中无法掌握自己的命运。于是，每条船都供着海神娘娘的神位；每天吃饭前做熟的鱼，总要先拿四条掷到海里，敬奉四海龙王。如今呢，改革开放，实行责任承包才十来年，就我们所见，倒真的是“烟驾知何处，星槎记昔年”了。无论是出近海，还是下远洋，渔民驾的都是机轮，十几匹马力的，几十匹马力的，几百匹马力的，各种型号的都有，那些旧日用于捕捞的摇橹张帆的小船，只在近海养殖业上还可以派些用场。我倒是很想建议博物馆等文化领导主管部门，趁着它们的残骸尚在，把它们收藏在博物馆里，作为文化遗存供人们参观学习。

谷雨是渔民祭大海的节日。这一天在玄镇的大街小巷挤满了欢欣若狂的渔民，我独自遛到蚧口村边的王家湾港口码头，想拍几张停泊在港内的渔船的照片，见到只有一只小船正在从由深海归来的小渔船边卸鱼、边搬运。后来，我在砣矶岛，趁退潮的机会，也在码头里面的浅湾里看到一只在修理的小帆船。我问三位围着船在修理的老渔民修好作何用处？他们说，也就只能在海边拣点海货，赶赶海而已。这些立过汗马功劳的木船，已经干不成大事了。

有一天，我们为了调查渔业民俗，请渔民们重演在海边打橛子（打桩）下网的过程。尽管已经多年不再操作，他们还是爽快地答应了。胶东渔民的诚实劲儿，令我们十分感动。八个小伙子摇橹驾着两只捆绑在一块儿的帆船，到海里打橛子。就是把一根根长约二丈的木桩插入海底，然后把网绳固定在木橛子上，以免海流把网带走。我乘坐在一只小帆船上尾随其后，在碧波之上抓拍了他们劳作的几个镜头。正在我们捕捉到这些已经为时代抛弃了的珍贵镜头，并因此而喜不自胜的时候，另一边一艘 120 匹马力的大船却长鸣一声摆开阵势，为我们表演机械打橛子的场面，一颗像飞弹弹头一样的钢橛子，立即飞入水中，沉入海底。几分钟之内的这两场表演，展现了相隔几十年的两个不同时空的画面，形成了强烈的反差。我不由得敬佩渔民们的巧妙安排，使我们大开眼界，也大受教育。沉下心来想一想，没有改革开放以来在农村实行的联产承包的富民政策调动了渔民致富、建设社会主义新渔村的积极性，没有科学技术支渔，迅速改变渔民的生产条件，哪里来这么振奋人心的变化呢？

我们访问了好几位船长的家庭。他们既是承包船队到远洋去捕捞的海上能手，又是村子里首先富起来的渔民。海上捕捞，谁都晓得是一种既吃苦又有危险的劳动。过去，由于驾的是片帆星槎，在凶险无定的大海中随处都潜伏着致使人亡船沉的杀机，想到这一点，你就会理解为什么渔民把生的希望寄托在海神娘娘送灯上。现在，机轮、定位仪、雷达、天气预报，等等，现代技术使渔民出海的风险减到了最低限度，安全系数大为提高，人表现出了前所未有的征服和支配自然的能力。一次出海半个月、一个月、三个月，一个船队就能捕获到几万、几十万乃至几百万斤的渔产，这哪里是往日所可同日而语的？无怪乎一个船长，每年的净收入可达三万至七万之巨。他们的房子像宫殿般豪华、富丽，彩色电视也不止一个！渔民们以羡慕的口吻和眼神告诉我们："最高的那所房子你们去看了吗？那就是某某船长的！"是啊，他们富裕起来了。当然也应该承认，他们承包也有风险。比如今年春汛就不大好，渔业资源不佳，捕捞受到了限制，船长说不定还要从去年的收入中挖出一两万元来弥补歉收呢。应该客观地看，现在还不是定局，但他们在说笑之间表现出自信。谷雨以后才是大海市，还有一季秋汛，那时还可以大显身手，保不定是个大丰年呢。看了这些，问了这些，我们才懂得，尽管他们多数人相信唯物主义，在心理上却怎么也无法摆脱对主管着四季平安、风调雨顺的龙王爷的仰赖，所以在谷雨这一天，他们每家都买了那么多盘鞭炮，在家里放，在船上放，也在龙王庙前放。他们希望鞭炮能驱走毁坏他们前程的邪恶灾难。谁能责怪他们呢？说到底，无非是一种心灵上对自身安全感、幸福感的寄托。

在三位船长的节日家宴上，我们既感受到了渔民在过上小康生活之后发自肺腑的欢乐，同时也体味出在人口与生活之间还保持着正比关系的背后隐藏着的一种悲哀。生活无可辩驳地富裕起来了，这是一个大的趋向。但首先富裕起来的，特别是村里的首富户，都是些儿子、儿孙满堂的人家。他们家里有充足的劳动力，而且他们之中最容易产生出船长这类人物。相比之下，那些人丁较少，或者虽有男儿、却在外面工作或当兵的人家，收入就要比有劳力的人家低得多，因此也就被人口多的人家甩在了后面。

有一天，我在砣矶岛码头上遇见一位五十岁光景姓高的渔民，谈吐之间显示出他闻见相当广博，天上地下、国际国内、政治文艺都能谈得来，显然是个渔村里的知识分子。他有一条12匹马力的渔船，雇用了3个外地的船工。他自称年产值为2万元，除了上交国家和集体（他说是上交给社会主义）、正常的生产消耗（汽油、网具等）、工人工资（每人1500元）以外，净收入约为3000—4000元。相比之下，他就是一个收入平平的渔民。他领我看了他的家，住房比较简陋，地板上没有铺水泥，更没有买彩色瓷砖，家具还是他结婚时女方的嫁妆，已经斑驳陈旧了。明间里支着锅灶，不如有的人家是会客室。给我烧水沏茶的时候，屋里烟火弥漫。我落座的地方，是他们两口子的卧室，给我搬了一把椅子。他老婆40多岁，正和一个伙计坐在炕上包饺子，准备今晚为明天出海的丈夫饯行（出门吃饺子，是当地的习俗）。唯一使我感到与众不同的是，墙上挂着几张英姿勃勃的军人照片。果不其然，原来那是他的儿子，在空军服役，已经四年了，可能要转到志愿兵，还回不了家。他的女儿正是上学的年纪，不能参加劳动。家里只靠他一个劳动力，收入大大受到限制，所以他又雇了几个帮手。渔业生产是一种集体性很强的产业，一个人单枪匹马是无法出海的，要么是几个渔民共用一条船，要么是雇用几个人自己经营一条船。他选择了后者。这样做，收入要比与别人合伙一条船来得多。即使这样，因为他的儿子在外面当兵，他在村里仍然是个中等偏下的渔户，况且他马上面临着已经24岁的儿子娶一房媳妇的大事，而这笔开销是巨大的。据我的调查，在砣矶岛上，要娶一房媳妇，送礼请客等一般不少于10000元，如果再加上盖一套住宅，数目就更大了。因此，他的前景并未乐观。

据老乡们告知，近海渔源萎缩，捕捞已越来越困难，如若要打到更多的鱼，就要到深海远洋去。石岛渔民一般是到台湾海峡和南海，砣矶岛渔民一般是往南朝鲜海域开拓。我们看到，近海海面上，凡是肉眼所及之处，无不布满了坛网，一道道坛网几乎把一个偌大的海洋分割完毕了。坛网是中国渔民智慧的创造，每一个坛网就如同一个大口袋，随着海流的流向开合无定，吞食着游来的一切鱼虾。为了开拓渔业资源，各村普遍由单一的捕捞而变为捕捞加养殖并重。养殖业甚为兴旺，鲍鱼、海参、海带、扇贝、赤贝……像一畦畦的菜地一样，把大海装点得煞是好看。养殖业既吸收了一大批闲置劳动力，又增加了集体和个人的经济收入。如果说，捕捞的传统经营是渔村生存的一只翅膀，那么，养殖业的崛起使渔村获得了另一只翅膀，两只翅膀就可以翩翩起飞了。

1991 年 5 月 13 日

发表于中国文联《文艺界通讯》，1991 年第 7 期

# 寻寻觅觅到昆嵛

人的一生大概都是在不停地寻寻觅觅之中度过的。名垂千古的杰出诗人屈原用震撼人心的诗歌宣称他终生在“上下求索”，抒发他作为一个伟大爱国者的政治抱负。意大利物理学家伽利略一生献给了科学事业，支持哥白尼的地动说，虽遭到了罗马教廷宗教裁判所的审判和监禁，仍然不改初衷，继续他的研究活动。唐僧带着一彪人马去西天取经，历尽艰辛而百折不回，那种锲而不舍的寻求真理的精神，至今还为人们赞叹和传颂。古往今来的伟人、哲人、文学家、艺术家，在追求真理、探索人生、创造艺术的道路上，哪一个不是呕心沥血？哪一个不是百折不挠、义无反顾地朝前奋进？

历代帝王也都有他们各自的追求，但他们所共同孜孜以求的一个重要内容，便是寻求长生不老，企望永远称王，永远执掌权柄，享受人间的荣华富贵。为此两千年前的秦始皇曾不惜鞍马劳顿两次东巡，召文人登东山（现山东文登市东门外的一座小土山，属于昆嵛山系的一个小小山包），视察“天尽头”（现荣城县之最东端的海角成山角）观日出，命徐福率数千童男女渡海去“三神山”（蓬莱、方丈、瀛洲）寻找不死之仙药。寻找不死药固然是一个不切实际的空想，徐福负命出洋，在科学和航海业还不很发达的古代，演出的必定是一出千古悲剧，但是他们的壮举毕竟为后代子孙留下了一个美丽而令人慨叹的传说。左都御史史琳《文山怀古》有诗云：“一上高山百感生，萧萧风物几纷更。已无帝子前朝迹，空有文人旧日名。仙草不随春日绿，蒿莱徒对夕阳明。壮图未到扶桑园，辜负銮舆万里行。”

（载康熙版《文登县志》）呜呼，长生不老药到今天似乎仍然没有找到，昆嵛山和成山头却因为秦始皇这位历史上毁誉参半的大人物的光顾而被世人所重视，古代屡见于史籍，如今则成了旅游观光的胜地。

道教从东汉出现以来，在我国的传播，时间长，范围大，名山大川哪里没有它的足迹？几乎所有风景秀丽的山水宝地，都被它占了。南宋与金元时期，由于民族矛盾和阶级矛盾的激化而导致了道教的分化。在这个时候，王重阳决心另辟蹊径，东游海上，于金大定七年（1167 年）来到昆嵛山，收下七个弟子，讲经修炼。于是，这座曾经为秦始皇君临过、位于东海之滨的“海上诸山之祖”（崔鸿《十六国春秋》）的山包包，便成了道家的福地洞天，成了道教“全真派”的发祥地，成了道教的第一丛林。王重阳自然不是无事生非，而是为着一种理想不辞辛劳地跋山涉水，为着一种信仰庄严执着地寻寻觅觅，几经波折找到这儿来的。

去年清明过后，有机会来到这座名扬四海的福地洞天，寻觅在它的深处所隐藏着的文化密码，一睹它的风采。凿石而成的烟霞洞和朝阳洞、垒石而起的混元殿、阅尽人间沧桑的众仙坟，唤起我无尽的遐思。一幅幅历史的画面，不期然而然地出现并叠印在脑际。这个曾经是东夷部族老家的地方，为什么如今连他们一点儿的遗迹都不存在了呢？海未枯，石难烂，只有这些石山上开凿和叠垒的简陋的洞和室，却永恒地保留下了金元以来这一角小小的文化业绩。圣经山顶上由王重阳、丘处机等刻下老子《道德经》5000 多字的那块高 5 米、宽 15 米的巨石，穿过历史的风尘，如今依然傲然不逊地俯视着前来观赏它的人们，令观者惊叹不已。“无，名天地之始；有，名万物之母。故常无欲，以观其妙；常有欲，以观其徼。”意思说凡有皆始于无，故未形无名之时，为万物之始；及至有形有名之时，则长之、育之。万物始于微而后成，始于无而后生，故常无欲空虚，可以观其始物之妙和终物之侥。老子那时已经有了如此自觉的发展和辩证的观点，也够难能可贵的。可是，令游人惆怅的是，那些初建于元而明清两朝又不断加以修葺的庙宫哪里去了？据说这里民国时还大致保存着原貌。这些文化遗产的遭遇，不应该引起人们的深思吗？现在，我们只能从一些侥幸保留下来的石阙、残碑、石狮及东华宫碑文中去想象和窥见当年的壮观景象了。

近年来，文登市开始了昆嵛山道教建筑群的修复工作。道教在中国老百姓中有着深厚的基础，这是不用怀疑的。鲁迅在一篇早期文章里曾说，要了解中国文化，应该研究道教。这话讲得很对。儒家的思想传播得那样广，却仍然没有把道教消灭掉。道教的建筑群是一种物质文化。恢复这项巨大而宏伟的文化遗产的构想，是了不起的胆略和远见。要实施这个计划，固然离不开文登人的决心和经济上改革开放所取得的成就，但更重要的是有了继承和发扬民族文化遗产的政策。不久前接到了昆嵛山道教文化研究会的通知，说要在那儿召开道教与养生问题学术研讨会，这说明那庞大繁复的复原工程大概已经有些眉目了。这座“海上诸山之祖”，终于可以以其既古老又崭新的面貌，迎接海内外道教的教友和远近的游客了。

1992 年 5 月 1 日

发表于《中国旅游报》，1992 年 7 月 28 日

# 团山子火山口记

我曾在风雨拍打中饱览过长白山火山喷发后形成的天池人间仙境，在艳阳高照的夏天观瞻过镜泊火山群爆发留下来的镜泊湖吊水楼瀑布，也曾在地中海的燥热里造访过位于意大利西西里岛上的埃特纳火山下的旅游小镇，深深地为大自然造就的这些壮观景观的神秘莫测所震撼、所吸引。去年寒雪初霁，有机会在好客的友人的陪同下，踏着皑皑白雪覆盖的山径，登上了至今依然鲜为人知的山东省昌乐县团山子火山口，领略这座火山遗迹的风采。

意大利的埃特纳火山是世界上至今还在活动着的著名活火山之一。我怀着很高的兴致去火山下的小镇陶尔米那观光游览的时候，可惜不是火山喷发的时机，只从街边小摊买到的图片上看到那炽烈的熔岩发出的火红的光柱，照亮了小镇的市街和附近的山峦。中央电视台曾经报道过那座火山喷发时的景象，既透露着灾难和恐怖，又显示出壮观与美丽。也许正是因为这座火山的缘故吧，只有一条小街的陶尔米那镇才成为一个每年游客达九十万人的旅游胜地。

我国境内没有活动着的火山，长白山、镜泊湖的火山遗迹，都是沉睡了 100 万年以上的死火山。比起这两处胜景来，团山子火山留下来的火山口，其年纪则更加古老得多。它是郯庐断裂带的新生界第三纪玄武岩火山，在山东半岛中部的山峦丘陵中，已经静静地沉睡 1800 万年之久了。

我们从县城出发，汽车沿着一条蜿蜒的公路行进着。大约半个小时后，20 公里的路程就跑完了。一座海拔 191 米，相对高差 30 米的死火山口，出现在公路的旁边。离火山口最近的村庄，叫龙泉院村，相距不到 2 公里。

当我们拨开丛生的荆棘林，踏着嘎嘎发声的积雪，沿着曲折蜿蜒的山石小径攀缘而上，来到火山口西面入口处的边缘时，一面高达 20 米、与喷发口成 40 度倾角、底部直径达 65 米的岩壁，突兀地出现在我们的眼前，如同一面高大的人工屏障，把我们的视线遮住了。顿时，我感到似乎沉入了一个不见天日、与世隔绝的深渊。那陡峭的石壁，是火山爆发时从地壳里喷发出来的岩浆冷却而形成的，其形状酷似一把硕大无朋而又呈倒立状的折扇。一列一列垂直而立的黄褐色玄武岩石片，秩序井然地排列成行，紧紧地挤靠在一起，形成一种电影理论上所说的“定格”。但那呈辐射状的“定格”，却分明显示着生动无比的火山喷发时的刹那间的动态和大自然无法阻遏的巨大力量。这个屏障如同一座摩天大楼，不仅看起来是如此高不可及，实际上也是无法攀登的。正因为它是无法攀登的，所以才能在后来人类活动如此频繁的历史长河中，保留下来如此完整无损的容颜，供一代又一代的后人观赏。同时，也如同埃及的狮身人面像那样，给人们留下了一个千古之谜，让人们世世代代地去猜测和幻想。

面目狰狞的岩壁告诉我们“此路不通”。我们前面无路可走了，但是人们是可以从山底绕到石壁的后面，从岩石坡上攀登上去的。如果能站在那巨大石壁的顶端，也许会看到与从这边看到的十分不同的另一番壮丽景象，想象出当年火山爆发时的景象。可惜，由于当时积雪未化，也由于岩壁过于陡峭，我们没有攀登上它的顶部，因而失去了居高临下饱览那“另一番壮丽景象”的机会，给此行留下了很大的遗憾。

陪同我的刘桂香副县长和当地的小说作家郭建华先生，把我引进了与石壁底部接连着、颇像一个粗糙的大泥盆的喷发口里去。这个火山喷发口，不像充满着清澈而无底的地下水的长白山天池；它经历过历史的沧桑，如今已经变成一个干涸的石湖。遍布湖底的石块，几乎都是一些大小不等、外形呈瓜状的巨大石球。那颜色，与直立的石壁的颜色别无二致，呈黄褐色，与镜泊湖附近的那些黑色放亮的巨大火山石迥然有别。兴致勃勃的朋友们，从脚下拣起一块石头，猛地敲击着另一块石头，于是，一种清脆的金石声，从那撞击中传递出来，在四壁合围的火山口里发出巨大的共鸣。可见那瓜状石头中金属的含量是很高的。

从团山子高处的火山口底部走出来，多么想在这火山堆的周围发现些什么。但深深的积雪使我的想法落空了。我伫立在火山石堆成的小山头上，陷入沉思。造物主创造了奇迹，也毁灭了奇迹。造物主创造了历史，也留下了许许多多有待解答的问题。1800万年前，这里就有了人类活动的踪迹吗？至少现在还没有证据。火山的爆发，也许使那里大地上的众多生灵刹那间归于灭亡。前几年，我曾到离这儿仅有20多公里之遥的山旺化石自然保护区去参观，在发掘现场看到过那些埋藏在泥土里的巨大的犀牛、麋鹿等大型动物和各种水生生物的化石。当时我还亲手扒了几个很小的鱼和树叶等化石标本，用蜡封闭起来，现在还安然地保存在我的书柜里。那些唾手可得、密布于方圆三四公里的地下、大多数都是站立在那里的动物化石，就像是吃草、嬉戏时突然间被固定在离地面几米的地下的。说明了什么呢？是否就是某次地壳的运动而带来的一次巨大悲剧呢？但愿这是我的想象吧。据科学家们鉴定，山旺化石的相对年代，大约在1200万年之前，与这次火山爆发的相对时间，也许相去不算太遥远。可以想象，在火山爆发时，周围茂密的原始森林，横行于山岗和林间的各类动物，在瞬息之间，便被那从地心里喷发出来的熊熊燃烧的火柱和滚动着的炽热岩浆所吞没。历史被卡断了，在当地的历史上出现了一个空白。

这个国内罕见，至今还保存着原始喷发状态而鲜为人知的死火山口奇观，正在成为旅人们观光旅游、专家学者和学生们参观考察的新去处。它以自己的独特风貌吸引着国内外学者的视线。1985年美国地质学家就来此进行过考察。《山东画报》和《走向世界》等报章杂志，以及中央电视台等新闻媒体，向全世界做了专题报道。团山子火山口，已经到了“春风关不住”的时代了。

1994年3月31日

发表于《中国旅游报》，1994年5月19日

# 在沂源，牛郎织女的话题





感谢沂源县委县政府、中国民俗学会给我提供这个机会来学习和交流。对沂源与牛郎织女传说相对应的地貌的联想以及对这里牛郎织女传说的流传状况作了重点考察之后，有几点思考，说出来，供大家参考。

第一，牛郎织女故事在我国俗称“四大”传说故事中，是一个现身史籍时代最早，经历过神话、传说、故事不同发展阶段，而在现当代传播地区和传播群体最为狭小，研究阐释也最为薄弱的民间故事。以致在2005年全国文化部门申报第一批国家级非物质文化遗产时，全国2000多个县没有一处提出申报。以狭义的牛郎织女故事而不是广义的天鹅处女故事而论，历史上见于载籍的故事情节非常丰富，流传地区也极其广大，以广阔的周原地区为主体，南及《荆楚岁时记》所记的荆楚地区。今天我们在沂源的燕崖乡大贤山的织女洞以及牛郎官庄的牛郎庙遗址看到，在建洞以及建庙的唐代及其以降，当地的老百姓或道教人士，已经以建洞、庙等叙事手段，演绎了包括以玉皇大帝的天庭布局、西王母簪划银河酿成牛郎织女天各一方的悲剧故事。而进入现代以来，即20世纪的百年来，搜集记录并公布于世的牛郎织女故事，数量却并不是很多，大致局限于北起河北，一路南来，山东、江苏、浙江、安徽、福建；偏西一路，河南、湖北直至广东等省。而后50年，几个在20世纪二三十年代曾经有故事发表的省份，到八九十年代，已经再也没有作品问世，是否可以说，牛郎织女故事在那些地区已几近销声匿迹了？

我以为，20世纪80年代编辑出版的《中国民间文学三套集成》及其县卷本，大体能代表20世纪80年代的民间文学搜集工作成绩和民间故事、歌谣、谚语的实际生存流传状况。在进行《中国民间故事集成》搜集、编选之先，在拟订编选规则时，作为参与其事的一员，我们特别在“传说”这一大类之外，专门加写上了“四大传说”这一亚类，以提醒各地搜集编辑者们的注意，但如若从“集成”的搜集和出版这一窗口来审视80年代的故事生存状况（尽管不等于现实存在状况），在省卷本中选入牛郎织女故事（传说）的已属寥寥无几。我查阅了《集成》的相关省卷本，也查阅了王秋桂和陈庆浩主编、台湾远流出版的《中国民间故事全集》（40卷本），以及一些省市在新中国成立50周年时编辑出版的省文艺创作选本中的《民间文学卷》，所见牛郎织女故事的著录是颇令我失望的。这种失望，可能反映了牛郎织女故事（不计乞巧习俗）在当代的生存状况已经处于极度衰微，甚至濒危状态。这也使我对全国31个省市自治区2000多个县在申报国家级非物质文化遗产时，为什么不约而同地都持缄默态度，多少得到了一些答案。

但见在《集成》卷本和其中重要选集中有著录的只有下列几省：

1. 河北，藁城县耿村；

2. 江苏，邳县白埠；

3. 浙江，玉环县坎门镇、永嘉县龙头村、乘泗县黄龙乡南港、象山县城关、宁海县力洋村；

4. 福建，政和县石屯村、周宁县狮城镇；

5. 山东，20世纪30年代发表两篇，主要流传于诸城等地，《集成》卷至今未出版；

6. 河南，南阳，著录于河南省新中国成立五十周年文艺作品选《文苑英华》；

7. 湖北，1986年由李征康在丹江口市伍家沟村搜集的《牛郎星和织女星》。

一些想象中似乎应该有此故事流传的省份，却没有故事搜集著录。这些未见著录的省份是：

1. 辽宁（30年代曾由洪振周搜集的奉天故事《牛郎》发表于上海的《妇女杂志》）；

2. 内蒙古（1954年曾由孙剑冰在河套地区搜集记录的《牵牛郎配夫妻》

于1957年发表，笔者认为，孙剑冰的搜集显系一个孤例）；

3. 山西（连1999年出版、由山西省三个著名民间文学工作负责人刘琦、张余、常嗣新主编的《山西文艺创作五十年精品选·民间文学卷》里都没有著录）；

4. 陕西；

5. 甘肃。

我的看法是：从上面的流传统计和地理分布中可以看出，在汉唐之际已经形成较为严整完善的故事情节和内容的牛郎织女故事，到了现代，情节再也没有出现大的改变，故事本身和流传地区逐渐趋于萎缩，主要流传地仍然是上面提到的古代周原地区和沿海一带。在上面提到的这一牛郎织女故事集中流传"文化区"之南，已经基本上没有牛郎织女故事的踪影可见了。牛郎织女故事趋于萎缩的原因，主要是社会的转型，使故事的传播逐渐失去了生存传播的社会条件和民俗人文土壤；其次，是没有像七仙女故事、梁祝故事那样受到戏曲、音乐的青睐而与戏曲和音乐等群众喜闻乐见的艺术形式发生勾连和互动，借助戏曲和音乐的力量带动传播、提升生命力，在群众中的影响逐渐减弱。至于七夕的乞巧风俗，有的与牛郎织女故事有关，有的压根没有关系，只是一个女儿节（如甘肃西和县的乞巧节）。如此一来，加强对这一传统故事的保护，更显得迫切。

第二，国家提出建立国家、省市、县三级非物质文化遗产名录体系的设想，大大激发了各地发掘被埋没的非物质文化遗产项目。但在2005—2006年的申报中，全国2000多个县，竟没有一个地方提出申报牛郎织女传说。今年情况大为不同，争相申报牛郎织女传说的县，有可能达到10个以上。据各种材料看到，计有：山东沂源、山西和顺、河南南阳、河北邢台、江苏太仓、陕西长安、陕西兴平、湖北襄樊、甘肃西和等。令人费解的是，在此之前，除了河南的南阳发表过一篇故事之外，都没有看到这些地方发表过一篇关于牛郎织女的故事。这些所以要申报牛郎织女传说的地方，也大多是因为那里有某种与牛郎织女有关的遗迹，而由于搜集工作的薄弱，这些地方或地区牛郎织女故事的流传现状究竟如何，我们至今还是若明若暗。来到沂源，读到沂源县文化部门编辑的《牛郎织女传说在沂源》以及山东大学民俗学研究所、山东省沂源县文化局编印的《山东省沂源县牛郎织女传说文本及传承人调查报告》（郭俊红、郭贵荣），对牛郎织女故事在当今社会条件下在当地的流传情况和传承人情况有了具体而微的了解，对照一些尚存的历史遗迹，使我确信，牛郎织女这个有着两千多年生命力的民间传说故事，至今还在这个山乡里活着。

第三，历史上的周原地区和沿海地区，地域广阔，人烟稠密，但始终没有出过能够被广大读者和学界认可的牛郎织女故事文本，可供读者阅读欣赏和流传后世。现在广东出版集团出版的中英文对照的《牛郎织女》，根据的仍然是古籍中的文本。50年来出版物引用最多的，是孙剑冰于1954年在河套地区记录的秦地女讲述的《牵牛郎配夫妻》。八百里河套地区是内蒙古南部与现今宁夏部分地区的结合部，就文化性质而言，我认为是晋文化的延伸地区，山西的移民与蒙古族杂居，各自带来和发展着各自的民族文化，但两族文化的交融非常明显，形成一种互为交融，但汉文化占据着很强地位的河套文化。秦地女的讲述，显然不能认为是古之周原的核心腹地，而是边缘地区，故而未必是最典型的文本，而且我以为秦地女的讲述，也许就是一个孤例，并未见到其他人的传述和群体性的传承。湖北丹江口市伍家沟农民冯明文讲述、李征康记录的《牛郎星和织女星》，被选入中日韩三国专家编纂的民间故事集，由日本文部省印发并赠送三国的教育部，作为中小学课外乡土教材、阅读教材。这个出自伍家沟的故事，其文化身份如何，不得而知，如果伍家沟的居民像这个地方的其他居民一样，是明代万历年间修建武当山时抽调去而后流落在当地的中原民工，那么很可能是他们带去了中原的故事。但丹江口一带，地处武当山后山的偏僻山区，在秦岭以南，汉水以北以东，原应是一个荒漠地区，并不是有些学者认定的《诗经·小雅·大东》里的“河汉”——汉水一带的故事。我以为，我们中华民族需要一个大家都能认同的牛郎织女故事文本，作为我们的这份非物质文化遗产的标准文本，既能供广大读者阅读，又能作为精神产品传之后世。

# 游走房陵文化圈

20 世纪 80 年代在神农架一带发现并采录下来的汉族长篇创世叙事诗《黑暗传》，揭开了这个独特的文化区神秘面纱的一角，使我们部分地窥见了这里由土著文化和外来的中原文化长期碰撞、交融而形成的文化风貌。而地处神农架北坡，伸展于长江和汉水之间广袤地带的古房陵，也是一个因自然生态和历史发展而铸造成的独特的文化区，其隐藏着的许许多多未知的历史文化密码，吸引着国内外的文化研究者和探索者。虽然经过了不同时代许多重大的历史事件的冲击和洗礼，其主导的部分或特性，至今仍然显示着以荆楚文化和秦巴文化为主体的本土文化的特色。

跨入 21 世纪的十多年来，地方的文化学者们的文化自觉提高了，在古房陵地区陆续发现并采录了在当地以口头形式流传的"诗经"文化、"流放地"文化、薅草锣鼓歌等多种民间文化形态，使"房陵文化圈"的朦胧面貌日益变得鲜明。

《诗经》是中国第一部诗歌总集，是中华文化的元典之一，是国学的重要组成部分。它不单是文学作品，而且是古周社会的百科全书。《诗经》中有盛赞"文武吉甫，万邦为宪"（《小雅・六月》）、"吉甫作诵，穆如清风"(《大雅・烝民》)的诗句，人们一直追问：这个名叫尹吉甫的《诗经》的采风者、编纂者究竟在哪里？十堰市的有关专家学者，深入考察，采风民间，查阅大量的诗书史料，得出结论认为，尹吉甫是房陵人，他仕于周，征战于山西平遥，食邑房，卒葬于房。《诗经》中的《烝民》《崧高》《江汉》《韩奕》《都人士》《六月》，都出自尹吉甫之手。这个结论，得到了一些文学史家们的首肯。而与《诗经》相关的民间传说和民歌，至今还在房县的深山里被老百姓传述着和传唱着。房县因而被称为“尹吉甫故里”“诗经之乡”。“尹吉甫传说”于2007年6月被批准列入湖北省首批非物质文化遗产项目名录，2014年又被列入第四批国家级非物质文化遗产代表性名录（编号：Ⅰ-139），在国家的层面上得到保护，引起了文化界和学术界的关注。

从20世纪50年代初长篇民间叙事诗《双合莲》和《钟九闹漕》在黄冈地区被发掘以来，多部民间叙事长诗在鄂西北地区以及在长江三角洲吴语地区先后被发现，改写了中国文学史上没有叙事长诗的结论。而最先在神农架被发现、在房县民间也有广泛流传的创世史诗《黑暗传》，被认为是汉族叙事诗的代表作之一。因此我们有理由期待房县版的《黑暗传》记录文本的问世，从而我们就可以把以《黑暗传》为代表的地方民间叙事传统的文化版图，扩大到与神农架林区相毗邻的房陵文化圈。如此，也就增加了把鄂西北文化、房陵文化的长篇叙事传统与上海、江苏、浙江二省一市构成的长三角吴语地区所拥有的长篇叙事传统联系起来进行比较研究的可能性。




在长篇叙事传统之外，薅草锣鼓歌这类在鄂西北地区以及一些耕稼民族中普遍流行的民歌形式，也是构成房陵文化的主要文化形态之一。其音域广阔、浑厚高亢、气势磅礴的特点，适应了农耕劳动者的精神需要。同时以阳锣鼓、阴锣鼓、喜庆锣鼓和庙会锣鼓四大功能，融入了老百姓的婚丧嫁娶、生老病死的日常生活中。这些古老民歌、民间故事的流传，孕育了一批山村里的“民歌王”“歌布袋”、民间歌师，而他们理所当然是民间文学的传承者。这些歌谣带着泥土的芳香，质朴纯真，显示了楚调、巴音、秦韵的地域特色，为老百姓喜闻乐见，充分展现了山民以歌为乐，以歌传情，以歌育人，养生健身，传承文明，歌颂农村幸福生活，憧憬更加美好的未来的心愿。

房陵地处世界自然遗产神农架北坡和世界文化遗产武当山两地域之间，不仅属八百里武当地域，县内还有西武当、小武当和赛武当；而且占千里房县半壁河山的西南部山区，系神农架北坡地域，万山叠嶂，林海茫茫，飞云荡雾，素有“天然药港”“药材宝库”之称。中医药文化博大精深，是构成中国传统医药学和中医药文化的重要组成部分，尤其是神农武当医药歌谣、医药验方等，是中华医药的瑰宝、珍贵的非物质文化遗产。

房陵的非物质文化遗产是在荆楚秦巴文化基础上发育和滋长起来的地域文化，但它又被专家称为“中国中西结合部古文化沉积带”。追溯其源流，不能忽略作为历史上的“流放地”以及那些被流放者所带来的异地（他者）文化的影响和交融。房县相传是我国古代六大流放地之一，而且年代最早、规模最大、历史最长、品级最高，被称为“特放地”——“宫廷陪都”和“后花园”。历史上曾有49位帝王将相、皇亲国戚特放房陵。这些有着多样文化背景的被流放者所带来的异地文化，给房陵的土著文化带来了巨大的冲击力和参照系，在其历史发展的长途中，使其自觉不自觉地发生了或发生着或隐或显的交融与变迁。这种异地文化与土著文化的交融和变迁，在房陵地区并不是孤例。笔者在考察研究贵州安顺地区流落在那里的中原遗民所形成的屯堡文化时，在考察明代修建武当山宫观时流落在后山皱褶里20万中原民工的文化变迁时，曾提出过一个“文化飞地”的理念。我想，昔日房陵的流放者们即使没有像屯堡人那样恪守住自己的本源文化，他们的文化也以曾经的强势姿态而给予当地的土著文化以强有力的影响。这是一个大问题，不是一两句话所能说清楚的。

2014年12月9日

发表于《中国文化报·非遗》，2015年2月12日

# 吕家河听歌

被民间文学研究家称为“中国汉族民歌第一村”的吕家河村，坐落在武当山后山的皱褶里。到村子里去的道路，是一条沿着山脚弯来弯去的泥路，崎岖不平，十分难走。当我们的车子来到村头时，要找到一块停车的平坝也委实不大容易。抬头望去，但见村民们居住的茅屋散落在一层高一层的山坡上，山崖下葱茏的绿树间，则是一条潺潺流奔的小河。这可真是一个名副其实的山村。

吕家河村因居住分散，182 户 749 人，按住地划分为 5 个村民小组。昔日的小土地庙、如今是村委会的办公室前那块 20 多米见方的小平坝子，是村民们聚会的地方。这里曾是第二次国内革命战争时期贺龙同志开辟的革命根据地的县政府所在地，那斑驳的大门楼上还残留着时代的风霜。不仅 50 年代“人民公社好”的门匾还在，甚至遥远的战争年代的先烈柳直荀同志所写门联的字迹也还依稀可见。这些历史的见证之物，如若在华北地区的平畴之野或开放前沿的沿海地区，大概是很难再见到的了。它们直观地告诉我，这山沟沟里是多么的封闭。

丹江口市的老民间文艺工作者李征康告诉我，就是这样一个小小的山村里，却有 85 人能连续唱两个小时以上的民歌，其中有 4 个人能唱上千首民歌。为调查和收集当地的民间文艺，老李经常在周围的农村里和农民泡在一起。10 年前，他在武当山前麓发现了全国闻名的故事村伍家沟，后来被联合国教科文组织认定为“民间故事村”。几个月前，他在这里向村民们采风时，发现有这么多人会唱各类民歌，因而他高兴地把这里叫作“民歌村”。八九月间，他好几次打长途电话给我，要我来看看。由于我到昆明去开会，没有能及时来；接着中央电视台连续播出了吕家河村的两个专题节目，向全国、全世界介绍了他发现的这个民歌村的种种情景。现在，我们一行就是应他和当地宣传文化部门的邀请，不远千里来听吕家河民歌了。我们坐在这个早就废弃了的小土地庙的门楼里，等待着民歌手们的演唱开始。小庙里坐满了男男女女、老老少少。我们分不清谁是歌手谁是听众，在这里，几乎谁都能唱上几首几十首民歌，而且一听说是唱民歌，甚至不经邀请就会自己勇于站起身来，旁若无人地引吭歌唱起来。

演唱会开始了。没有仪式，没有程序，完全是自发的和自愿的。村民们一个个站起身来就唱。大姑娘、小媳妇，七八十岁的老头儿和掉了牙齿的老太太，竟然互不相让。姓什名谁都没有向客人通报，站起来只管唱。青年男女唱的，大多是些私情小调，如《剪剪花》《闹五更》《绣荷包》《孟姜女》《双探妹》《送郎》等。有单人独唱的，也有男女对唱的。这类民歌本来多是青年妇女独处时私下里哼吟，表达自己对情人的思念，而不被或不愿被别人听见。现在，他（她）们却当着众人的面，特别是当着我们这些外来人的面，大胆地唱出来。村民们在唱民歌时，时有锣鼓伴奏着。每到一段歌词唱完，锣鼓就有规律地震响起来。他们不用管弦乐器伴奏，这是在其他地方没有见过的。记得在《湖北京山县民间歌谣集成》中看到过“善歌锣鼓”的名称，也许这就是“善歌锣鼓”了。

听着他们唱的小调一类的情歌，脑子里突然产生一些疑问：这些小调好似在哪里听到过，在江南？在中原？是秦音还是楚声？为什么有似曾相识之感？原来这地处秦岭之南、长江以北、汉水以西的崇山峻岭之中，古来不毛，是人犯流放之所。明代永乐皇帝崇尚道教，下旨大修武当山，集中 30 万民工修了 13 年，民工们带来了各地的民歌。后来这些民工便流落在此，于是这里成为五方杂处之地。历 500 年历史长河，各地的民歌竟然原汁原味地在这个山沟沟里保存了下来！幸甚，幸甚！原来“五方杂处”就是此地民歌的特色。

我的思路正想着小调的来历，忽见有两位看起来饱经风霜的壮年男子走到场地中间，对唱了一首牧童唱的“战歌”。“战歌”是牧童们专有的民歌。放牧时，牧童们各站山头，先扯响鞭，告诉对方我在这里。对方回应响鞭之后，便打号子向对方挑战。对方也打号子响应，于是对唱战歌便开始了。

因为牧童多不识字，所以战歌的内容较为粗野，调子雄壮而诙谐，斗得在场的听众捧腹大笑。

吕家河的民歌，大而有阳歌和阴歌（丧歌）两大类。细分起来，品种繁多。阳歌中就有火炮歌、武当歌、地方歌、民俗歌、生活歌、历史歌、谜语歌、儿歌等。历史歌保留下来了有关清代白莲教起义的民歌。生活歌则根据人们的日常生活而即席编唱，起着协调劳动生产、村民关系、邻里关系的文化整合作用。据介绍，家庭内部、邻里之间有了矛盾，他们至今还习惯于即席编唱民歌来化解。村民相处友善，村子里没有出现过什么大的矛盾和案件。吕家河的村民一刻也离不开民歌。

同来的道教音乐专家蒲亨强先生证实，这个村子里至少保存了 72 种不同的曲调，而保留了如此多民歌曲调的村落，即使在能歌善舞的少数民族地区，也难找到，实属难能可贵。有材料说，村民们能传唱 15 篇长篇叙事诗。这更使我兴趣倍增，因为 20 世纪 20 年代胡适先生写过一篇《故事诗的起来》的文章，说中华民族是一个不富叙事传统的民族，断定中华民族除了《木兰诗》外没有叙事诗流传于世。50 年前，湖北作家吕庆庚等根据崇阳县的唱本整理出版了《双合莲》和《钟九闹漕》两部长诗，曾引起过注意。80 年代，江南吴语地区发现了十大长篇叙事诗，上海文学界开过座谈会。古人说："礼失求诸于野。"如果在此一小小村子里能蕴藏着未被发现的多部长篇叙事诗，那不是早已消失了中华民族叙事传统又在这个相对封闭的武当之"野"重见光明了吗？那时，中国文学史无疑必将重写！我要他们唱些叙事诗听听。村民们争相登台放歌，一连唱了两首。天空下起了雨，我们急着要出山，不能久留。我想，比起那些小调来，叙事长诗也许就是我们更希望看到的武当文化的"土特产"吧（回京后的第二天，李征康打来长途电话，告诉我，记录叙事诗的工作已经开始了）。

时而高亢，时而悠扬，时而婉转，时而嘹亮。歌声此起彼伏，随风在山谷里飘荡。古朴淳厚的民风和民俗，古色古香的歌词和曲调，告诉了我们这个小村子的文化价值。通往"道教第一丛林"武当山的公路修好后，这里又将如何呢？

1999 年 11 月 10 日

发表于《文艺报》，1999 年 12 月 18 日

# 秦越之风江汉之化

道教名山武当山，古代也叫太和山，在湖北省西北部丹江口市境内，汉江上游南岸。地处武当山西北麓皱褶里的一些山村，由于崇巫淫祀的楚俗传统的浸润、“劲质而多怼，峭急而多露”（袁宏道语）的叙事传统的影响以及关山阻隔、信息不畅等原因而长期处在封闭的状态之中，保存下来了相当丰富的地域特色浓厚的传统民间文艺。多年来，基层文化工作者和民间文学工作者在这里收集采录的多部长篇民间叙事诗，证实了一个学界早就提出的大胆假设：秦岭以南、汉水以北的鄂西北地区，是一块蕴藏着丰饶的民间文学资源和民间叙事长诗的宝库。

早在新中国成立之初，即 1950 年代，进入武汉的部队文艺工作者宋祖立、吕庆庚在崇阳、蒲圻一带作民间文艺调查时，搜集记录了《双合莲》和《钟九闹漕》两部口头流传的长篇民间叙事诗，被学界认为是继东汉乐府《孔雀东南飞》之后，汉民族民间叙事诗在现代的新发现。“文革”后，我国进入改革开放的新时期，从 1983 年起，中国民间文艺研究会湖北分会在全省开展民间文学普查，采取征集的办法，在全省范围内征集到民间叙事长诗 500 多部。除了已经编印出来的一些单行本外，他们还仿照清代学者董康编著《曲海总目提要》（同治七年，1868 年）的体例，编印了一部《湖北民间叙事长诗唱本总目提要》（第一集，1986 年），其中收录了 42 部长诗的提要。在这次调查中，丹江口市十里坪镇文化站站长李征康先生根据六里坪蔬菜大队农民张广生口述记录了《书中书》；神农架文化馆的胡崇峻先生搜集记录了《黑暗传》，后者由湖北省民协于 1985 年把搜集到的8份正式资料合为一集以《神农架〈黑暗传〉原始版本汇编》为题内部编印。我的朋友，当年执掌中国民间文艺研究会湖北分会秘书长职务的诗人兼民间文学家李继尧先生，为中国民间文学事业所做的这件大好事，将永载学术的史册。

1999年夏天，李征康在发现了故事村伍家沟之后，继续潜心于当地民间文学的搜集工作，在坐落于武当山后山的官山镇吕家河村，从歌手们的口头演唱中记录了1500首短歌和15部民间长篇叙事诗。他打电话给我，我听到这个消息后，真有点儿喜不自胜。同年9月，我接到了十堰市所属丹江口市委召开"中国武当民歌学术研讨会"的邀请，远赴武当山下的武当宾馆出席会议，会后又到吕家河村去参观，并走访了李征康所发现和采访过的那些乡村歌手们，在队部的院子里听他们唱歌，到"歌王"姚启华的家里用餐。在这个山峦环抱的小村子里，只有182户749人，竟有85个能唱2个小时民歌的歌手，还有4人能唱千首以上的民歌！真是不可想象！至于对吕家河村民歌更深的了解，大半来自李征康提交会议的那篇论文《吕家河村民歌概述》。我在学术会议上的发言，重点放在了在这个村子里记录下的长篇叙事诗，后来把发言的意思写在了李征康和屈崇丽主编的《武当山吕家河村民歌集》一书的序言中。为了方便，把有关叙事诗的一段引在下面：

> 我对李征康在吕家河村记录的15部长诗特别感兴趣。在会上发言时，我着重就这个问题说过一些粗浅的见解。我重提胡适先生当年的一个著名论点："故事诗（Epic）在中国起来得很迟，这是世界文学史上一个很少见的现象。要解释这个现象，却也不容易。我想，也许是中国古代民族的文学确实仅有风谣与祀神歌，而没有长篇的故事诗，也许是古代本有故事诗，而因为文字的困难，不曾有记录，故不得流传于后代；所流传的仅有短篇的抒情诗。这二说之中，我却倾向于前一说。'三百篇'中如《大雅》之《生民》，如《商颂》之《玄鸟》，都是很可以做故事诗的题目，然而终于没有故事诗的出来。可见中国古代的民族是一种朴实而不富于想象力的民族。他们生在温带与寒带之间，天然的供给远没有南方民族的丰厚，他们须要时时对自然奋斗，不能像热带民

族那样懒洋洋地睡在棕榈树下白日见鬼、白昼做梦。所以‘三百篇’里竟没有神话的遗迹。所有的一点点神话如《生民》《玄鸟》的感生故事，其中的人物不过是祖宗与上帝而已（《商颂》作于周时，《玄鸟》的神话似是受了姜嫄故事的影响以后仿作的）。所以我们可以说中国古代民族没有故事诗，仅有简单的祀神歌与风谣而已。”（《白话文学史·故事诗的起来》，上海新月书店，1928 年 6 月初版）对于胡适先生的这个论断，我们大可怀疑。在许多少数民族中流传的史诗和叙事诗姑且不谈，近 50 年来，我国民间文学工作者至少在鄂西北和江南吴语地区两个汉族地区相继搜集到了数量不少的长篇叙事诗。……这说明，汉民族不是不富有叙事传统，而是没有搜集起来，任其自生自灭，在传承中失传了。如今又在武当山下的吕家河村搜集记录了 15 部长篇叙事诗，怎能不叫我高兴呢？这 15 部长诗固然不一定每部都是佳作，都有较高的认识价值和艺术审美价值，但同样我也确信，其中必有好诗在，它们无疑丰富了我国民间叙事文学的宝库。这个事实证明了胡适先生早年提出的那个结论或假设，是证据不足的，应予修正；中国文学史也应该改写。

的确，这些流传在武当山周围汉民族聚居区的长篇民间叙事诗的被发现和部分地被采录下来，以及此前已在鄂西北的另外一些地区、长江三角洲一带的吴语地区记录下来的一些长篇叙事诗，不仅极大地丰富了中国文学史，也改写了中国文学史。其在中国文化史上的意义是巨大的。

此后不久，北京大学中文系的陈连山教授便率领他的研究生到吕家河采风，他们被这里悠久的民歌传统和鲜活的演唱活动所吸引，于是在这个被学界称为“汉族民歌第一村”的山村建立了教学研究基地。他还著文宣传和评价发现吕家河民歌村的学术意义。10 年来，他和他的学生每到暑假几乎都要到官山镇所属的吕家河及附近村子里去作民间文学的调查访问、采录搜集，他们在当地发现了许多民歌能手，搜集记录了大量的各类民歌，包括叙事长诗和各种老唱本。他把当地学者李征康搜集记录的和他与学生们搜集记录的长篇民间叙事诗收拢在一起，编为一集，精为校勘，尽其可能地做了注释，改正了许多错别字。他所编纂校勘的这部民间叙事长诗集，汇聚了武当山周围地区、主要是南神道一带众多民间文化精英们吟唱的长篇叙事诗作品，最近终于脱稿了。他提议要我为这部书写一篇序言。对他的提议，我深感惶恐，虽然我在十多年前造访过官山镇和吕家河，聆听过那些朴素的山民歌手们忘情的咏唱，也写过一点相关的文字，但毕竟没有用心地研究过。

粗略地浏览《武当山南神道民间叙事诗集》所选的32篇民间叙事诗，其来源和内容是很复杂的，功能也是不同的（吕家河的民众自己有“阳歌”与“阴歌”之分），需要做认真的考辨和研究。就内容和题材而言，既有讲述天地混沌宇宙初创的，咏唱三皇五帝演绎史事传说的，宣传道教或佛教世界观的（大概与张三丰创立的三丰派，主张三教合一，修己利人，崇奉真武有关），更多的则是取材于世俗生活的。据我在演唱现场观察，这些长篇叙事诗，不是文学史上被称为“徒歌”的那种诗歌，亦即没有伴奏只能朗诵的诗歌，而是在一种唱者用小鼓、小锣、小钹等乐器伴奏下的吟唱。

在当地作过调查的四川音乐学院教授蒲亨强说，吕家河民歌的曲调，是长江流域民间音乐与黄河流域民间音乐风格的奇妙融合，除了一部分是土生土长的土著文化外，大都是渊源有自的，要么来自江南小调，要么来自中原地区，它们在当地有了几百年的融合和传播历史。在判断文化移动问题时，曲调也许比文本更显示出重要性。我在阅读这些作品的文本记录稿时，也发现其中许多情节，特别是地名、字句，也依稀透露着它们发生的祖源地的某些信息。如《孟姜女寻夫》中说，孟姜女是“家住江南松江府，华亭县内有家门”；“苏州有个万杞梁”，这篇长诗的演唱者，官山镇田畈村的范世喜，据湖北汽车工业学院《武当山范氏口传文学家族研究》课题组徐永安、屈崇丽在《范氏家族调查报告》中认定：“……祖原河南南阳邓州城南乡顺流里刘家桥氏。”范姓家族于清乾隆初年即1736年迁到此地。（《武当山田畈村范氏家族的调查报告——一个口传文学家族》第3页，长江文艺出版社，2003年）如此说来，说范世喜所吟唱的这部孟姜女故事的长诗，带有河南南阳或中原文化的印记和影子，也许并非是不可信的吧。这种情况再次提醒我们，我们有理由相信，吕家河以及武当山南神道一带流传的这些叙事长诗，很有可能是当年修建武当山道教宫观时各地民工们从各自的热土带来，而后在一种相对封闭的环境里口传身授传承至今的。1999年在武当山下召开的那次学术会议上我提出的这个未经充分证实的假设，如今已为当地的一些学者所进行的调查研究证实了。

明成祖朱棣夺取政权后，极力推崇真武，扶持武当道教，广建武当道场。自永乐十年（1412 年）道录司右正一孙碧云受命勘测设计遇真宫、紫霄宫、五龙宫、南岩宫，7 月动工，主体工程于永乐十七年完工，附属工程于永乐二十一年（1423 年）完工，前后凡 11 年，整个工程及后勤役用人员达 30 万之巨。这些来自全国各地的民工，在工程告竣后，就地落户。（武当山志编纂委员会：《武当山志》，第 123 页，新华出版社，1994 年）现在官山镇所在的武当山后山地区，当年承担着武当山宫观生活和工程的物资供应及后勤保障任务。现在的五龙庄、新楼庄，当年就是专为五龙宫、新楼观提供物资并因此而得名的。后山区域还是工匠们轮流休养的地方，故而青楼业在当年一度颇为发达。除了武当山宫观的建设者外，永乐十五年（1417 年），朝廷还将犯人王文政等统共 550 户差送到武当山。五方杂处，移民汇聚，讲故事和唱民歌，成为当时的一种娱乐方式。（徐永安、屈崇丽主编：《武当山田畈村范氏家族调查报告》，第 11—12 页）清同治《郧阳府志・风俗》："旧志谓：陕西之民四，江西之民三，山东河南（河）北之民一，土著之民二；今则四川、江南、山西亦多入籍，亲戚族党，因缘踵至，聚族于斯。语言称谓，仍操土音，气尚又各以其俗为俗焉。"大量移民所带来的本土文化，在原本地旷人稀的鄂西北的武当地区，与当地的土著文化相汇聚、相交融，形成了"俗陶秦越之风，人渐江汉之化"的文化风貌和文化特色，而堪为代表的，乃是这些深藏于民间而今依然鲜活地流传在民众口头上的民歌和长诗。

李征康先生在前单枪匹马，陈连山先生在后率领学生，在丹江口的官山镇一带若干山村里所作的调查和搜集记录的这些民间叙事长诗，经过连山的精心编辑校勘，就要正式出版了。它的出版，不仅填补了湖北省民间文学分布图，同样也填补了中国民间文学分布图上一块大大的空白，也在中国文学史和民间文学史上添上了浓重的一笔。连山的调查报告式的绪论，以学者的缜密思维和独到见地统领全书，使这本选集闪耀着民间文学学理的光辉。这是我久已期待的。

2008 年 5 月 25 日于北京

发表于《文艺报》，2010 年 11 月 10 日

# 啜茶紫金庵

浩渺的太湖水域中，伸进来一个绿荫覆盖的半岛，叫东洞庭山，俗称东山，堪称天下无双绝美风景名胜之地。早春二月，蜡梅花开时，我、马昌仪和吴重阳，在江苏省文学评论家徐采石和儿童文学评论家金燕玉夫妇的陪同下，从苏州出发作苏南之游，饱览了好几个江南古镇之后，沿着新建的太湖大堤来到东山的卯坞村。我们鱼贯穿过常年在绿荫下布满青苔的小径，踏进了绿树掩映中的紫金庵的院门。

相传，紫金庵始建于唐代初叶，系西域僧人沙利各达耶来此结庵修道时所建。进得院门，但见不大的院落里有两株参天老树，几乎把个天井的全部空间盖住了。这两株已有800多年树龄的古树，一株是金桂，一株是玉兰，依然花枝繁茂，浓荫如盖，给这江南早春的二月天增添了无限的生机。一通《唐示寂本庵开山和尚诸位绝灵之墓》石碑，证明了它是1300多年前的唐朝旧物。庵内有听松堂、白云居、晴川轩等宫观，一水儿都是清末的建筑。而那间俗称楠木殿的净因堂，建于清乾隆十一年（1746年）。庵内塑有十八罗汉，据称出自南宋民间雕塑家雷潮夫妇之手，其造型各具妙相，姿态各异，神情逼真，呼之欲活。罗汉身上所着服饰，层次分明，衣褶流转，极富质感。系我国古代泥塑艺术之精品，在中国美术史上有很高的价值。其中尤以降龙和伏虎二罗汉为最，其艺术造型、精神气质和雕塑技巧，均谓不同俗凡。明人释大灯有《金庵十八罗汉歌》曰："金庵罗汉形貌雄，慈威嬉笑惊神工。当年制塑出奇巧，支那国中鲜雷同。擎拳降猛虎，举钵伏狞龙。神通各逞无暇日，我来一喝俱敛容。"在观摩过水乡古镇角直保圣寺中的那九尊被顾颉刚、蔡元培、沈兼士、马叙伦等文化名人保护下来的宋代罗汉塑像后，再来欣赏紫金庵里的这些出自宋人雷潮夫妇之手的罗汉塑像，却是另一种风格，另一番气象。遗憾的是庵内禁止拍照，光线也太暗，无法给此行留下些许的记录。

出得殿来，环顾紫金庵四周，山峦起伏，松竹茶梅，地处幽绝，清静无双，真一所道家绝好去处。因为庵内光线不足，我的方向感似乎也失灵了。无怪乎明人顾超《紫金庵》诗说：“山中幽绝处，当以此居先。绿竹深无暑，清池小有天。笑啼罗汉像，文字道人禅。最好梅花候，高窗借过年。”

由于采石兄在出发时，约请了吴县市文物管理所的专家龚金元先生同来，他招呼紫金庵的管理人员和僧人请我们在庵内的山庄吃茶。山庄虽小，但一色竹木结构，材料自然是当地土产，就地取材，不过年代久了，由于使用和潮气的浸润，已经相当陈旧了，几张木茶桌呈现着浓浓的黑色，倒也与殿堂的颜色相和谐。饮茶的杯子，也并不讲究，是一般的玻璃茶杯。刹那间，我产生了一种疑惑和不解：一个如此幽静的饮茶山庄，怎么给客人如此平常的玻璃杯？一位女主人把杯子摆在我们面前，却并不放茶叶，便给每个杯子里倒上半杯开水，然后，才把茶叶放在盛了半杯开水的杯子里。她向我们介绍说：“各位客人，我们的茶叶是这里的特产碧螺春。茶叶碧绿鲜嫩，是早春采摘下来的茶树上的嫩芽，不能先放茶叶再倒开水，以防把嫩茶叶片给烫熟了。要先倒上开水后放茶叶，这茶叶会慢慢地伸展开叶片，发出异香。”说话间，隔着透明的玻璃杯，我们看见那卷曲的绿茶叶片，一簇簇地在水里站立了起来，像是一群有灵性的小人，煞是神奇，煞是好看。这位妇女又来给每个人面前的杯子里添水。她说：“现在，你们可以开始品茶了，茶叶的香味开始散发出来了。”这时，我才意识到为何用的是玻璃杯，而不是通常茶艺用的陶瓷茶杯。我们按照他们的提示，把茶水啜汲进口中，含了片刻。主人问道：“口中是否感到了异香？”这时，口中的味觉感知，的确有一种从来没有体验过的清香之味向口腔四周扩散、蔓延。这就是名闻遐迩的碧螺春！

龚先生这时才开金口，向我们讲述1954年周恩来总理到日内瓦开会带的就是我们东山出产的碧螺春茶。周总理与各国代表广泛交流，用碧螺春茶招待客人，各国政要看到玻璃杯里的茶叶悬空站立起来，呈现出碧绿透明的颜色，发出清醇的香味，无不惊异和赞叹。在日内瓦，碧螺春茶在中国外交史上起了亲善使者的作用。采石和燕玉对这个逸闻是耳熟能详的，而对我们三位北京来客而言，则颇感新鲜。于是，我们便一杯一杯，不断地啜饮着这鲜嫩芳香的茶水，希望能品出它的特异之香味来。

不久前，徐采石创建了江苏省吴文化研究中心，要把文学研究与文化研究结合起来，随着社会角色的转变，茶文化也就顺理成章地进入了他的视野。在这方面，我俩有共同的经历和处境，因而此时此刻，也就处于共同的心态和思路之中。我从20世纪90年代初就开始涉足文化人类学的领域，也曾在江西上饶观摩过婺源县茶艺表演队的婺源茶道表演。婺源茶是我国著名的绿茶之一，从茶文化的角度来看，有自己的内涵。在此面对着的是东山的碧螺春，我一面啜饮着，一面思考着，我想，色香味是茶的自然属性，自然属性之外，还各有其文化内涵。而碧螺春又有什么样的文化内涵呢？我早就听说，碧螺春只产于东山的一个山头上，它的此色、此香、此味，决定于产地的自然环境，以及它的泡饮方式，一方面取决于它的自然属性，另一方面，又体现了吴人和源远流长的吴文化的传统。据《太湖备考》记载，碧螺峰石壁有野茶数枝，山人朱元正采制，其香异常，名“吓煞人香”。碧螺峰重峦叠嶂，生态环境特别优越，树木成荫，四季花果芬芳，加之濒临太湖，水汽足，云雾多，气候温和，空气清新，因而所产之茶，天生丽质，芳香殊异。清康熙皇帝南巡至此，饮后赞不绝口，赐名“碧螺春”。

主人告诉我们，碧螺春茶产地极小，茶树数量不多，产量自然有限。我们在庵里喝的是地道的碧螺春茶，水也是池中的泉水，自是极为难得的一次品茗。主人说，外面假冒碧螺春之名者很多，包括庵门外面小路两旁的那些茶叶摊，所卖的大多也不是真正的碧螺春茶。据茶书记载，采茶制茶的村庄，就名茶坞。紫金庵所在的这个村子，村名卯坞，想必当年也是一个以采摘和制作茶叶为专业的村庄。

碧螺春茶果然名不虚传。碧螺春茶给了我们味觉的享受，十八罗汉的雕塑给了我们艺术的享受。我们带着满足的心情，告别了深藏在群山和绿荫中宁静而富有的艺术殿堂紫金庵。

如今采石已病逝周年，本来相约再做一次活态的吴文化田野考察的计划，也就永远无法实现了。

2002年3月11日

# 塑壁残影

苏州向南偏东约25公里，有一个叫角直的小镇子。说是小镇子，只是就人口而言，大约有7000人；从经济收入而言，则不可小看，一年有好几个亿，比北方一个地区或地级市的总收入还要多。此镇北靠吴淞江，南临澄湖，东与昆山县接壤，西通苏州，素有“五湖之汀”“六泽之冲”之称，是一个闻名遐迩的水乡古镇。

初入其境，未免要先问一问“角直”这个名字是怎么来的，是什么意思？据告知，角直古称松江甫里，唐代诗人陆龟蒙号甫里先生，因他隐居于此而得名。明代村落聚镇时，改名角直。用这个“角”字，是因为它与“六”音同。《吴郡甫里志》载：“角直镇，当从六字。”“镇东有直港，可通六处，因有是名。”

进入镇内，但见前街后河，街坊临河而筑，一派水乡建筑风格。全镇5公里的河道上，架设着时代不同、形状迥异的石桥。据说古代最盛时，镇内石桥多达72座半，现仅存41座。即使如此，在全国小镇中，也占着一个“最”字，难怪又有“桥梁之乡”的美称。有的地方，如坐落在镇南栅河道拐弯处的环壁桥和金安桥，又称姊妹桥，是“三步两座桥”；坐落在镇中心南百米河道上有6座桥，也就是“五步一座桥”。河道两旁以条石驳岸，驳岸上又雕琢着难以数计、形态各异的缆船石。镇中9条街道全由鹅卵石筑就。桥在此地之所以如此之多，当然主要是为了过街行走的方便。但不可忽视的是，桥在吴越土著眼里，还隐藏着与子孙繁盛有关的神秘文化象征含义。狭窄的街面两旁，店铺林立，白墙黑瓦、起脊挑檐的吴风民居，鳞次栉比，把个小镇子装点得古色古香、凝重恬静。小桥流水、卵石街巷、白墙黑瓦、开门店铺，构成了一幅典型的吴地文化风格聚落风俗画。

行走在街巷之中，偶尔见到一些身着独特水乡服饰的劳动妇女。她们梳着“般般头”，穿着蓝白拼接的衣衫、短脚裤，脚穿绣花鞋，挑着蔬菜、茶叶等土产担子，穿行在大街小巷里。由于好奇和探究心理，我目不转睛地看着她们，直到她们消失在视线之外。我很想从她们身上得出些这次旅行之外的什么。因为在来苏南之前，我曾在《汉声·民间文化剪贴》（第56期）上看到过一篇文章，说苏州郊区有一个叫前戴村的地方，那里的水乡妇女，由于其着装服饰的独特而被称为“苏州的少数民族”。北京的民族学界也有人说，她们大概是古代某个时候由于民族迁徙而流落在此地的少数民族。其实她们不是什么古代遗民，而是由于地理、种群、文化等诸种因素，而把古代的遗风给传承下来，从而成为发达地区保留最为完整的传统文化因子或“活化石”。看来前戴村就在我们置身的角直镇附近不远。水乡妇女的服饰，从一个方面证明了角直的古老。我想，仅这一项，也足以使角直成为一个独一无二的古文化保留地和旅游景区。

角直作为古文化保留地和水乡古镇的内涵，除了自宋以降历代兴建、形态各异蕴含着深厚的民俗文化底蕴的石桥和周围一带水乡里梳着“般般头”、穿着蓝白拼接的妇女服饰之外，还有那座与20世纪初北京大学校长蔡元培，和著名教授沈兼士、马叙伦以及当时还是青年学者的顾颉刚、大村西厓等很多文化名人的名字联系着，在20年代曾名扬中外的保圣寺。角直的年龄也许与保圣寺建寺的时间相等，角直的身价充其量也就是保圣寺的身价。关于这一点，生活在小镇上的人们也许还没有充分意识到。没有苏州籍的大历史学家顾颉刚先生从1918年起多方联络、鼎力呼吁，没有他于1923年7月1日在《努力》上发表的《记杨惠之塑像——为一千年前的美术品呼救》及后来发表的一系列文章和北大校医陈万里等所摄照片的公布，这座被称为“梵宫敕建梁朝推甫里禅林第一罗汉塑源惠子为江南佛像无双”的初建于梁代重修于宋代的江南古寺及其雕塑艺术珍品，也许由于年久失修早已坍塌倾圮了。正是由于这些文化名流的呼吁和筹款，才于1929年在旧殿址上重建了保圣寺古物馆，聘请雕塑家江小鹣先生负责修缮塑物，移其罗汉群像于室内，并于1932年11月12日举行了开幕典礼。

除了残存的9尊罗汉像外，寺内其他古物也搜集陈列其中。经顾颉刚先生多年考证，这批罗汉塑像虽不是唐代大雕塑家杨惠之的作品，而是出自宋人之手，其构思匠心、布局谋篇、人物造型、形象塑造均精绝殊圣、古无伦比，确为中国雕塑艺术史上的珍品。

当我们站立在保圣寺古物馆里，看到当年北大校长、著名学者蔡元培先生1930年为该馆落成而撰写的碑文和马叙伦先生所书写的“甪直保圣寺古物馆记”，我顿时对这些先辈充满了景仰。面对着这幅一千多年前残存至今的气势磅礴、画面恢宏的壁塑群，我不禁为宋以来的先辈艺术家们所达到的艺术高度所惊诧、所倾倒。在古物馆的正面矗立着的这幅巨型壁塑上，峰峦参差，山岩突兀，洞窟错列，海浪汹涌；在这奇伟壮观的背景上，雕塑着形神毕肖、情状自然的9个罗汉，他们互为应和，以不同的形态给人以栩栩如生的动感。尤其是塑于正中位置上被确认是禅宗始祖的菩提达摩罗汉，面壁9年修行，结跏趺坐，闭目顿首，双手笼袖置于腿上，多皱的脸上没有任何表情，似乎进入了屏思绝虑、四大皆空、万物无碍于心的禅定境界之中，反映了禅僧端坐时那种无动无静、无声无灭、无去无来、无是无非的特定情态和精神境遇……

为了吸引游客和持续发展，如今甪直虽然新建起了一排排现代化的别墅和五颜六色的游乐场，但只有保圣寺才是这个隐蔽在太湖之滨的小小甪直的价值之所在。甪直因为有了保圣寺而成为苏州、成为太湖、成为中国的一颗明珠。

1998年7月

发表于上海《文学报》，1998年7月30日

# 邓尉探梅

“观梅何时最相宜？东风残腊正当时。”小寒刚过，大寒未至，正值“残腊”之时，来到我国梅子的主要产地——苏州市吴县光福镇，观赏漫山遍野怒放的梅花，真可谓是平生一件快事。

光福是个有着悠久历史的古镇，由四个伸入太湖中的半岛和长沙岛、漫山岛以及附近湖面组成，以盛产梅花而名闻海内外。远在西汉初叶，这里就开创了种梅的历史。明代文人姚希曾在《梅花杂诗》里说：“梅花之盛，不得不推吴中，而必以光福诸山为最。若言其衍亘五六十里，窈无穷际。”光福别名邓尉。有道是“邓尉梅花甲天下，望中无地不栽梅”。古往今来，四方名流骚客来此寻胜探梅者，不计其数。喜欢云游山水的康熙皇帝先后四次到此探梅，他的孙子乾隆皇帝前后六次到此探梅。生活于明末清初、官至吏部尚书的宋荦，每当花事便驻足邓尉，昼探夜赏，不分晴雨，水陆兼行，被称为“饥饮枝上花为粮，醉眠石上花为床”的梅癖子。正是此人给这块盛产梅花的宝地起了个极美极雅的名字——香雪海。进入当代，随着苏南现代化的步伐，“香雪海”这个名字，又因其成为一种冰箱的商标而为海内外广大顾客所知晓。

由于梅花独立寒冬、傲霜而放的高贵品格，几乎成为历代文学家咏叹和画家绘画的永恒题材。古代的咏梅诗不计其数。《荆州记》记载了三国吴人陆凯从江南寄梅花给在长安的朋友范晔的故事：“陆凯与范晔相善，自江南寄梅花一枝诣长安与晔，并赠诗曰：‘折花逢驿使，寄予陇头人。江南无所有，聊赠一枝春。’”从此，“一枝春”被视为挚友之间或情侣之间互相赠予的珍贵礼物，这个故事也成为中国文坛上的千古佳话。

今年腊月吴中地区的气候特别寒冷。据苏州电视台预报，一般都在零下

4—5摄氏度至零上4—5摄氏度之间。广袤的吴地原野被霜雪覆盖着，浓雾从湖面上一阵阵飘来，古镇里的小溪和水塘都结了一层薄冰。朔风凛冽，万物萧瑟，独有梅花顶风冒霜，在挺拔而光滑的枝头上旁若无人似的怒放着。一朵朵翠玉般饱满的花蕾，一片片蝉翼般透明的花瓣，娇艳俏丽，妩媚动人。一阵阵清雅醉人的馨香，从枝头花间吐露出来。肖梅、雪梅、大青梅、品字梅、红果梅、早莳梅……大片大片的梅林，被染成乳白色、淡黄色，迷迷蒙蒙，浩浩渺渺，恰如雪花飞舞，银海荡漾。

我们一行在学贯宏富的监院慧通的引导下，来到正在由他主持修复的光福寺（铜观音寺）参观。寺中得到初步整理的残砖断碑告诉我们，这所寺院初建于梁朝天监二年（503年）。至唐代，不仅是僧众参禅的地方，而且曾一度成为宣讲教义、培养教徒的佛教学院。一千多年来几经兴废，饱经沧桑，如今终于再次得到整修，将作为盛世的业绩而被载于史册。慧通监院把我们引到一个修葺完工的偏院中，让我们观看一株梅树，这株茂盛的梅树由十来支树干组成，像一株多枝丛生的灌木，每根树枝上都挂满了含苞待放的花蕾和绽开的花朵。他告诉我们，他原以为这株梅树是多株并生的，打算将多余的枝干移栽他处，使之成为对称的两株，谁知深挖下去一看，竟是从一株树干上分杈出来的，只好重新埋起来。他对这株梅树花蕾的繁多和生命力的旺盛，感到特别自豪，因而也特别喜爱。

这位僧人还指引我们观赏梅树旁边殿廊墙壁上镶嵌着的一块《西崦梅花诗》碑。那是清末民初女革命党人、同盟会成员张默君女士留下的一首咏梅诗："漫对青梅怨暮迟，花魂犹共石魂欹；山中自有春常在，月上空潭媚花枝。幽岫偏宜云气藏，如潮空翠泼山香；尘劳拾处诗祥定，一任天花下道场。"诗是作者用流畅圆润的章草书体写就，由刻工镌刻在一块长80厘米、宽35厘米的青石上的，石碑横长竖短。张默君女士少年时随父宦游江南，青年时参加了同盟会，与秋瑾等革命党人在江南一带从事反清革命活动。这首诗不仅显示了女革命家、女诗人对香雪海梅花的赞赏和审美情趣，而且也为近代史研究家、特别是女性文学史家们留下了难得的研究资料，殊为可贵。

出得禅院，大雾消散了许多，但见无边无际的田野山峦上绽开的梅花，像白霜漫地，幽香扑面而来。啊，又见香雪海！

1997年1月14日

发表于《文艺报》，1997年4月12日

# 参差烟树是周庄

常常听人说起周庄，赞美周庄，却始终没有机会到周庄一睹这个江南小镇的风采。如今，终于有了一个机会，来到这个素有“中国第一水乡”美称的古镇，在烟树迷离的腊月薄雾中，欣赏这个名闻遐迩的水乡古镇的朦胧容颜。

周庄是江苏省昆山市一个有着900年历史的水乡古镇，东与上海市的青浦县交界，西距苏州只有30公里，如今属于昆山市。我们刚刚结束苏州境内的角直之旅，在雾霭中车行一个多小时，就来到了这个“镇为泽国，四面环水，咫尺往来，皆须舟楫”的水乡小镇。与角直相比，同是江南水乡小镇，却又别有一番气象。但见黛瓦粉墙、出檐歇山式的吴地民居，堆建在鹅卵石铺成的小街小巷两旁，层层叠叠，密密麻麻，又错落有致。“井”字形的河道网络，从镇子中央穿过，把一个聚居着23000居民的小镇子分割成似连还断的几片，又把镇子与淀山湖、澄湖、白蚬湖、南湖连接起来，给人一种巷在水中、镇在湖中的感觉。水养育了一代代周庄人，水联系着周庄900年的传统，水造就了周庄今日的风貌，总之，水是周庄人的命脉所在。

桥是周庄令游人驻足的胜景。据说，仅宋、元、明、清几代修建或重建的桥，保存至今的就有100座之多。构思奇妙的双桥（又称钥匙桥），始建于明万历年间，由一座石拱桥和一座石梁桥组成，一横一竖像一把钥匙插进锁里，架设在银子浜和南北市河的交汇点上。位于中市街东端的富安桥，横跨南北市河，贯通南北市街。桥上有五块江南罕见的武康石，石面布满细小的蜂窝孔，既显得来历不凡，又为小镇添加了别样的风景。风景画家们看周庄，有哪一位不是把目光投射到横架在河道上的那些石桥上的？他们从那些千姿百态的石桥的布局、造型、石质、纹饰中，看到的不只是江南特有的“小桥流水人家”的诗情画意，而且还看到了周庄的历史沧桑。旅美华人陈逸飞以双桥为背景画了油画《故乡的回忆》，后被美国西方石油公司董事长阿曼德·哈默收购，作为礼物，送给了邓小平同志。一位著名的俄罗斯画家以名闻遐迩的富安桥为背景所画的一幅油画，现在就悬挂在沈厅的展览厅里，成为周庄建筑风格的代表和中俄友好的象征。

水乡周庄的历史风貌，归根结底是由它的文化氛围所决定的。位于富安桥东堍南侧的沈厅，是明代江南巨富沈万三后裔沈本仁于清乾隆七年（1742 年）所建。据《周庄镇志》记载：“沈本仁早岁喜欢邪游，所交者皆匪类。及父殁，人有言：‘不出三年，必倾家者。’本仁闻之，乃置酒，召诸匪类饮，各赠以钱，而告之曰：‘我今当为支持门户，计不能与诸君游也！’由是，闭门谢客经营农业，于所居大业堂侧拓敬业堂宅，广厦百余椽，良田千亩，遂成一镇巨室。”我们来到沈厅，但见厅堂连接，河埠入室，自成一家，典雅庄重，一派前厅后堂的建筑格局。此外还有位于北市街双桥之南的张厅、位于安富桥北侧的迮厅和位于中市街的章厅。这些多数为明代建筑，都曾是周庄名门望族的私产。在那些古朴典雅、匠心独运的宅第中，蕴藏着鲜为人知的历史谜团和丰厚深邃的文化积淀。

生存了 900 岁的周庄，曾经引得许多巨商富贾在此流连，也曾孕育和滋养过许多文化名流。贞丰桥畔的迷楼，原名德记酒店，曾是南社成员聚会的活动场所。1920 年 12 月，柳亚子抵达周庄暂居 7 日，邀周庄南社社员陈去病、王大觉、凌蕙镶、费公直、陈蕺人、徐弘士、沈君崇、赵雨苏、朱汝珏、朱云光及从弟柳抟霄、柳率初等先后 4 次聚会迷楼，以店主女儿阿金的美貌和脍炙人口的佳肴为题吟诗作词，抒发情怀，抨击社会，鼓吹革命，留给后人一段光彩耀人的佳话。事后，柳亚子吩咐柳率初将在迷楼唱和所得之诗词作品，抄录寄交南社诗文造诣很深的叶楚伧、胡石玉、沈眉若、朱剑芒等 40 余位社友索和，搜集到唱文诗词 140 余首，交上海中华书局刻印付梓，为世所珍。迷楼虽系一酒楼，与南社的这一段文字因缘，却给它平添了浓浓的书香氛围和诗酒的魅力。惹得来此参观的游客，不能不沿路寻觅南社活动旧址迷楼，饱览那些儒雅革命家们的文采风流。

我们穿行在周庄的每一条小街上。那些前人建造并遗留至今的商业古街，两旁拥挤着密密麻麻的店铺，从文物古董、时装百货，到茶坊糕点，琳琅满目，应有尽有。市街临水，一座座石拱桥连接着被水巷隔开的市街，一层的、两层的起脊挑檐的江南吴地建筑，在波动的流水中映出一个个飘动着的倒影。水巷里时有游船和清洁河道的工作船划过来划过去。此情此景，不禁令我联想起几年前漫步过的欧洲水城威尼斯狭窄的街巷和水道。一幅多么恬静的古镇水巷的画面啊！

周庄是历史的赠予。周庄不仅保存下了江南水乡的明清建筑，也保留下来江南独树一帜的民俗风情。画家吴冠中题词曰："黄山集中国山水之美，周庄集中国水乡之美。"

1998年1月7日

发表于《中国旅游报》，1998年1月26日

# 雨中访严子陵钓台

一觉醒来，隔窗听见了从草坪上传来的淅淅沥沥的秋雨声。本来按计划上午是要到白云源去考察的，因为白云源道路尚未修好，不得不改变日程，先去富春江观光游览，拜谒严子陵钓台，下午再根据天气情况决定是否去白云源。这样也好，倒是遂了我的心愿。

我们下榻的桐庐县独山慈云山庄的总经理吴杰先生为我们安排了一辆中型面包车。汽车从山庄出发，顺山势蜿蜒而下，过横村，工夫不大便来到了富春江的支流分水江边。由于分水江发源于天目山，所以又叫天目溪、桐溪、横江。分水江平时水量不大，每年六七月间山洪暴发时，却异常凶猛，危害极大，威胁着桐庐周围几个乡居民的生命财产安全。洪水灾害是致命的。1959年《人民日报》发表过《泰山压顶腰不弯》长篇报道，写的就是分水江上山洪暴发的事情。如今在江上已经建起了一座大桥，离大桥不远处，在桐庐县城东北部的桐君山下有座不大的合江亭，分水江就在这座合江亭旁汇入美丽的富春江。

富春江在上游的兰溪吸纳了发源于浙西山区的衢江，在建德一带又吸纳了发源于皖南山区的新安江，到梅城镇至富春镇，便形成了名闻遐迩的“七里泷”绝妙自然景观。清代诗人查慎行在《七里泷》里描写说：“泷中乱峰高插天，泷中急水折复旋，泷中竹树青如烟。白龙倒垂尾蜿蜒，泄云喷雾为飞泉。晴光一线忽射穿，两点白昼打客船。船行无风七十里，一日看山舵楼底。”这长达23公里的江面，被夹在两岸高耸壁立的群峰之间，一泻千里，飞流竞上。俗语说：“有风七里，无风七十里。”足见水流之急湍。20 世纪 50 年代修建了富春江拦洪大坝和富春江水电站，如今那碧绿的江水，在烟树婆娑、青峦迷离的映衬下，固然少了几分险峻，却平添了几分阔远浩渺、平静深邃的画意。严子陵钓台就坐落在这“横看山色仰看云”的富春江左岸富春山的绿树翠竹之间。

相传东汉光武帝刘秀当了皇帝之后，多次召其同窗好友严光（号子陵）出仕辅政，严光不受，隐居于富春江畔，以耕钓为乐，终老于林泉。严子陵的高风亮节，深得后人的赞许和追慕。历代诗人词家作了许多诗词赞美和怀念他，也借以抒发自己的胸怀。严子陵隐居之所，遂被后人称为“严子陵钓台”。严子陵钓台有严先生祠、客星亭、双清亭、沧波桥、高风阁、清风轩、诗文碑园等纪念物和景观，供同好来此凭吊和游人来此观赏。

旧时，到富春江来观赏水光山色和凭吊严子陵钓台的文人骚客，大多是从桐君山下的鱼梁渡头乘小船溯江而上去严滩的。宋代女诗人李清照过富春江时有句云：“巨舰只缘因利往，扁舟亦是为名来。”可见文人们来此拜谒严陵，大都是选择由船夫用双桨划行的小木船作为渡水工具，而不坐宽大载货的商船。1925 年郁达夫由杭州回到桐庐，夜访桐君山上的道观，也是乘坐的一艘在渡头一声呼唤即由隔岸划过来载客的小木船。此番来游富春江，我也非常希望能遇到这样的一叶扁舟，能使我像先贤们那样，在小船上把酒洒祭这位以山水为伴的羊裘钓者严光先生。希望总归不过是希望而已。我们一行，今天所乘坐的，却不是旧日文人们所乘坐的那种小木船或乌篷船，上船的地点也不再是郁达夫们上船时的那个简陋的鱼梁渡头，而是乘坐一艘豪华的江上游船，上船的地点则是雄伟壮观的富春江水电站新码头。

游船溯流而上，航行在富春江上。转动的涡轮在平静的江面上搅出翻滚的水浪，船舷之外，水面上漂浮着的一朵朵似莲似萍的水葫芦，也被水浪冲撞得时上时下、漂浮不定。据说，水库修成后，水质遭到污染，才有水葫芦这种藻类植物生长于水面上。由于它生命力十分顽强，生长很快，很难清除。我随着人流来到舱外，倚着船舷观赏富春江两岸的秀美景色。层层叠叠的山峦，依旧苍翠满目，在烟雨朦胧中，富春江更加迷人。由于水库的水面很高，古人描写过的那些景色，已不可复现了。但见绿树翠竹间还遮蔽着一条依稀可辨的纤道，蜿蜒起伏地在山腰上画出一道曲线。这是一代代赤裸着身躯的纤夫们留下的一幅杰作。他们曾经用自己的血泪，点缀过富春江的画面，这血泪的墨迹现在已经变得淡漠了。但他们以自己沉重的脚步踩出的这条羊肠小道，却成为历史一个永恒的记录。注视着这一历史的遗迹，在我心中无端地升腾起一丝说不清道不明的悲凉。从船头传来的一声响亮的鸣笛，把我的沉思打断了。原来，我们乘坐的游船，已经停靠在严子陵老先生披着蓑衣或羊裘垂钓的地方——钓台近前。人们开始拥挤着跳下船来。

钓台的正面是一座高大的石牌楼，上面有赵朴初先生书写的“严子陵钓台”横额。右边是一面长约十多米、宽约两三米的巨型石壁，上面镌刻着日本学者梅舒适先生写的“严子陵钓台天下第一观”十个大字。严光的石雕像，高高矗立于江滨。身穿长衫、头戴高帽，一手弯曲于身后的严光，两眼远望，一副寄情山水、闲适躬钓的形貌。石雕尽显严光不与流俗的高风亮节。不远处，有一方石碑，是曾经担任过浙江省委书记的谭启龙近年为纪念陪同受迫害而死的陈毅将军到此凭吊而写的碑文。字句虽简单直白，其意蕴却发人深省。在钓台东侧的山麓，依山新建了由100多方石碑组成的石刻碑园。这一方方石碑上，尽管古人留下的墨迹已经不多见了，多数是现代诗人书家的墨迹。古往今来的文人骚客们异口同声地都在重复着一个意思：淡泊名利仕途，称颂子陵高风。淡泊名利，曾经是中国古代文化人所推崇的一种高尚品格和做人规范，今天看来仍未失去其魅力和光辉。淡泊名利仕途的人，并不一定对国家兴亡发达的大事漠然处之。且看那些傲然矗立于山腰上的20余尊古代大文豪的雕像：谢灵运、李白、张继、杜牧、白居易、苏轼、范仲淹、司马光、王安石、陆游、唐寅、康有为……这些令人敬仰的历史人物，既展示了中华文化的杰出成就，又回答了我们有关功名仕途的设问。也许这就是严子陵老先生当年拒绝好友刘秀的召唤，宁愿身着羊裘和蓑衣，躬耕和垂钓于山林之中的一个最好注脚吧。

茂密的丛林一直延伸到山顶，青石条板筑成的山路，也一级一级地延伸到了山顶。拾级而上，虽然要付出力气，不得不停停走走、走走停停地喘着粗气，但在这幽静的环境里，在严老先生的钓台旁，人的心灵却得到了净化，洗去了一些在世俗生活中沾染上的浓重的铜臭气。

我们虽然有约在先，却后悔未能“杖篱携酒访桐君”。于是，下得山来，霍克君便径直到售货亭买来两瓶浓浓酽酽的五加皮酒。回到船上，再开樽洒祭严滩吧。

游船在烟雨中起锚了。静静的严子陵钓台，渐渐隐没在浓密的烟树之中。那伟岸的严公雕像也渐渐消失在视线之外，江天一色。

1997 年 10 月 20 日

发表于《语文报》（初中版），1998 年 2 月 23 日；

《旅游纵横》（河北），1998 年第 2 期

# 造访缘缘堂

我上中学的时候，就知道有个大画家叫丰子恺，他那些取材于普通人生活的风情画，很能得到包括我在内的妇女儿童们的喜爱。怎么也未曾想到，在丰子恺先生归天10年后的今天，有缘造访他亲自建造的故居缘缘堂。今天的缘缘堂，已非原来的缘缘堂了，而是石门镇政府按照原貌于1984年重建的，但据说里面的陈设也还是依据了原样的。尽管无缘见那原样是怎样的，无法做出判断，可是有丰先生的文字在，总还可以对照着看个大概的。

很多伟大的作家都曾赞美过自己生于斯养于斯的故乡。而那些本来其貌不扬的小地方，就往往因为这些大作家的赞美而名扬四海。石门湾大概就是这样的一个小镇子。丰先生在一篇散文里赞美他的家乡石门湾，说他走了五省经过大小百数十个码头，才知道他的故乡石门湾是一个好地方。位于浙北大平原，杭州和嘉兴的中间，离开沪杭铁路三十里。这三十里有小轮船可通，每天早晨从石门湾搭轮船，溯运河里走两小时，便到了沪杭铁路上的长安车站。由此搭车，南行一小时到杭州；北行一小时到嘉兴，三小时到上海。到嘉兴或杭州的人，倘有余闲与逸兴，可屏除这些近式的交通工具，而雇客船走运河。这条运河南达杭州，北通嘉兴、上海、苏州、南京，直至河北。经过石门湾的时候，转一个大弯，他的故乡就因此而得名。他那些绘声绘色的描绘，不禁令人油然而生一种心向往之的情怀。及至来到这个小小的去处，果然是个名不虚传、一派江南水乡风情的美丽小镇。那狭窄而整齐的街道和铺面、高低错落的住宅、黑红相间的木楼板、笃笃作响的楼梯……

丰子恺为什么把自己的家宅起了“缘缘堂”这样一个古里古怪的名字？这是一个很有意思的问题，而且这里面还透露出他作为一个信奉佛教的艺术家的某些深层的思想。他把缘缘堂这个名字当作是“灵”的存在。1926年，丰子恺和弘一法师（即对早期新文学运动作出过贡献的先驱李叔同）住在上海江湾永义里的一所房子里。有一天，他在一些小纸片上写上许多他喜欢而又可以相互搭配的字，然后团成小纸球，撒在释迦牟尼画像前的供桌上，抓了两次阄。巧的是两次抓的都是“缘”字，于是他就给他的居室起名叫作“缘缘堂”。而且当即请弘一法师给写了横额，交九华堂装裱，挂了起来。后来先生迁居到嘉兴，再到上海，都带着这块匾额。到1933年他在故乡石门湾的梅纱弄老屋的后面，建造了高楼三楹，仍然用缘缘堂这个名称。由于弘一法师的题额字小，后来又请马一浮另题了三个大字。可怜石门湾梅纱弄的这住所于1938年1月毁于日本人的战火之中。丰先生携家西逃，历尽艰难，曾为他心爱的缘缘堂的遇难，写过一篇痛切悲怆的悼文，题名《告缘缘堂在天之灵》，把缘缘堂当作他的挚友，感人至深。现在我们在缘缘堂旧址里看到里面的那些陈设，大致就是丰子恺散文中所写的那个样子。弘一法师从《华严经》里抄来的句子“欲为诸本法，心如工画师”作为题联。他自己写的杜诗的句子“暂止飞鸟才数子，频来语燕定新巢”也依然如前。李叔同是丰子恺在杭州师范时的文学老师，他二人之间终生保持着真挚的友谊，这一点从他缘缘堂墙壁上李叔同的那些条幅字画和他所写的几篇散文中都可以看得出来。他把新文学的先驱李叔同后来的出家，比作“屈原为了楚王无道而忧国自沉”。

缘缘堂是一个典型的中式的小楼和庭院，丰先生说取意于“坚固坦白”。而形式则用近世风格，取意于“单纯明快”。没有任何因袭、奢侈、烦琐、无谓的布置与装饰。他居室的情调与他的艺术一样朴实无华。这真值得被称为艺术家的那些人们思考一番。有人可能会觉得丰子恺生活在缘缘堂，就如同生活在一个封闭的小天地里，所以他的艺术思维是那样局限。任何人都有自己的局限，但丰子恺与周围劳动者的关系十分密切，他把他所看到的、感到的都摄入自己的创作中，天地是十分开阔的。他也曾用禹王的话作答：“彼齐云落星，高则高矣。井干丽谯，华则华矣。止于贮妓女，藏歌舞，非骚人之事，吾所不取。”他说他虽然不是骚人，但他确信环境支配文化。即使秦始皇拿阿房宫、石季伦拿金谷园来同他交换，他都是不会同意的。是啊，“夏天到了，红了樱桃，绿了芭蕉，在堂前作成强烈的对比，向人暗示‘无常’的幻象。葡萄上的新叶，把室中人物映成绿色的统调，添上一种画意。垂帘外时见参差人影，秋千架上时闻笑语”，正是樱桃装点、芭蕉掩映的缘缘堂，养育了这位著名的漫画家和散文家。

故居里楼上楼下悬挂着丰先生的许多幅画，使我们在不长的时间里便大饱了眼福，欣赏到他独特的绘画艺术。他的画平淡而透着温情，简明而闪耀着智慧。特别令我感动的是，在所展示的画中，大部分是他当年赠送给家中的佣工、送菜卖菜的劳动者朋友的，这些朋友悉心地保存着这些珍贵的绘画，缘缘堂重建辟为故居展览室后，他们便纷纷将所藏之画捐献出来，这才使我们不仅能一睹这位缘缘堂之子的艺术风采，也感悟到了他悲天悯人的人生态度。

丰子恺一生出过十部左右的随笔集，第一部就以《缘缘堂随笔》为书名。上海开明书店于1931年出版。他的随笔，大多取材自平民生活中的一点一滴、一鳞一爪，但又总能从中发现某种人生哲理，娓娓道来，笔致自然平易，清新明丽，洋溢着诗意。诗画相通。1933年，缘缘堂落成后，他又以“缘缘堂漫画”为题作画，画风如文风，平易中多有诗趣。“缘缘堂随笔”和“缘缘堂漫画”珠联璧合，都耐读、耐看、耐咀嚼。

“文革”使丰子恺倍受侮辱，吃尽了苦头。正在这当儿，却有一位香港中文大学的学者卢玮銮女士，倾九年时间潜心于搜求丰先生的散文著作和绘画，在悲凉的处境中成为丰先生的知音。她在香港先是出版了一画一释的《丰子恺漫画选绎》，颇有点儿像丰先生1950年在上海为周作人的《儿童杂事诗》所做的那数十幅插图；接着又搜集出版了丰子恺未收入散文集中的散文，出版了《缘缘堂集外遗文》；她还计划写他的评传，并于1974年4月托友人给丰先生捎来他喜欢的日本画家竹久梦二的画集《出帆》。丰先生早年也曾在缘缘堂收藏有这本画册，但在抗日的战火中化为了灰烬。丰先生得到这本书，喜不自胜，接着又长叹感喟，啊，宝剑虽好，对于解甲归田的将军，岂非无用武之地！卢玮銮女士对丰子恺是深有研究和了解的，她曾就有的批评家们批评他个人主义色彩太浓、尽说家庭琐事、没有反映广阔的社会现实，作了有理有据的辩解。她说：“只孤立某几篇文章来分析，或单从坊间常见的选本所载文章，来看丰先生的精神全貌，恐怕不够全面。例如在抗战期间，他写的抗日宣传文字，抗战胜利后，他对当时黑暗政治、衰败经济状况的批评，对新时代来临的渴望……”（《缘缘堂集外遗文·编后小记》）丰先生生前把这位未曾谋面的学者引为知音，不是没有道理的。

事有凑巧，1980 年我作为改革开放以来第一个中国作家团的成员，去香港中文大学出席中国现代文学研讨会，与在中文系教书、又在香港文艺界颇为活跃的卢女士相处了一周，她把她的上述两本书和她的另一本散文集《路上谈》赠予我。当时，我接受了她的书，只有感慨系之。内地还没有人能获得这样的条件来做这样有意义的工作。当时，我们一行是“文革”之后第一个到香港去的作家代表团，许多作家刚刚从灾难中被解救出来。遗憾的是，丰子恺先生那时作古已经五年了。当我在缘缘堂瞻仰他的故居时，眼光一闪，在那里的签名簿上突然发现了我所熟悉的卢女士那隽秀的签名。我禁不住高兴地叫出了她的名字。缘缘堂，真是有缘分啊。

写于 1993 年 8 月 23 日

发表于《美文》（西安），1994 年第 1 期

# 乌镇的香市

借着浙江省民间文学工作者们在历史名城余杭（临安）聚会的机会，主人陪同我去谒拜著名现代作家茅盾先生的故乡乌镇。乌镇虽是个人口不多的江南小镇，但由于茅盾在他的作品中的多处描写，而成了广大读者所熟悉的名镇。小镇的风土民俗生活，也因而得以永远载入史册。

当我们驱车来到这个杭嘉湖平原上的小镇时才发现，它紧紧地坐落在一条小河的岸边。从地图上看，一边是湖州市所属的地界，另一边与江苏省的吴江县隔河相望。这些地方处处都有水路相通，那水网如同蜘蛛所营造的网络。一条狭窄的石子铺地的市街，沿着河道，蜿蜒伸展开来。两边的房屋不算高，门面却都是一色的木头门板，油漆成浓重的黑色。对面商店里的任何动静，这边都能看得清清楚楚。只要街市上市声不很嘈杂，在对面店里说话，这边也能听得清清楚楚。说起来，两边距离也就是一两丈宽吧，从这边伸出一根竹竿晾衣裳，差不多就能搭在对面窗户上。小镇的生活与水有着密切的关系。岸边有一座颇负盛名的饭庄，既能吃饭，又能喝茶，那里聚集着镇子上的许多茶客，由于建筑一半在水上，一半在陆上，看起来好似高悬在水面上一般，茶客们可以凭窗览胜。

茅盾先生的旧居，坐落在街道的拐弯处，是一幢两层带天井的小楼房，是一座典型的江南民居建筑。就那雄踞街头的气势和那周身浓重的黑颜色而论，不仅在市街上给人一种鹤立鸡群之感，而且也使他生前在北京所住的那个四合院（即现在的交道口南三条茅盾故居）黯然失色。旧居里陈列着这位世纪作家的部分遗物和著作，展示出小镇培养出的这位大作家的不凡的一生。

乌镇不通火车，除了小公路四通八达外，最重要的交通渠道要算是水路了。小河道里来往的舟楫相当繁忙，是这一带农副产品集散外运、外面的产品运进来的主要通道。茅盾先生1933年写的一篇《乡村杂景》的散文，这样描述家乡小镇上的水上交通："小石桥迤西的河道更加窄些，轮船到石桥口就要叫一声，仿佛官府喝道似的。而且你站在那石桥上就会看见小轮屁股后那两道白浪泛到齐岸半寸。要是那小轮是烧煤的，那它沿路还要撒下许多黑屎，把河床一点一点填高淤塞，逢到大水旱年就要了这一带的乡下人的命。"作为乌镇人历史见证的那小石桥还在。窄窄的小河道和隆隆的小火轮也依然如旧，也许比当年更加繁忙了，不仅是这个小镇上全体人民生活须臾离不开的，而且也给这个古老的水边小镇平添了多少诗情画意和淳厚的乡村情趣。

小镇上一年一度举行的"香市"，是闻名遐迩的民俗节日。茅盾早年写过一篇题目叫《香市》的散文，描写了他少年时家乡举行香市的情景。

乌镇的香市是在清明到谷雨之间，那时的江南，正是风和日丽的时节。从农事上来说，又恰处在"蚕忙"季节的前夜。因此，这时节举行一年一度的香市，可以想见，对于农民们来说，无异于"狂欢节"。

香市期间，四乡的农民摇着赤膊船，成群结对、摩肩接踵地来到社庙前，赶香市。有的背着香袋，有的挎着香篮、带着香烛。他们先到社庙里拜菩萨，再到水潭里汏"蚕花手"。据说，凡是在庙旁的水潭里汏过的手，养起蚕来就会无病无灾。做过这些敬神的程序和行过巫术（弗雷泽称之为"顺势巫术"）的排演之后，赶香市的乡民们，这才兴致勃勃、钻东挤西、忘情忘我地投入那种娱乐和玩意的境界之中，一偿夙愿。在香市上看到的是，"临时的茶棚、戏法场、弄缸弄甏、走绳索、三上吊的武技班、老虎、矮子、提线戏、髦儿戏、西洋镜——将社庙前五六十亩地的大广场挤得满满的。庙里的主人公是百草梨膏糖、花纸、各式各样泥的金属的玩具、灿如繁星的'烛山'、熏得眼睛流泪的檀香烟、木拜垫上成排的磕头者。庙里庙外，人声和锣鼓声，还有孩子们手里的小喇叭、哨子的声音，混合成一片骚音，三里路外也听得见。"——这就是茅盾先生笔下60年前乌镇香市的真情实景。

正像茅盾先生所说的，这些从四面八方来赶香市的农民，一半是为的祈神赐福（蚕花廿四分），一半是为的预酬蚕节的辛苦劳作。这种借佛游春、酬神娱人的举动，全国皆然，并非乌镇所独有。原来举行香市的地点，是在社庙。社庙里所供的是土地神，也有叫土谷神的。在古代，社庙是宗族和村民进行社祭的圣地，也是古代文献中记载的“会男女”（用今天的话说，就是谈恋爱、定终身，甚至野合）的场所。乌镇社庙前有一泓清水，名叫乌龙潭，潭后曾建有一座戏台，供香市期间各地来的草台班子上演社戏之用，早已不存在了。据茅盾记载，“革命”以后（自然是辛亥革命了），为破除迷信，社庙的左屋就已经被公安分局借去作了衙门，而庙前广场的一角，也筑起了篱笆，要建造公园，社庙的左偏殿则挂上了“蚕种改良所”的招牌。现在呢？据信，现在的精神病医院，就是早先社庙的原址。乌镇的社庙，已经淹没在历史的深处，无迹可寻了。但那热闹的场面和形迹，却还深深地印在老年人的记忆里。

从农历三月初一开始的香市，一连半个月的喧闹，把农民们剩余的精力全部发泄出来了。这时，谷雨也就在这喧闹声中悄然而至了。人们该冷静下来，是开始“窝种”养蚕的时节了。

1994 年 2 月 14 日

发表于《吉林日报·东北风》，1994 年 4 月 2 日

# 历史是这样炼成的





诞生过大作家茅盾的乌镇是浙北的一个名镇，已经被建设部和国家文物局列入第一批“历史文化名镇”。近十多年来又成了“茅盾文学奖”颁奖的地方。乌镇作为古镇，不过是中国万千古镇中的一个；而乌镇作为文化名镇，则不能不说得益于或借重于作家茅盾。正如俄罗斯大作家列夫·托尔斯泰的诞生，改变了他的出生地亚斯纳亚·博利尔纳和图拉的命运，英国大剧作家威廉·莎士比亚的诞生，改变了他的出生地斯特拉特福小镇的命运一样。

到过乌镇的人毕竟是少数，即使现在可以到那里去旅游了，而更多的人则是从茅盾的作品中知道或了解乌镇的。至少我本人是先读了茅盾的散文《香市》（《茅盾全集》第 11 卷），后去造访乌镇的。因为他所描写的香市期间的那些茶棚、戏法场、弄缸弄瓦、走绳索、三上吊的武技班、老虎、矮子、提线戏、髦儿戏、西洋镜，以及百草梨膏糖、花纸、各式各样泥的纸的金属的玩具、灿如繁星的“烛山”、熏得眼睛流泪的檀香烟、木拜垫上成排的磕头者，锣鼓声、小喇叭和勺子声……吸引着我。我要去亲眼看看的，是他笔下热闹非凡的江南香市是否还传承着，那水上的小火轮是否还有，那快要塌台的社庙里的戏台是否还安在，还有没有社戏的演出？

据有关资料显示，现在乌镇的古戏台上还有桐乡花鼓戏、皮影戏，或也有社戏的演出，乌镇的蓝印花布、布鞋、染坊等作坊还有传人在继承这些技艺，也许那只是为游人展演，而不再是自身的精神需要，果此，那就变了味了。而这正是乌镇之所以是乌镇的必不可少的东西，也是应予尽力保护、尽力挽留住的东西。只有老木房子、只有小石拱桥、只有狭窄的石板街巷，还不能算是真正的、完全的乌镇，只有同时留住了那些非物质的文化，乌镇才有乌镇的韵味，才算完整。唉，但愿茅盾70年前写在《香市》里的那许多诱人的江南民间文化形态，不会成为非物质文化遗产的绝响！

从乌镇又想起了西塘，也是一个被列入第一批“历史文化名镇”的古村落、古名镇。1966年5月中旬，我到嘉善作民间文化调查，一天早晨，突然听到中央人民广播电台广播了砸烂中宣部阎王殿，“文革”开始的消息。震惊之余，赶紧赶回北京，故而丧失了去西塘古镇的机会。我是后来从书刊和光碟中认识西塘的。西塘有着江南六大古镇所有的共同的风貌：古民居、水乡风情、石板小巷、石桥、乌篷船……更令人瞩目的是，西塘有千年历史的非物质文化遗产项目——杨茂所创戗金戗银漆雕工艺，至少南宋或元代就著称于世。关于杨茂的戗金戗银漆雕工艺，我是从元代陶宗仪《南村辍耕录》的记载里读到的。

陶宗仪记述：“嘉兴斜塘杨汇髹工戗金戗银法，凡器用什物，先用黑漆为地，以针刻画，或山水树石，或花竹翎毛，或亭台屋宇，或人物故事，一一完整。然后用新罗漆。若戗金，则调雌黄；若戗银，则调韶粉。日晒后，角挑挑嵌所刻缝罅，以金薄或银薄，依银匠所用纸糊笼罩，置金银薄在内。遂旋细切取，铺已施漆上，新绵揩拭牢实。但著漆者自然粘住，其余金银都在绵上，于熨斗中烧灰，甘锅内熔煅，浑不走失。”

西塘人杨茂是元代著名的髹漆艺人。故宫里藏有他的一件“剔红花卉尊”，他的漆雕技术对明代髹漆工艺有着很大的影响。这件“剔红花卉尊”是他的漆器中的传世精品，尊高9.6厘米，口径12.8厘米。器为撇口，径稍短，腹部凸圆，下有矮圈足。尊的口内、外部通体均以红漆雕饰，雕刻着各种花卉纹饰，有菊花、山茶、秋葵、百合等花，纹饰雕刻得非常精致细腻，剔刻的刀法娴熟，不露刀锋。雕出的纹饰流畅而且圆润光滑，表现的花纹以写实的手法，艺术地再现了各种花卉千姿百态、争奇斗艳的画面。花间黄漆素地，底部髹漆褐色，左侧有用针刻画的“杨茂造”三字款。

由于西塘造就了张成、杨茂的漆雕工艺，使嘉兴（所属的嘉善）成为元末明初漆雕工艺的两大流派的发源地之一。研究者认为，从张成、杨茂等漆雕工匠起，一直到明嘉靖时《髹饰录》的作者黄成和明末的杨清仲，都属于这一系统，永乐时代的张德刚、包亮，也是这一派。他们的作品表现了丰润浑厚的风格及多样的题材。我想，在某种意义上，与其说西塘养育了张成和杨茂，不如说西塘因张成和杨茂而得以名扬四海。

后来西塘漆雕工艺的传承情况如何，缺乏足够的资料可稽。但据网上近期发布的旅游者文章称，当今西塘，仍然还有一家名为“漆园”的展厅，陈列着一些漆器，至于是收藏者还是漆雕作坊，与古代漆雕是否有关系，因没有实地考察，不得而知。作者写道：“移步换景，突然发现了一小户人家，上书‘漆园’两个字。进去之后才发现二楼是客栈，一楼摆了几排展示柜，里面陈列着若干漆器。我眼尖，看见一个小圆盒，刀法圆熟，藏锋不露，甚是面熟，再看落款，依稀有‘千里’二字，不禁试问客栈的主人这款漆器可是江千里的大作。那男子本来在与友对弈，听闻此言，竟一时愣住，然后待我如同知己，把他收藏的宝贝从私密处一一搬出——这件是剔红的，这件是剔犀，还有一件我闻所未闻的剔象牙白！”（童素心《西塘也可以姹紫嫣红》）想必是收藏者的陈列，而非漆雕作坊的手工艺。

如果西塘的千年漆雕工艺已然失传，如今剩下的不过是历史的记忆和收藏的雅趣，那么是何时、因何失传的，不也是一个颇有价值的话题吗？但愿陶宗义的《南村辍耕录》不是西塘漆雕的绝响。

当然，西塘的非物质文化遗产并非漆雕一端，如嘹亮悠长的田歌、城隍庙会和护国寺粮王庙会等，也是堪为西塘文化标志的非物质文化遗产。只有把这些非物质文化遗产发掘出来，作为文化载体的西塘才会得到一个完整的形象。

古镇乌镇因大作家茅盾而为名镇，古镇西塘因张成、杨茂而为名镇。历史就是这样炼成的。

2012 年 12 月 14 日<br>发表于《文汇雅聚·2013 谷雨集》，2013 年 4 月

# 几度东风吹世换

中央美术学院著名环境雕塑家楼家本教授为家乡宁波市东钱湖风景区策划和设计了一个大型的旅游景观——“中国神话世界”雕塑景园，邀请几位学者到宁波去参加考察和论证。楼教授曾应邀在纽约联合国总部做过“中国壁画·神话”专题讲座，为邮电部设计过“中国神话”邮票六枚，是我国有影响的国画家和环境雕塑艺术家。他的邀请，使我有机会来到宁波这座已有五百万人口的江南港口城市。在我们一行人考察论证工作结束之后，主人问我还想看点什么。我不假思索地说，希望能到名闻中外的河姆渡遗址和河姆渡博物馆去参观。

宁波是一座历史文化名城，古代以出产梅梁而闻名于世。据陆游序本南宋嘉泰《会稽志》卷六载：“梁时修（禹）庙，唯欠一梁，俄风雨大至，湖中得一木，取以为梁，即梅梁也。夜或大雷雨，梁辄失去，比复归，水草被其上，人以为神。”又据《大明统一志·绍兴府志》引《四明图经》云：“鄞县（按即宁波市的所在地）大梅山顶有梅木，伐为会稽禹庙之梁。”志书上把梅梁说得神乎其神，能在镜湖中与龙斗，固然属于神话，但大梅山出产梅木也大概是事实无疑，而且因此而使偏居东南沿海的鄞县名播四方。宁波有丰富的历史文化遗产，这自然是它优越于其他地方的巨大财富。物换星移，在宇宙万物经历了沧桑巨变之后，现在还保存下来的，也还不少，如北宋木结构的建筑保国寺、南宋二灵塔，有西晋阿育王寺，有功成身退、寄情山水的范蠡和西施隐居的钓矶，有明代的藏书楼天一阁……清代词人黄景仁有《南浦·泊镇海》词，以一个词家的眼光抒写宁波的海天风光，从宁波千余年来所经历的战乱进而感叹世事："蛟门中劈，看天边、一叶破空来。又向断矶荒屿，泊入浪花堆。多少鲎帆蜃雨，和龙吟、夜半似惊雷。更飓风骤起，含腥带湿，白日冷如灰。此地孙卢战后，警烽烟、几度海门开。还笑建炎南避，君相总伧才。回首乱鸦残堞，听沉沉、戍鼓有余哀。叹萧条身世，海天空外独衔杯。"词人借眼中所见的海天风光，抨击南宋小朝廷面对外来强敌时的软弱无能和奸臣秦桧的无耻，意境深远。因此，镇海当然也是值得游赏和流连的去处。宁波虽然有那么多有名的历史文化遗产，可是对我来说，河姆渡新石器文化遗址无疑是第一个心仪已久的圣地。

河姆渡遗址位于宁波西郊的余姚县罗江乡河姆渡村，博物馆就建在遗址的旁边。从我们住宿的华富宾馆出发，穿过宁波市整个市区，跨过甬江和姚江，转入由杭州到宁波的高速公路入口。然而车行未久，由于高速公路正在施工，我们的车子不得不绕道而行。走便道也有走便道的好处，可以多看一看江南的农村景色。一路走来，但见晚稻绿浪起伏，阡陌纵横，满目苍翠，着实令人精神振奋，一扫几天来出入宾馆、听会发言、饮宴应酬的疲劳和枯燥。

河姆渡博物馆坐落在一片稻丛和林木之中。在大门前的广场上，叠立着两层三块高大的石头。这是博物馆的象征性标志。在顶端的那块石头的侧面，清晰地复制出河姆渡遗址出土的牙雕蝶形器上的"双鸟朝阳"图：在燃烧着熊熊火焰的太阳纹两侧，有一对振翅欲飞的神鸟，睁着圆圆的眼睛，昂首相向，引颈而望，俨然是一对火中再生的凤凰。在古人看来，太阳是神秘的，也是神圣的。河姆渡人的居处距离大海不远，每当那一轮火红的圆球从平静的海面上喷薄而出时，无边的黑暗便自动退去。如同埃及人修建的金字塔最早接受第一缕阳光一样，河姆渡人也以第一批接受阳光的子民而自豪。太阳给宇宙以光明，太阳给生物以光照，太阳给人间以温暖，太阳给家庭以火种。河姆渡人敬畏太阳、崇拜太阳，他们成为了太阳的子孙。

我在陈列着河姆渡遗址出土的稻谷和谷壳堆积层、小葫芦、立鸟形雕匕、陶块上的五叶纹和鱼禾纹、陶钵上的猪纹、玉玦，以及原始农具骨耜等的展柜前面流连驻足。这些夺目的史前遗存把我带到了七千年前的荒古时代。我沉思良久。在来宁波之前，我虽然已经粗略地研究过有关这里出土的原始文化遗存的资料和文献，但一旦来到它们面前，我还是为河姆渡原始先民们所取得的如此高度的原始文明所震撼。河姆渡人用动物的肩胛骨制作出了翻地用的农具骨耜，在象牙蝶形器上雕刻出了双鸟朝阳的图案，用坚硬的石器琢磨出了象征着月亮圆缺的玉玦。如果说骨耜的出现说明当时农业已经达到了一定的发展水平的话，那么，在象牙上刻制出双鸟朝阳图和把玉石琢磨成玉玦这类初民的信仰之物，则说明河姆渡人已经形成了脱离物质生产而独立存在的精神领域。

在历史的长河中，人类从未间断地向自己发出叩问：第一颗稻谷种子是怎么来的？世代传承下来的神话传说告诉他们，稻谷是麻雀从天神那里衔来的，是狗用尾巴粘了稻谷种子，蹚过了大洪水从天神那里偷来的。于是，麻雀和狗便成了人们心目中的谷神，对它们深信不疑、崇祀有加，年年岁岁，岁岁年年。人们编织出这样美丽的神话和传说，也许不仅是为了使自己的灵魂得到宽慰。令人惊叹不已的是，在新石器时代的中早期，河姆渡人就已经从野生稻种中人工栽培出了可供人类延续生命的稻谷。没有河姆渡人在无数次失败后对稻谷的成功栽培，人类大概至今也还处在茹毛饮血的原始状态呢。考古学家们业已研究证明，那些稻谷遗存与我们今天所称的籼稻和粳稻属于同一系列。在这些遗物面前，时间被大大地压缩了，过程被无情地省略了，几千年的历史沧桑似乎凝结为短短的一瞬间。透过反光的玻璃橱窗，这些长度为几毫米、表面酷似炭黑的颗粒，反射到我的瞳孔里来的，似乎不再是那尖长的物质原形，而是一代代古代先民前仆后继的躯体和智慧。

站在这些远古稻谷标本的橱窗前，我的思路如同一缕游丝，飘到了杭州湾隔岸的桐乡县罗家角遗址，那里也出土过新石器时代人工栽培的稻谷遗存以及大量骨石农业工具，与河姆渡出土的相类。十多年前我曾造访过桐乡，但那次的目的是为了瞻仰和凭吊现代文学巨匠茅盾先生和著名画家丰子恺先生的故居，那时罗家角遗址还没有被发掘，因此那里的原始文化遗存未能亲见。河姆渡遗址和罗家角遗址的文化遗存说明，早在7000年以前，稻作农业就已经在长江下游地区蓬勃兴起，并在人类的经济生活中占有重要地位；长江下游地区的稻作农业文化与黄河流域的旱作农业文化，在中华文明的发展进程中是并驾齐驱的。

回想我的小学生时代，启蒙老师教导我们，中华民族起源于黄河流域，黄河是我们的母亲河，那里有星罗棋布的仰韶文化遗址，那里养育了灿烂的中华原始文明。考古学家们在20世纪70年代初在河姆渡所进行的发掘工作，把这个在我们心中牢记了几十年的结论一下子给动摇了。却原来，长江流域不再只是史家们谈论的六朝兴亡，钱塘吴越也不再只是诗人们空叹的赵家和强胡，长江流域和黄河流域一样，同样也是中华民族文明发生的摇篮之一。在这之后，考古学家们又在东北辽河流域发掘了红山文化遗址，在内蒙古东部发掘了兴隆洼文化遗址……

“几度东风吹世换，千年往事随潮去。”姚江的水依然从河姆渡的胸膛上日复一日地潺潺流过，而有关骨耜的往事却早已被历史湮没了。河姆渡的子孙们正以昔日先祖们的智慧，迈出新的雄健步伐，创造着今日的辉煌。

1996 年 11 月 1 日

# 在绍兴鉴湖上看社戏





2011 年的元旦是在绍兴县的安昌镇过的。地方上发出邀请，是希望能在那里举办的“2011 年海峡两岸春节传统节日文化高峰论坛”上发表报告。好在我准备了一篇长文，题目叫《春神句芒论考》，总算题目新鲜，没有人做过，也就没有丢人，不是那种混吃混喝的开会油子。此行最值得怀念的，是参观了绍兴县的师爷馆和安昌镇的百年老街。

身在安昌，才知道绍兴县并非绍兴市。得空一天，到绍兴市参观了鲁迅故居和鲁迅小时候待过的鲁镇。

但见鲁迅故居被一条通衢大道穿宅而过，把个好端端的故居一分为二。心想，假若鲁迅今儿个还健在，从这个屋子到那个屋子，要过一条马路，多不方便呀，又怕被满街上飞驰着的车辆撞倒，肯定得郁闷。鲁迅不在了，这样的城市改造措施，也就没有人反对了。在鲁迅故居盘桓了大半个上午，观瞻了鲁迅家里的德寿堂、三余书屋，在百草园留了影。

没有想到的是，时隔一年多，2012 年的 6 月 10 日到 13 日，竟然再次来到绍兴。这次去的不是绍兴县而是绍兴市，为的是去考察会稽山周围地区的古老物种香榧子及其所衍生的民俗和香榧传说。

去过绍兴不止一次了。最早去的一次，是 1958 年的春夏之交，是跟随被称作“共和国的访书人”路工先生去的。他虽然是浙江慈溪人，但他 17 岁走出校门，到延安参加革命，一去几十年，没有机会到过心仪的绍兴。当时由绍兴市文联接待我们，请我们俩在咸亨酒店吃的饭。那时请客不像现在这样铺张。下班的工人，大多骑自行车，路过酒店门前便下车来，一条腿跨在车上，一条腿触在地上，向店前的炸臭豆腐摊主买两串臭豆腐，吃得有滋有味。那样子虽然过了 50 多年，却还刻在我脑子里。

如今绍兴变了，变成了一个拥有 700 多万人口、街道宽阔的大城市了。连鲁迅故居都被一条宽大的街道从中间穿过，把这个名人故居一分为二。上次去看到这景象，尽管在故居里、百草园里都留了影，却实在是满心的不是滋味。

这次不再看鲁迅的故居了。我一直惦记着要看沈园。50 年前去，印象模糊了，好像是沈园还没有修好。这次看沈园的愿望终于实现了。那里有大诗人陆游和唐婉留下的爱情足迹，尽管那爱是悲戚的，却是叫世人震撼的。陆游和唐婉各留下一首震撼灵魂的《钗头凤》词，供后人咀嚼和玩味。

陆游的《钗头凤·红酥手》：

“红酥手，黄縢酒，满城春色宫墙柳。东风恶，欢情薄。一怀愁绪，几年离索。错、错、错。春如旧，人空瘦，泪痕红浥鲛绡透。桃花落，闲池阁。山盟虽在，锦书难托。莫、莫、莫。”

唐婉的《钗头凤·世情薄》：

“世情薄，人情恶，雨送黄昏花易落。晓风干，泪痕残。欲笺心事，独语斜阑。难、难、难。人成各，今非昨，病魂常似秋千索。角声寒，夜阑珊。怕人寻问，咽泪装欢。瞒、瞒、瞒。”

他们的爱情令人扼腕、令人赞叹，无怪乎游人如织。我们一行在陆游雕像前留了影，作为“到此一游”的纪念。

来绍兴的前一日，曾到国家图书馆参加了为第七个文化遗产日举办的“中国传拓技艺展”活动，依次观览了从全国各地邀请来的 13 位著名传拓技艺传承人的传拓表演。有幸遇到了来自河南偃师的传拓专家裴建平师傅。我对他说，你们偃师编纂出版的那本《偃师姓氏源流考》还是我写的序言呢，跟你们偃师有缘呀。于是我们一下子便成了熟人。他立即拓印了一份王羲之的《兰亭序》送我作为纪念。

这次来绍兴，兰亭本来也是这次重游绍兴的首选之地，王羲之的传说，在 2009 年被批准为国家保护的非遗项目的时候，我是投了一票的。但由于两个因素给取消了：一个是要去的地方太多，特别是要去古香榧的产地嵊州县通源乡参观考察，这对我而言是新鲜而必需的，而我又刚拥有了裴建平给新拓制的王羲之《兰亭序》；另一方面，12 年前，诗人孙静轩受五粮液酒厂之托，邀请 70 余位作家到宜宾游览访问，几十位作家麇集在酒厂“复制”的一处景点“曲水流觞”旁论剑，留下了一帧珍贵的照片，如今其中的好几位已经作古，而这也许是绍兴兰亭的曲水流觞处无法企及的。于是，兰亭之游就免了吧。

我们在迷蒙的细雨中去了大禹陵和大禹庙。放弃去兰亭而选择拜谒大禹陵和大禹庙，对我而言，无非是希望触景而重温传说中的夏朝开国者和古代治水英雄的民众记忆。虽然绍兴的大禹祭典早已列入了第一批国家级非物质文化遗产名录，而大禹生卒地的传说、大禹鸟田的传说、大禹古迹的传说和大禹治水的神话、大禹大会诸侯于会稽的传说、大禹后裔姒姓世谱的传说、大禹与越乐、越歌、越舞、越文化关系的传说……这些萦绕耳边、触手可及、非常实在的大禹传说，却由于多种原因而被忽略了，或继续被忽略下去。多年前治学术史，研读卫聚贤主编的《说文月刊》，一批流亡在大西南的知名文史学者们组团赴现北川县的石纽刳儿坪，探访和认定那块被称为“坪”的地方就是传说的大禹的出生地，而后有涂山氏变熊的传说、石开而生启的传说等等。借禹王的出生地，小小的刳儿坪成为那些为躲避日本军国主义的战火背井离乡的学人们寄托他们爱国家爱民族的情怀的一块圣地。而会稽山乃是这位中国古代第一个王朝——夏朝的创立者、“八年于外，三过其门而不入”的治水英雄的冥地。踏着青苔，拾级而上，这些并不连贯的古老的神话传说，不由自主地在脑际一幕幕闪过。眼前所见的那个新的青石祭台，固然伟岸，却不如历史留给我们的禹陵和禹庙那么真实而庄严。我在大禹的雕像和古碑前肃穆地鞠躬，此时此刻，似乎真的回到了 4000 年前，与禹王对话。直到这时，我才明白为什么执意要来这个 50 年前就曾来过，而今又需要下决心克服年老、攀爬艰难的会稽山。

这次到绍兴，有幸于 6 月 11 日晚观摩了在鉴湖上的钟堰庙戏台演出的水上社戏。以往对绍兴水上社戏的了解，仅限于鲁迅作品中的描写，后来读了蔡丰明的著作《江南社戏》，总之知识极其有限，更缺乏现场感。这次有机会坐在乌篷船上，荡漾在湖水中，一面饮着绍兴黄酒，一面嚼着茴香豆，怡然自得地观赏老乡自己演出的社戏，真有喜出望外之感。对我而言，也许一生就这一次吧！

这次演出的剧目有：

1．开场彩头戏——《五场头》，演出单位是马山镇群乐农民艺术团；

2．绍剧（龙虎斗·大斗》，浙江绍剧团；

3．越剧《梁祝·回十八》，绍兴县小百花艺术中心；

4．绍兴鹦哥戏《买青炭·朝奉先生看见白牡丹》，绍兴市文化馆；

5．新昌调腔《西厢记·游寺》，新昌调腔剧团；

6．诸暨西路乱弹《哑背疯》，诸暨市非遗中心；

7．绍兴目连戏《男吊》，嵊州艺术学校、新昌调腔剧团；

8．绍兴目连戏《张蛮打爹》，马山镇群乐农民艺术团。

戏台高耸在鉴湖之中，灯光照射在水面上，波光粼粼，空间悠远而深邃。一家一家的农民乘坐自家小小的乌篷船，簇拥在湖面上，所有人的目光都聚焦在舞台上剧中的人物和那紧凑的剧情上，无不陶醉在乡土艺术的意境中。这样的演出，跟大城市里那些大舞台和名角们的演出，其情趣和意味是大不相同的。而乡民们就是在这种文化的熏陶中成长，一代又一代，中华文化绵延不绝。

我曾写过一篇随笔《哪怕你，铜墙铁壁》，是受鲁迅的影响而着墨的。这回没有看到鲁迅写的《女吊》多少有点儿遗憾，却有幸看到了《男吊》，那荡气回肠的表演却也令人感奋。

2012年6月27日

# 香榧：又一个“中华人文瓜果”





日前，我离开人满为患的京城，应邀来到了会稽山麓的古越文化腹地——浙江绍兴。在朦胧的夜幕下，一艘乌篷船穿过波光粼粼的鉴湖，停靠在距离钟堰庙戏台几十米远的水面上。机缘让我们体验了一番90年前鲁迅在赵庄看社戏的那种“远哉遥遥”的韵味。坐在船上的我们几个远客，在当地文广局朋友的陪同下，观看由当地民众自己搬演的“水乡社戏”。绍剧《龙虎斗》打头阵，接下来是越剧《梁祝》、鹦哥戏《买青炭》……依次下来，绍兴老百姓最喜爱的这些传统剧种和剧目，竟然让我们一网打尽，一个晚上便饱览无遗，真个是幸运莫名。

越地之旅另一个让老夫怦然心动的项目，是亲眼见识了在会稽山一带的密林里生长着的古老榧树群和结出的香榧（果），聆听了由香榧衍生出来、在民间广泛流传、多少有点儿神圣意味的香榧传说故事。热情的主人邀我们前往浙江省嵊州市通源乡的古村落——松明培村，去做实地考察，那里半山坡上生长着大片与村落相依相存的古榧树群。

来到依山而居的松明培村，恰好遇上村民们在漫山遍野的榧树群中，对着他们心中的“王树”举行感恩仪式。“王树”下摆着2张八仙桌、3只香炉。乡民们一群一伙地站在不同高度的山坳上，目睹着村里4位长老敬香、献祭福果香榧和五牲，然后由族长宣读一篇文绉绉的祭文：“越中腹地，民风淳朴。山水形胜，风光旖旎。香榧文化，精深渊源……上苍恩赐，越民万福。”念完祭文，长老们跪在青草地上磕头，感谢上苍的恩典，祈求保佑。仪式简单而肃穆，所有的村民不分男女老少，都凝神静默着，对冥冥之中的上苍表现出由衷的虔诚。在这里，榧树们虽历尽沧桑却生生不息，没有人敢砍伐，没有人敢亵渎。置身于虬枝盘结的古榧树群中，聆听着族长的祭文，观察着村民的心态和表情，回味着入耳未久的种种香榧的传说故事，不知不觉中好像回到了古老的时光隧道之中，对给他们送来香榧的上苍和先祖，也生出一种敬畏和感激之情。对一个现代人来说，对一个现代民族来说，固然要与时俱进，但怀古念旧、崇尚传统，不仅无罪，而且应该是美德。

历史越千年。榧树，据考证是第三纪孑遗植物。作为一个远古残留的物种，如今在会稽山脉东白山区等地还有大量遗存，着实叫人惊讶不已。北宋诗人苏轼《送郑户曹赋席上果得榧子》咏曰："彼美玉山果，粲为金盘实。瘴雾脱蛮溪，清樽奉佳客。客行何以赠，一语当加璧。祝君如此果，德膏以自泽。驱攘三彭仇，已我心腹疾。愿君如此木，凛凛傲霜雪。斫为君倚几，滑净不容削。物微兴不浅，此赠毋轻掷。"苏诗不仅写了"玉山果"（香榧）的珍贵和榧树生长之地的良好生态环境，还赋予它"凛凛傲霜雪"的崇高品格。榧树所结果实香榧，历来被认为是坚果中的上品，不仅是疗治五痔、去三虫、治落发的良药，而且是赠送朋友和宾客的珍贵礼品。

会稽山一带的广大榧农民众，一代又一代口耳相传，创作和传播着种种关于香榧的优美传说。绍兴稽东镇的榧农中流传着这样的传说：香榧是天女从天庭偷到凡间来的，偷香榧的天女因而受到了天帝的惩罚，她的双眼被挖出，扔到了香榧树苗上，故而每一个香榧果上都有一对小眼睛，那就是被天帝处死的天女的眼睛。诸暨枫桥流传着这样的传说：嫦娥欲下凡人间，与凡人结为夫妻，玉皇大帝成全了她的痴心，给她香榧树和佛手树作为嫁妆，于是人间才有了香榧树。香榧被广大民众赋予了神圣性和灵异性。松明培村所流传的则是关于玉皇大帝的小女儿七仙女给人间送来两粒香榧种子的传说。一座小巧玲珑的七仙女庙是早就有的，悬挂在山体上突出来的一块大岩石下面，香炉里厚厚的灰烬告诉我们，尽管来上香祈福者要攀爬上百级的台阶，还是挡不住他们的心愿。

围绕着香榧树而产生的口头传说，在经历了极其漫长的历史发展后，在会稽山周边地区一带，已经形成了一个以榧树和香榧果为中心主题（或原型）的别具特色的民间传说群。这个传说群既包括了带有某种神圣性的物种起源传说，也包括了越文化区域的著名历史人物传说、地方风俗传说和地方风物传说。

会稽山一带的广大世居榧民，一代又一代，通过口耳相传的方式，创作和传播的香榧的传说，穿过跌宕起伏、剧烈动荡的漫长历史而延续到21世纪的今天，特别是在当代全球化、现代化、城镇化、信息化的巨大冲击下，大量的民间文学和民间文化因其生存与发展的基础农耕文明条件的削弱乃至丧失而无一例外地处在式微状态中，而香榧传说还能借助于榧树和香榧果这一物质的载体，保留下来许许多多在不同时代里产生并适应于当时那些传统的观念，仍然以强劲的活力以口头的方式在民间流传，实在是一件幸事，也因此值得我们珍惜。我对调查报告《绍兴市会稽山古香榧田野调查汇集本》中所涉及的田野材料略做梳理和分析，认为起码有八九个相对完整的传说。这些传说是：

1. 《七仙女、五通岩与香榧》，嵊州市通源乡松明培村裘先生讲述，钱增方、张小英、史庭泉记录；

2. 《金榧变香榧》，嵊州市长乐镇小昆村马昌樵讲述，钱增方、史庭泉记录；

3.《香榧的来由》，嵊州市长乐镇小昆村郭书念讲述，钱增方、张小英、史庭泉记录；

4.《香榧的名讳》，嵊州市长乐镇小昆村马小昆讲述，钱增方、张小英、史庭泉记录；

5.《西施眼的由来》，嵊州市长乐镇小昆村郭大伯、马小昆讲述，钱增方、张小英、史庭泉记录；（异文：《西施眼》，叶小龙记录，诸暨市，《西施传说》，中国美术出版社）

6. 《王羲之提笔书“香榧”》，绍兴县稽东镇高阳村黄永标讲述，俞国荣记录；

7. 《香榧的来历》，绍兴县稽东镇占岙村黄望土讲述，俞国荣记录；（异文：《香榧的来历》，诸暨市浣江小学老师钟秀萍记录，网上材料）

8. 《香榧传奇》，诸暨市枫桥镇海角村陈佐天写定；

9. 《走马岗和香榧》，诸暨市赵家镇宣家山村宣曙映讲述，赵校根记录。

这个目录中所列的寥寥几篇，是我根据自己的判断从前述有限的调查材料中挑选出来的，还有很多传说，由于种种原因而没有进入我的视野，它们或者还仅仅是个线索，或者记录不完整，或者与香榧无关，等等，不一而足。如果究其原因，譬如调查者不得法，采录不科学，不符合“真实性、科学性、代表性”的民间文学调查原则，不是根据口述做的记录而是调查者根据自己的记忆印象而加入自己的思想、用自己的语言（知识分子语言）创作出来的，等等，因而被我忍痛割爱舍弃了，如果能够在下一步的调查采录中以科学的态度重新加以搜集采录，可以预期将成为一件件合乎要求的成品。

在我国政府主导下进行的非物质文化遗产保护工作中，对珍贵的项目和濒危的项目进行抢救已成共识。香榧传说在普查中被发现和被记录，是地方政府和民众文化自觉得到提高的表现。就其在中国文化中的重要意义而言，我认为，香榧堪称是继人参、葫芦之后第三个“中华人文瓜果”，而香榧的传说，自然也就理所当然地可以称作“第三个中华人文瓜果传说”。

历数“中华人文瓜果”的家族，不能不首先提到长白山和大兴安岭中的人参。记得20世纪五六十年代，在吉林省通化地区长白山密林里流传的人参故事（传说）陆续被地方文化人记录下来，并接连在首都的报刊上发表，一下子引起了广大读者的浓厚兴趣和广泛关注，挖参人及其命运、挖参故事，以及充满了幻想色彩的人参娃娃、棒槌姑娘、小龙参等诡谲的形象，在万千读者面前展现了一个深邃、陌生而有趣的世界。人参故事误打误撞地成了第一个“中华人文瓜果传说”，并且一时间风靡了中外知识界。

有一天，日本民话之会的民俗学者花井操女士来到舍下，她要单枪匹马地闯进长白山密林里去调查和采录人参传说故事，其所以取道北京，不过是要我介绍些进山里去能帮忙的人。其时，人参故事的发掘和张扬，不仅得益于《民间文学》杂志，而且也得到了人民文学出版社的援手，该社出版了一本《人参的故事》，把这段历史公案记录在了纸上。

几十年后的1996年，中国东方文化研究会在北京召开“民俗文化国际研讨会”，主题是葫芦文化。从《诗经》里的“绵绵瓜瓞，民之初生”的瓜果葫芦，到在大洪水中人烟灭绝时，借助葫芦得以逃生的兄妹二人经过种种考验而结为夫妻、绵延后代的葫芦，这些成为中外学者关注的一个焦点。洪水后“同胞配偶型的洪水神话”，有别于基督教《旧约》里的诺亚方舟式的洪水神话，是广泛流传于中国南部和南岛诸国的一个东方洪水神话类型。当时健在的钟敬文先生在会上首次把葫芦定名为“中华人文瓜果”，最是引人注目。商务印书馆还在“东方文萃”书系下出版了一本《葫芦与象征》（游琪、刘锡诚编），把第二个“中华人文瓜果”的公案定格在了书中。

香榧及香榧传说，是古越之地的一个代表性文化符号，可以说，它是在人参及人参传说、葫芦及葫芦传说（洪水传说）之后的第三个“中华人文瓜果”传说。

写于 2012 年 6 月 17 日
2018 年 4 月 15 日修改
发表于《中国文化报》，2012 年 7 月 20 日

# 江以孝永　百行之先

2011 年 6 月 17 日，晚 8 点至 9 点，雨。与刘晓路、台湾金荣华一道去上虞曹娥庙观摩庙会。今天不是正日子，庙会的正日子是农历六月二十二，但来进香和念佛的妇女已是络绎于途了。淅淅沥沥下着雨，地上处处是水洼。进得庙来，但见庙堂里黑压压坐满了附近来进香念佛的妇女，他们分别排列在长条桌的两旁，口中念念有词在念佛（念经）。有的人在折叠各种贡品，如小房子、元宝……我问：她们念的是不是宣卷？旁边的人说，白天念的是，现在是在念佛。在座的都不是本市人，而是外乡来的，她们要在此坐着念佛三天三夜，然后再回家去。本地人白天来。信仰如斯。最热闹的时候自是六月二十二。

以前我来过这个庙，并拍过照片，但没有看见全貌。今天参观了全院，包括曹娥的墓。据说，里面并没有遗骨或衣冠，只是象征性的。碍于是夜晚，很多都看不清楚，特别是那些宋碑和壁画。世上大概没有完美的事，这次上虞之行，也就带着遗憾结束了。

第二天，6 月 18 日，上虞市举行“孝德文化之乡”授牌仪式和大舜庙开庙仪式。下午举行“弘扬孝德文化、传承乡贤精神”学术报告会，本人应邀出席报告会，并在会上作演讲。

曹娥投江寻父的民间传说，在江南民间可谓家喻户晓。晚清著名画家吴友如（1850—1893）所绘《二十四孝图》和《后二十四孝图说》里，都收有《曹娥投江寻父尸图》。在 20 世纪二三十年代的思想界和文坛上，曹娥投江寻父尸的本事就存在争议，《曹娥投江寻父尸图》的争议就更大了。

鲁迅在《朝花夕拾·后记》里谈到这个民间传说，并收集了吴友如画的两种曹娥投江图，作为他的书里的插图。一幅画面是投江的曹娥的尸体和溺水而死的父亲的尸体背对背一同浮出水面，另一幅画面则是在岸上的曹娥正欲投江寻父尸之状。

关于曹娥投江的本事，清道光本《前后孝行录》（甲辰年春敬募重镌）说："（汉）曹娥，上虞人。曹盱之女。盱为巫祝，能抚节，按歌以悦神。五月五日，逆流而上，为水所淹，尸不能得。娥年十四，沿江号泣。既而投瓜于江，祝曰：父尸所在，瓜当沉。旬有七日，至一处，瓜沉。遂投水。经五日，负父尸出。颜色如生。邑人为立曹娥孝女庙。"

在江南民间传说中，曹娥传说也相当流行，同样也被树立为一个孝女的形象。上海大方书局1947年出版之李浩编《民间故事新集》中收有这则传说。1997年中国ISBN中心出版之季沉主编《中国民间故事集成·浙江卷》也选了这个传说。这是在20世纪80年代为编辑全国民间文学集成，在曹娥的家乡上虞县樟塘乡百官镇采集的。这说明，曹娥的传说，如今还在民间流传，有着强大的生命力。不过，该书所载异文，与《前后孝行录》在一个重要情节上有一点出入，即曹娥的父亲不是巫师，而是一个渔民，在出江打鱼时，暴雨使舜江洪水暴涨，葬身水中。后面的情节则基本相同，却也多了被水淹死的曹娥从江水中漂上来时，反手背负着她父亲的尸体。村人为其立庙，江改名为曹娥江，村子也改名为曹娥村。

鲁迅对曹娥投江本事和图画有所评价："从说'百行之先'的孝而忽然拉到'男女'上去，仿佛也近乎不庄重，——浇漓。但我总还想趁便说几句，——自然竭力来减省。……曹娥的投江觅父，淹死后抱父尸出，是载在正史，很有许多人知道的。但这一个'抱'字却发生过问题。我幼小时候，在故乡曾经听到老年人这样讲：'……死了的曹娥，和她父亲的尸体，最初是面对面抱着浮上来的。然而过往行人看见的都发笑了，说：哈哈！这么一个年青姑娘抱着这么一个老头子！于是那两个死尸又沉下去了；停了一刻又浮起来，这回是背对背的负着。'好！在礼仪之邦里，连一个年幼——呜呼，'娥年十四'而已——的死孝女要和死父亲一同浮出，也有这么艰难！我检查《百孝图》和《二百卌孝图》，画师都很聪明，所画的是曹娥还未跳入江中，只在江干啼哭。但吴友如画的《女二十四孝图》（1892）却正是两尸一同浮出的这一幕，而且也正画作'背对背'。我想，他大约也知道我所听到的那故事的。还有《后二十四孝图说》，也是吴友如画，也有曹娥，则画作正在投江的情状。”（《朝花夕拾·后记》）

有学者说，鲁迅对孝道向来反感。但我们从鲁迅的行文中，却看不出他一般地反对孝道，他是借曹娥的事，批评当时社会舆论的一种不良倾向，把本来属于社会学的孝道之类，拉到男女之事的范畴内大加渲染的庸俗风气。他感叹“在礼仪之邦里”，连一个幼年女孩与父亲的尸体抱在一起，竟也遭到非难，竟也如此“艰难”。否则，他也就不会选录一幅如此的图画作他文章的插图了。

《孝经》唐玄宗序说：“子曰：吾志在春秋，行在孝经。是知孝者，德之本欤。”孝、孝道、孝行，是中国古代道德体系的一个中心问题。《孝经》成为《十三经》的组成之一。在长期的封建社会里，封建统治阶级把“孝”纳入其封建伦理之中，为其封建统治服务，特别强调“孝之可以教人”的社会教化作用。编者在《二十四孝图》里所收的那些范例，在今人看来，其实大多是不可取的，但这只是问题的一个方面。我们不能因为“孝”曾被封建统治阶级所利用，我们就来一个“凡是敌人反对的，我们就拥护”，把“孝”骂得一无是处，甚至坏得很。如今社会，人谓“世风日下”，很重要的一个方面就是以“孝道”为中心的道德的流失甚至沦丧。回想几千年来，中华民族之所以能够延续而不衰，坚守包括“孝道”在内的道德系统，是一个不可否认的重要因素。“孝”的基本观念是孝敬父母。尽管在几千年的漫长封建社会中，在“孝”字后面，还加上了一些其他杂七杂八的内容，如“不孝有三，无后为大”之类，需要加以分析和扬弃。孝敬父母这一点，却是任何时代都不应废弃的。

然而，我们却常从报纸和电视屏幕上看到虐待父母，甚至残杀父母的事件。赡养父母这种天经地义的事情，如今竟然成了一个突出的社会问题。究其原因，无非是长期以来，对“孝”的盲目批判和否定，不敢正视以孝敬父母为主体的“孝道”的真理性和永恒性，就是导致当前社会上道德沦丧的一个重要原因。

如果我们进而去追溯和探求一下中华传统文化中“孝”之本义，那么，“孝”者，其实并不只是局限于对父母的孝敬，而是一个人格是否健全、社会是否进步的标志。《礼记·祭义》有云：“居处不庄，非孝也。事君不忠，非孝也。莅官不敬，非孝也。朋友不信，非孝也。战陈无勇，非孝也。”

文化史学家柳诒征在《中国文化史》（第 82 页）里对这段话阐释说："……皆非仅以顺从亲意为孝。举凡增进人格，改良世风，研求政治，保卫国土之义，无不赅于孝道。"今日之中国，我们要建设和谐社会，要培养健全的人格，要传承中华文明，要树立祖国至上的观念，都离不开由这五个方面构成的"孝"的道德理念的倡导与坚守。

2011 年 6 月 18 日

# 风庆一夕





1985 年 4 月，在（云南）德宏参加泼水节后，与我同道的昆明军区红军老作家苏策继续他的高里贡山之行，青年作家严婷婷也与我分道扬镳。我在保山住了一夜之后，也在云南民间文学工作者陈烈同志陪同下，于 4 月 16 日启程，横穿滇西高原山区，转道临沧，去佤族聚居的沧源自治县考察那里丛山中的岩画群。

从保山到临沧的公路是一条土路，其路面是不能与从昆明到德宏的柏油马路相提并论的。这条路线，大部分隐藏在崇山峻岭之中，长途汽车爬行在无穷无尽的峡谷里，气温很高，真有一种在蒸笼里一样的感觉。由于路面高低不平，汽车常常突然颠起来、落下去，折腾得翻胃。为了多载客、多卖票，汽车的两排座位之间设定的空隙很窄，对于像我这样长着一双长腿的北方大汉来说，不仅伸不开腿，甚至连大腿骨都摆不开。乘坐这种长途汽车，无异于是一种酷刑。但为了去考察那些古人留下的、与艺术起源和农耕文化有关的大型岩画群，实现我的夙愿，也就只好承受所遇到的一切艰难困苦了。

行程中的第二天，夕阳还残留着一道道余晖，汽车便在澜沧江西岸的一个县城边上一家专供长途旅客住宿的旅店前停下来了。这里就是滇西历史文化名城凤庆县所在地凤山镇。

凤庆县古称顺宁、庆甸，素有“万山拱列，沧江带流”的美誉。明徐弘祖《徐霞客游记·滇游日记》里对这座小县城的地理风情有精彩记述。此镇何以名为凤山镇？徐霞客说：“旧城即龙泉寺一带，有居庐而无雉堞；

新城在其北，中隔一东下之涧。其脉亦从西山垂陇东下，谓之凤山。”这凤山当然就是“龙凤”之凤了。既然来到了这个有龙脉的小城，何不趁着天色还亮，赶紧到城里去游览市容，了解当地的文化背景、民俗风情呢？

这是一座规模不大、隐藏在大山皱褶里的山城。它的街道还没有来得及重新改建，住房也大体保持着原来古城的样子。我比较喜欢这种保留了古老风貌的县城，这倒并不是我思想守旧，而是对传统文化的一种尊重。凤庆整个城市小巧玲珑，结构相当紧凑。它有一条贯通东西的主要街道——文明街，其路面还是明代修建时那样用一块块青石板铺成的。这条狭窄的街道依山势而建，不像平原城市那样横平竖直，而是弯弯曲曲，时而步步登高，时而沿阶而下。街面的两边散落着各种店铺，有的店铺门楣上还挂着做生意的幌子，保留着早先的民俗风情。在这条石子路的中部，竖立着木石结构的高大牌坊，牌坊上绘制着彩色的吉祥图画，镌刻着横额。如果说，牌坊和瓦房显示着这个城镇的文化历史面孔的话，那么，林立的店铺无疑则成为这个城镇繁荣热闹的标志。

我们沿着石子铺的街道，一路走一路看，没有多少时间，便到了十字路口。转过街口，就是早先的文庙，新中国成立后作了县文化馆，挂着文化馆的牌子。两扇大铁门和高墙，显示出非同一般的气势，给人一种鹤立鸡群的感受。我们二人是不速之客，却像熟人一样若无其事地径自进门，不声不响地参观起来。只见两边人工搭成的花架上种植着米兰、杜鹃和各种兰草。尤其是那些盛开着红艳艳花朵的叶子花，把这个学宫书院点缀得热烈而幽雅。在迎面一张石桌上，几位老者在用心地下棋，连我们这些不速之客也没有注意到。虽然在入门的地方，从墙上贴着的那些招贴上，看了文化馆办的文艺刊物的广告和他们的文学社举办创作讲座的消息，但由于文化馆的工作人员都已经下了班，我们不便去打扰人家。

这座文庙虽然已经作了文化馆，甚至连工作人员的宿舍也设在里面，然而旧日孔庙的那些门楼和宫殿却还依然存在。状元门、棂星门、大成门等，都还可以看出大概来。主体建筑、上下两层结构的大成殿，始建于 1875 年 1 月，新中国成立后政府拨款修葺过，殿脊上那些瓦狮、卧龙等瑞兽都还保存完好，木雕的镂空门墙显示出古代工匠们的高超艺术水平。可惜的是，这个早先祭祀“万世师表”孔夫子的殿堂，如今成了文化活动室，无法重睹旧日孔圣人的风采了。大成殿不可得进，凤鸣阁就更是望洋兴叹了。

徐霞客记述的龙泉寺，即顺宁一带的土官猛廷瑞的私家居园，则不知何处。他足至凤庆时，时值己卯年(1399年)八月十四日，建于万历三十四年(1606年)的文庙是否与这座土司家宅有涉，也无从了解。但他笔下的旧日景色却令我垂涎："从西山垂陇东下，寺前有塘一方，颇深而澈，建水月阁于其中。其后面塘为前殿。前殿之右庭中皆为透水之穴，虽小而所出不一。又西三丈，有井一圆，颇小而浅，水从中溢，东注塘中，淙淙有声，则龙泉之源矣。前殿后为大殿，余之所憩者，其东庑也，皆开郡后所建。"

我们兴犹未尽地走出了凤庆县的这座最高学府，漫步在小街上。一家由两个年轻俊俏的姐妹开办的门面很小的餐馆吸引了我。我下意识地想，这多么像小说《芙蓉镇》里写的那个卖米豆腐的豆腐西施呵。刚才的那种沧桑感顿时消失殆尽了。于是，我们便进去坐了下来。两姐妹很有礼貌，看到我们是外地客人，更是殷勤有加。环顾店里，铺面比街道低了差不多一尺左右，但桌椅、餐具、灶台都十分干净，卫生方面令我们放心。两姐妹先给我们沏来了当地的新茶。平常喝茶，近于牛饮，这次将茶杯里的茶水送到唇边，立即有一种似曾相识的感觉，于是引出了我的一番遐思。

两年前，云南作家张昆华给我从昆明捎来了云南名茶"滇红"。平常北京人只喝花茶，老知识分子喜欢喝绿茶中的珠茶，难得喝到红茶。一旦有了名贵的红茶，特别是"滇红"，十分珍重。于是我的夫人送了一些给她们研究所的老前辈钱锺书先生。不料，钱先生喝了这"滇红"，也引起了他的一段往事，说他以前在印度曾喝过这茶，问这茶是哪里来的，又吩咐再弄些来喝。于是，我们又请昆华再给寄了一包来。原来这"滇红"的产地就是现在我脚下的凤庆！当年徐霞客至此，"宿于高简槽。店主老人梅姓，颇能慰客，特煎太华茶饮予"。所谓太华茶，是冬季所采之茶。梅姓老人颇能慰客，也许享受的是那种"百斗茶"的礼遇吧。即主人先将小土茶罐在木炭火上适度烘烤，然后把上好的春尖放入其中，边抖边烤，直到抖够一百下，待罐中银毫淡黄，清香四溢，才将水冲入，罐中发出雷鸣般的响声，茶便好了。我们当然无法与徐公相比，但在"滇红"的家乡喝到"滇红"，无疑也是一种意外的收获。

我们要了干煸牛肉、油炸鸡枞等好几样地方风味的菜肴，一面用餐，一面与两姐妹攀谈起来。从她们的谈话中知道，她们中学毕业后到县里纺织厂当了工人，现在国家实行改革开放政策，允许工人停薪留职或辞职到社会上经商，她们便离开了工厂，自己办起了这个小小的餐馆。她们相信自己的能力和智慧，她们没有靠别人帮助，她们有信心、有把握。从这两个生长在偏远山城、有知识而又雍容大雅、笑容可掬的女孩身上，我悟出了一个道理，那就是，政策对了，不仅解放了社会生产力，而且使原来处于被动状态中的人，认识了自我、发挥了自我。一个古老的、表面上宁静沉寂的山城，其实已经被汹涌澎湃的市场经济潮流推动着，悄悄地向前迈开了步伐。

我们几乎忘掉了时间的流逝。当我们告别两个小姐妹的时候，天色已经完全黑下来了。沿着来时的路返回我们住的旅馆。

写于 1994 年 4 月 15 日
发表于云南《临沧文艺》，1994 年秋季号

# 初识临沧

1985 年 4 月 16 日，我们乘长途汽车，从凤庆来到了临沧。

这次到临沧，我决定不住国家机关办的招待所，而要住一家个体旅馆，体验一下滇西边陲贫困地区近几年兴起的个体旅馆。于是，我们下车后便没有到地委宣传部或地区文联，请他们帮助安排住处，而是在离汽车站不远的地方，找了一家个体旅馆住了下来。

旅馆在一条胡同里，店名忘记了。老板是一位 50 岁开外的老头，还有一个女青年做帮手，根据直观判断，可能是他的女儿。旅馆是一座两层小楼，总共也就是七八个房间。楼下有主人家的住室、几间客房和一个水房，大部分客房在楼上。我被安排在楼上。房间很小，倒很干净，但设备十分简陋。一张勉强可以躺得下的床板，一顶蚊帐而已。把行装放在床上后，我就打量这房间的格局。原来，所有的房间都没有天花板，整个小楼共有一个顶篷，用大约两米的土墙隔成房间，上面则都是通着的，很像是大单位的那些公共厕所。这边说话，那边听得清清楚楚。睡觉时，屋顶上吊着的那个 15 瓦的灯，一直是开着的。房间里没有开关，倒也省了客人上床之前关灯的麻烦。只是我很不习惯开着灯睡觉，那也是没有办法的，只得入乡随俗了。这种用半截墙隔开的房间，可想而知，是房主为了节省造价的别出心裁。而夜里点着长明灯，大概是根据公安部门的指示，为了防止旅客干见不得人的坏事的一项措施。就如同有些招待所门上留一个方孔，便于从外面窥视里面旅客的动静。但愿这是我的揣想吧。老板声明，先交钱，后住店。就这样住了下来。

住进这个鸡毛小店，倒是叫我想起了1960年在内蒙古的达拉特旗下放时的一段奇异经历。我下放的地方是个农牧结合、蒙汉杂居的小队（自然村），村子里连后来农村里的那种赤脚医生都没有。有一次我病了，发高烧，不得不自己乘渡船过黄河，挣扎着到对岸的包头市去看病。过得河来，黄昏前赶到了包头市最边边上的一个大车店，就进去登记住宿。这种旅店是要先交钱后住宿的，否则旅客爬起来走了，店主也不知道。我所住的是一个类似大礼堂一样长约30—40米的大房间，一溜大通铺，还是两层的，下面是土炕，上面是铁架子床拼在一起的。劣质烟草发出的呛鼻的气味、汗臭味、脚臭味，足以使任何健康的人头疼。房顶上高高吊着的灯泡，发出昏黄的光，照着床铺上的一张张破烂的、被汗水浸成褐色的草席，勉强能辨认出地下的通道和炕上的人影。这是一个穷人住的大车店，是男女不分混住在一起的。有些像我一样进城看病的农牧民，既没有足够的钱，还要有家里人陪着，开销是很大的，只能住这样的大车店。由于天热，住宿的旅客又多，大部分人都是赤身裸体，躺着的、坐着的、呻吟的、哀叹的、抽烟的、打扇的、咳嗽的、吐痰的，各色人等应有尽有。这多么像高尔基笔下那个著名的“夜店”啊！

比起在包头住的那个终生难忘的大车店来，今天晚上的个体旅馆，情况完全不同了。尽管上面通着，每个房间里的谈话我都可以免费听，别人抽烟我也可以免费“享受”，但毕竟是自己一个包间，有属于自己的天地。住在这儿也自有它的长处，由于地点靠近车站，价钱便宜，一些来临沧办事的乡村干部，来就医看病又没有介绍信、住不进干部招待所的老乡，只睡一个晚上，平明即走，所以很多人都来这儿住宿。对于像我这样从事民间文化研究的外地旅客来讲，还可以顺便了解一些从脱产的干部阶层中无法了解到的当地的社会和文化情况。

当天下午，我们就到群众艺术馆请教负责群众文化和文物工作的干部，请他们介绍临沧传统文化的情况。从他的介绍中，我们知道了，沿着澜沧江这个多民族居住的走廊，存在着一个叫作“云县忙怀类型”的新石器文化，已经发现了十多处遗址。在耿马和沧源境内的小黑江及其支流挡帕河、勐董河大片河谷地区，则存在着一个叫作“耿马石佛洞类型”的新石器文化。至于沧源的岩画，由于学者们的发掘和研究，早已为世人所知，成为外界了解滇西文化的一个代表性符号。

接待我们的同行知道了我是从北京来的，又是要到沧源这个边远地方去做原始艺术考察，就建议我去找找地委书记，请他派一辆车把我们送到沧源，并告诉了我那个地委书记的名字和家庭地址。在他的建议下，我和陈烈同志在夜幕下顶着小雨，磕磕绊绊地来到了地委大院，而且终于找到了那位下乡刚刚归来的地委书记。当我们两个不速之客在地委书记的客厅里坐定，说明来意之后，这位临沧地区的一把手，表现出了满脸的不高兴。“你们怎么知道我家的地址的？”“我们这里来的学者多着呢！”……这位书记一见面就给我们这样的下马威，是我万万没有想到的。尽管我当时对他的直率很不理解，也很不高兴，但稍稍安静下来，我就比较能够理解他的苦衷了。一拨一拨从上面接踵而来的各类人员，也实在是太多了，谁来都要笑脸相迎、热情接待，哪一拨也不能怠慢。你这种自己来考察的个人，还能顾得过来吗？胸中藏之既久的这点儿气，不向你这种单个的、没有背景的知识分子发，还能向谁发呢？

我们悻悻地离开了他的住宅，无言地拐进了黑暗的街巷中。亚热带的小雨，还在淅淅沥沥地下着，给我们的心情更增加了一层惆怅。一路上，我们怀着莫可名状的沮丧心情，闷闷不乐地回到了住地。

回到旅馆，巧遇一位沧源县政府来此地办事的干部。他知道我们的处境后，不但主动安慰我们，还要我们明天跟他一块乘长途汽车去沧源。事情就这样决定下来。根据我多年外出作田野考察的经验，有一位当地干部当向导，可以省却许多不必要的麻烦。我的心情平静下来了。万万没有想到的是，夜里11点左右，我已经睡下了，突然有一个男子来敲我房间的门。我纳闷：出门在外，没有朋友，会有什么人来找我呢？原来是地委办公室的同志，来告诉我，地委明天派了车送我们去沧源。我们没有住地委招待所，而住了个体鸡毛小店。可以想见，他为了找我们，是费了一番工夫的。因此，我只能向他表示感谢，但还是婉言谢绝了地委的安排，说明我们已经买好了明天的长途汽车票，就不麻烦地委了。这件事已经过去快10年了，那位地委书记恐怕早已离职为民了，他的名字我也早已忘却，可是至今仍然不能忘怀。

前几天，看到报纸上登载了临沧将举行第三届“滇西民族艺术节”的消息，读到了新的地委书记段金堂同志的文章《弘扬民族优秀文化　繁荣边疆民族经济》，心中为之一震。资源蕴藏丰富、文化传统深厚、经济相对贫困的临沧，正处在新的起跑线上。10年前我所初识的临沧，已经永远地成为历史了。

1994年4月17日于北京
发表于云南《临沧文艺》，1994年秋季号

# 会说话的山岩

1985 年 4 月 18 日，为了考察岩画，我从澜沧江江畔的临沧，辗转来到了位于中缅边界上的沧源佤族自治县，在边陲县境里考察岩画，要解决的头等大事就是交通工具。否则，你就甭想出门，老实在招待所里待着抽烟看云吧。且不说踏遍已经为岩画学家汪宁生先生发现的十个岩画地点，就算是看一两个地点，也不是轻而易举的事情。就拿位于勐乃的第一地点来说吧，从县城所在地勐董到勐乃 120 公里路程，若是找辆牛车，也实属不易，况且费时费钱也是可以想见的。

正在为找不到交通工具而一筹莫展时，却突然出现了转机。我信步走在当地干部招待所院子里，偶然看见，近旁那个高台上高干招待所门前，停放着一辆半新的北京吉普车。中缅边界勘测委员会的两国官员们正住在这里。经打听，这辆北京吉普是中方官员、临沧地委的一位常委的专用车。好极啦，天助我也！“征用”这个带有政治意味的词，突然出现在我的脑海里。是的，我要“征”这辆车一用，连同司机；至于汽油嘛，由我出好啦。看来除此下策，别无他途了。陪同我来的友人，立刻去晋见了那位中方官员，请求他的帮助。事情进行得很顺利，大约一刻钟工夫，她就带着掩饰不住的喜悦班师回营了。“车子交给你使用！”

第二天一大早，我们就在向导——沧源文化馆一位干部的陪同下，直驱勐乃公社而去。车子在坎坷不平的公路上飞驰着，我目不暇接地领略着沿途绮丽迷人的边陲风光。沧源佤族自治县是滇西的一个边境县，与缅甸接壤。阿佤群山连绵起伏，郁郁葱葱而又常常被雾霭笼罩着，亚热带高温湿润的气候，把佤族男女的皮肤染成了深褐色。竹林深处掩映着的村寨，黄色的油菜花开得满山遍野，绿油油的春茶从茶田里飘来阵阵异香。一幅幅祖国西南边陲的风情画面，从车窗外接连闪过。我的心田被这五彩的世界陶醉了。

勐乃是一个方圆几里、海拔1200米的坝子。我们在公社办公室里受到了佤族社队干部们的热情接待，喝了他们用新茶沏的茶水，听他们自豪地介绍他们那个山崖上先民们留下的岩画。他们对这些岩画的介绍，实际上是一个个始祖创世的神话。

神话说，达召崩不热（佤语：开天辟地、治理天下的始祖）开天辟地之后，踏遍千山万水，搜尽重峦叠嶂，寻找生灵。终于在一堵岩石下面，听到了有生灵的声音。他便向着那传来生灵声音的方向开凿山洞。山洞开成了，各种各样的动物按顺序从洞中走出来。背高索高袜（佤语："前世人"或"第一次出现的人类"）也从里面走出来。佤族把这个始祖出生的洞穴称作"司岗里"。

背高索高袜是些身材高大、体格健壮的人。他们从"司岗里"出来后，以种植、饲养、狩猎为生。但由于食物不够，便以树叶和草类充饥，因而渐渐变成了食草的人，佤语叫"达兰考"。有一次，达召崩不热告诉人们，世界要发大洪水了，嘱咐他们每个人造一木船，才能躲过这场大洪水。于是，人们杀了牛，用牛血和红色的石粉混在一起，当作染料，在高峻的山岩上画上了人类生产的故事。这些用牛血和赤铁矿粉作染料绘制的岩画，既不会被洪水淹没，也不怕风雨的剥蚀，把先世的事情传给后代。

一天，"达兰考"走路时，踩在了躺在路边的一只蛤蟆背上。唯独有个孤儿发现了这个被踩出体液的蛤蟆，心中不忍，便小心翼翼地把它捡起来，放在了岩石下的阴凉处，并劝慰它好好养伤。原来，这个小蛤蟆不是一般的动物，而是达召崩不热变的。他要在人类即将灭绝的时候，找个善良的人，完成第二茬人类出生的使命。

达召崩不热造好了一只小船，将那善良的小孩和一头母牛，以及植物种子放在船上。不久，大地被洪水淹没了。洪水泛滥了150天后，才消退下去，经过乌鸦和老鹰的侦察，大洪水过后，人类灭绝了，只有船上的小孩得以幸存。他让这个唯一幸存者把植物种子种在地上，把"达兰考"的尸体埋葬在山上。

萧肃寂冷的大地上长出了葱茏的花草树木，一片生机。但达召崩不热为生灵的灭绝而悲伤。他叫孤儿把那条小母牛宰杀掉。孤儿从小母牛的肚子里发现了一粒葫芦籽，便按照达召崩不热的话将它栽种到山洼里。过了不久，只见葫芦长出了蔓叶，而且长得很快，结出一个大葫芦挂在悬崖上。孤儿用长刀将葫芦剖开，从葫芦里出来了千万种动物。因为是用刀剖开的，切掉了人的尾巴、蛇的手脚、蟹的头颅、鸡的乳房……从此，大地上又有了生灵。

第二茬出生的人类，既不会生产劳动，又有毒蛇猛兽的侵袭，生活十分艰难。后来，他们在山岩上发现了岩画，便依照岩画上画的，学会了种植庄稼、饲养牲畜和狩猎等等技能。从此，人类才得以繁衍生息。每年春夏秋冬，佤族人都要到岩画下面去举行祭祀活动。

佤族老乡们还告诉我，传说民间还保存着一幅内容与岩画毫无二致的布画。而且只要在那布画上覆以新布，第二年拿出来时，也会在新布上叠印出一幅同样的画来。因此，他们以为，那幅布画是神灵对他们的恩赐，被视为神物而加以珍藏。这当然是他们的神话，他们是把神话奉为神圣，信以为真的。

听了这个神奇的始祖神话，我们便安步当车，向几里地以外绘有岩画的那座山头进发。前面隔着一条勐董河，却是那样的横冲直撞、桀骜不驯，多么像一个淘气的小孩子。河水大约有两丈宽，为了便于人们上山朝拜和祭祀岩画，寨子里用三四根大毛竹，临时搭起一座竹桥。今天是傣族泼水节后的第三天，上山朝拜和祭祀的佤族和傣族群众络绎不绝。过河的时候，他们如履平地，轻如飞燕，而我们则不得不手拉着手地互相搀扶着，提心吊胆地走过那座颤巍巍的小桥。

经过一个多小时的攀登，爬过一个低矮的山头，前面一个较高的山崖，就是岩画地点了。此地名叫“帕典姆”（画崖）。这是一座高约十米、长约三十米、陡立的山崖。原始先民在这个相对光滑、部分略凹进去的崖面上，用牛血和赤铁矿粉合成的红色染料，用极为简单的工具（也许就是用手指吧），画满了各种形态的原始人像和祭祀、狩猎、庆功等生活场景。可惜的是，立壁如削的崖面朝西，我们来观摩考察的时候，阳光还没有转过来，因此巨大的岩画被一片阴影笼罩着。

关于沧源岩画，学者们已经做了很多研究。但在这些无言的画面面前，我却分明读出了另一种含义。被学者定名为第2岩画点的那个部位上所画的内容，不正是一幅狩猎出征之前，部落成员们举行隆重祭祀仪式的场景吗？你看，上部绘着上下两个硕大的兽面纹的人像，也许就是部落成员所崇信的部落图腾神的象征。左边竖立着的那一束斜线，多么像一株种植于部落村寨中的神树（社树）；而右边两个呈菱形的图像，可能就是原始部落所崇拜的神主（社主）。那两个大小不等、头上插着羽饰的人像，也就是主持出征祭祀仪式的首领或巫师一类的人物。祭祀结束之前，部落成员围绕着社树和社主翩翩起舞，既酬神，又娱人，祈求即将开始的这次狩猎大获成功，猎取更多的野兽供部落成员们享用。这种出征之前举行的祭祀仪式，不仅在汉文古籍中多有记载，而且在一些民族的民俗生活中也有遗迹可寻。

史前时代的先民们，在世间万物中，选定了刚坚不变的山石作为绘画的依托。他们又创造了用牛血和赤铁矿粉制作的永不变色的红色染料，而且赋予红色以生命的象征。但历史是多么无情啊！三千年的风雨剥蚀（已有断代鉴定），令许多画面剥落得模糊不清了。为了认清一个画面或人物，我不得不攀缘着一棵从石缝里生长出来的小树，艰难地爬上一个可以登脚的部位，设法辨认附近的一些图像。终于在第2岩画点那个漫漶的岩石画面上，又读出了一幅生动而原始的狩猎图。你看那三个猎人手执原始弓弩，从三个不同的方向向奔跑着的野兽射出致命的箭羽。由于原始人在绘画上还缺乏立体投影的知识，他们还只能在一个平面上表现这本来属于立体的复杂内容。所以，如果我们以原始人的眼光来看，一条斜线就代表着野兽奔跑的山坡，仰射的猎人、俯射的猎人、追射的猎人，显示原始人的三维空间观。

画面最丰富、最复杂多样、最清晰的大概算是第5岩画点了。岩石上所画的，显然是一幅以庆功为主题的风俗画。画面所显示的信息告诉我们，这是一个狩猎和农耕并行的时代。一方面，凡是野兽，如豹，都被画在一条条代表着山峦起伏的曲线的上下，作奔跑组织状；凡是已经为人类驯化与人类共处的动物，如牛，则都活动在平坝上，有的还由人用缰绳牵引着或骑着。不同装束的部落成员，聚集在一个可能是公共集会的场所，正在举行节日狂欢。这节日狂欢活动是在白天进行的，左上方有一个头顶着光芒四射的太阳的拟人化太阳神，表示他们对太阳的崇拜，也暗示那是个天气晴朗之日。有的人头上戴着有牛角的、形状狰狞的面具，有的人身穿兽衣或羽衣，有的人执弓弩或其他武器，他们分别在表演着种种舞姿。画面上还绘制了一些有趣的游艺场面，如杂技（倒立和叠人）、射箭和斗牛等。

4 月 20 日，我们又考察了位于勐省的第 6 岩画点。我们一面拨开深及腰部的草丛和荆棘，一面爬山。山高虽然只有 960 米，对于我来说，愣是感到相当艰难。登上山顶，来到保护岩画的铁栅前时，已是上气不接下气。先民们当年是为何、又怎样登高来画这些岩画的呢？可以想象，时值传说中的大洪水时代，地球上洪水滔天，岩画的下部，正是洪水水位的上限，劫后余生的原始先民们划着独木舟靠近山崖，在此山崖上绘上了这些原始绘画。这里的岩画图像比第 1 岩画点更多，由于岩面是凹进去的，保护工作也比第 1 岩画点要好得多。

岩画是史前艺术的一个种类。那冰冷无言的面孔，使岩画成为人类文化的一种神秘符号而被完整地保护下来，成为千古之谜。学者们至今对这个人类的百科全书聚讼纷纭。它的扑朔迷离和神秘莫测，固然给人们的想象带来了巨大的空间，可是他们的理性思维却显得那么苍白无力。它隐藏在大山深谷里，沉没经年，只对着无限阔远的空宇绵绵不绝地做着倾诉。此外，还有谁人能解开这千古之谜呢？

当地的老乡把岩画当作是人类始祖达召崩不热留给人类的精神遗产，把它当成神灵来加以崇拜。我们来的这天，正值傣族泼水节刚过，傣族和佤族的老乡们三五成群自发地来敬献各种祭品，使平时寂寞冷清的羊肠小道和山腰平台，骤然变成了摩肩接踵、热闹非凡的“庙会”。许多身穿黄色袈裟的和尚带着食品和纸香来到这里，用最虔诚的心在崖前念经、谒拜，祈求岩画能保佑这一方人民安居乐业、兴盛发达。

面对着先民们在石头上绘制的那些祭祀仪式、狩猎场景和粗拙的舞姿，我的思路不禁回到了史前时代和有记载的人类历史中去。生活于元谋盆地的元谋人的发现，把中国这块大地上人类的遗迹，上溯到了 170 万年之前。元谋人不仅能够使用粗石器当作获取生活资料的武器，而且已经开始使用火。如果说，石器的使用是人类历史的第一次革命的话，那么，火的使用，无疑应是人类历史上的又一次革命。火把人类从黑暗中引向了光明。无怪乎云南许多民族至今还盛行着对火的崇拜。据说，考古学家们在距离元谋不算远的沧源也发现了旧石器时代的三块打制石器，当然更多的是新石器时代的细石器。啊！这长达169.7万年的时间，人类经历过多少失败和挫折，甚至是洪水泛滥或自相残杀，导致社会毁灭，然后犹如凤凰死而再生，才迈出了如此艰难坎坷的一步！而最近的40年，生活在云南边疆的若干少数民族，却从刀耕火种的生产方式，一步就跨入了文明。

阿佤山给我留下了难忘的印象。沧源岩画上那些粗拙而难解的图画，时时魂牵梦绕地出现在我的脑海中，使我无法忘怀，这倒并不仅仅因为我是个原始艺术的爱好者和研究者。好几年没有机会到佤族居住的沧源去了。不久前在深圳中华民俗文化村，遇到了从沧源和西盟来的佤族青年，他们的身上显示出一种与古老岩画迥然不同的新的生活方式和新的观念。这种变化的势头，正在他们家乡的竹林和茶园里无可逆转地涌动着。

发表于《中国作家》，1994年第5期；
后选入《又见红塔——“我与云南”散文集萃》，
华岭出版社，1996年5月

# 一日十浴傣家女

早就听说傣家女人爱干净，有“一日十浴”的美誉。

来到了德宏自治州，果然名不虚传。傣族的竹楼的晾台，是供洗浴的地方。到了晚上，堂屋里被松明子照得亮堂堂的，而堂屋外面的晾台，却隐藏在黑暗中，可以在那里冲凉。其实，傣族妇女大多是在白天洗澡，并不避讳外人看见的。有时，妇女一面洗澡，一面还可以跟旁人谈话。

有一次，我与陪同的朋友下乡参观，路过一个村寨。路边正在建筑一幢很讲究的竹楼，用料都是上好的原木、木板和从缅甸进口的马口铁。我们坐在路边休息，便与主人攀谈搭话。从谈话中知道，他的老婆是个上海来此下放的知青，便请他招呼老婆出来聊聊。这位傣族青年顺手一指，我们的目光所及，那边有一个年轻女人正在洗澡，旁边是一个洗澡用的澡盆和一桶水。年轻女人把宽大的筒裙提到乳房以上，正在洗涤上身，那一头长长的湿头发，自然地低垂下来，我们看不见她的面部。我们问她当年当知青的情况和今天落户此地的感想。她毫无羞赧之态，一面洗着身体，一面落落大方地与我们拉着家常。很自然，很习惯。俗话说，入乡随俗。傣族妇女通常就是这样，可以在人前洗澡。对于汉族妇女来说，这是不可思议的，但对于傣族妇女来说，则是十分自然的。看来，她已经全盘傣家化了，连深层的民族心理，连那黑黝黝的皮肤。

傣族妇女还常常在井边洗澡。傣族的水井，是别具一格的。每眼井的井台上都盖有一间类似内地小庙一样的水井房，有人说这也是一种佛塔，可见傣族信奉佛教的普遍了。井房的外形呈圆形或方形，高约两三丈，有的顶尖上缀着风铃，微风吹来，便发出叮当的铃声。井房的外壁上，嵌着一面明镜。房屋的脊背上、墙壁上或门楣上镶嵌明镜，这是许多民族都有的一种习俗，意在把这块玻璃当作是照妖镜，一切妖魔鬼怪，一见到镜子，就看得见自己的丑恶形体，不敢再进，立即退而避之。傣族水房墙壁上镶嵌的这面镜子，是否带有这样的象征含义，不得而知。有的水井的水房上，刻有龙凤的图案。有的则刻有傣家人喜爱的《召树屯》和《兰嘎西贺》这些长篇叙事诗。在取水的入口处，则多有麒麟、白象、孔雀一类吉祥动物的雕塑。打水是妇女的事。傣族妇女有时也在井边洗澡，用水方便。

在河里洗澡，是傣族妇女最乐意的事。她们劳动了一天，在夕阳西下的时候，结伴来到河边洗澡。如果男子占据了上游，那么，女子便在下游。妇女洗澡，有的是袒胸露背；但大多是挽着高髻，裸露着肩膀，提起筒裙慢慢走到水中去。一面往深水中走，一面把筒裙提高到水面以上。等到全身浸入水中时，便把筒裙盘到头顶上。等洗完之后，再慢慢放下未被水弄湿的筒裙，从水中走出来。当她们提着筒裙从水中出来的时候，抖开高髻，有条有理地梳理那长发。夕阳下的河中洗浴，真是一幅傣族的风俗画！这种洗澡的办法，浸透着傣族妇女的智慧，如同在玩杂技一样，妙趣横生。

傣族聚居的西双版纳和德宏，都在热带的北部边缘，天气很热，生活中离不开水。水对于他们来说，是神圣的。他们的许多习俗，都与水有着一定的关系。比如傣族男子普遍盛行文身的习俗。在傣族聚居地区，你常常可以看到男子的手臂、胸膛、大腿、后背上，有各种图案的蓝靛色刺纹。这些图案有的是虎、豹、鹿、蛇，有的是金塔、花卉、经文，以及几何图形等。为什么傣族男子要文身呢？有的说是为了避蚊蛇之害，有的说是为了仿效龙子龙孙，其说不一。但这种习俗的形成可能与近水有关，大概是无疑的吧。

一年一度的傣族泼水节，人们以狂热的情绪接受着水的洗礼和祝福，但实际上很可能是一次全民性的祭龙、酬龙和娱龙的节日。

下面是我在德宏参加泼水节时亲历的情景。

天麻麻亮，我们就起身要去参加泼水节。谁知，倾城的男女大众，已经络绎不绝地到城外山坡上去采集野花了。市区最大的广场四周的围篱上，密密麻麻地插满了鲜花。广场的中心，矗立着一个高大的木架子，木架子上装扮着一条彩色的巨龙。龙的腰部留有一个很大的孔洞，一条水管把洁净的水引入龙腹之中，然后通过一条人造的水道把水引至龙的大嘴，让水从嘴里自然地流淌出来，显示着龙的生命活力。人们围绕着这条模拟的五彩长龙，在象脚鼓的鼓点和韵律下，一个跟着一个，围成圆圈，在广场上翩翩起舞。舞罢，便开始泼水。青年男女们提着水桶或水盆，用象征着生命的绿色的枝叶，蘸着清水，往近旁的人的头发上、衣服上洒去，口里一面念着吉祥的祝词。人们在欢快的气氛中，互相泼水，直至把水桶或水盆往别人的身上倒去，泼得对方全身的衣服都湿透流水，才算尽兴。连我们这些外来的客人，也无法幸免。人们以此为吉祥，以此为乐。

在人们娱乐的背后，看来有一个潜在的文化背景，那就是对能够给他们带来风调雨顺、五谷丰登的水神龙王的崇敬与娱悦。也许这才是泼水节的原意之所在吧。

1994 年 2 月 24 日

发表于《中国文化报·文化周末》，1994 年 4 月 29 日

# 走马苗寨

2010年12月12日。贵阳。雨。这个季节，在贵州是难得下雨的，天气真是很反常。也许今天的小雨，成了接踵而来的贵州持续冻雨的一个先兆。根据国家非物质文化遗产保护中心的安排，上午去省图书馆给来自全国各地的“非物质文化遗产传承人培训班”的学员们做讲座，我讲的题目是《论非遗传承人的保护方式》。午餐后，老朋友、女作家余未人要陪我去清镇市龙窝村猫寨组造访一位苗族老歌师。来之前，与我通过电话，打算陪我去麻山地区的紫云县，拜访已经获准进入第三批国家级非物质文化遗产名录推荐名单的苗族英雄史诗《亚鲁王》传承人黄老金。

来之后，知道我在此勾留的时间很短，而紫云县离贵阳太远，路又难走，所以改去清镇市的龙窝村，拜访也会唱苗族古歌的老歌师王老咪。陪我一起去的，还有正在紫云县参加抢救记录《亚鲁王》的杨正江，以及贵州省和清镇市文化馆的陈光林、冯贵西、姚开珍等几位年轻朋友。

余未人是我的老友了。我们相识于改革开放初期思想解放运动、文坛新人辈出的1980年。那年的4月，我作为《文艺报》的编辑和记者到贵阳去了解贵州省文学创作和青年作者的情况并约稿，她是《花溪》杂志的编辑和青年作者，她的作品里透出来的思考和清新，引起了我的关注，在座谈会上认识了她。回京后，在我写的一篇报告式的文章《人才辈出生机勃勃——贵州文坛见闻》，对她的创作发了一番议论：“女青年作者余未人刚刚开始发表作品，她的小说《道是无情却有情》《玫瑰情思》（《花溪》第1、2期）构思新巧，讲究结构美，人物刻画也有自己的特点，但生活底子略显不够深厚。”自那以后，我们的友谊有30年之久了。最近冯骥才在一次朋友聚餐时打趣地说，余未人、冯骥才和刘某人，我们三人起步于文学，如今不约而同又都走在了一起，倾心于民间文化和“非遗”的保护工作。近10多年来，余未人几乎放弃了文学写作。她花费了几年时间，历尽艰辛，编纂出版了一部《贵州民间美术遗产集成》，并为这部大书写了一篇题为《大美在民间》的长序。这不是个人的作品，却肯定比个人的著作有更强大的生命力，成为现代和后代的艺术与文化学者研究贵州民族文化的人的必备之作。罢手之后，她又连续写了几本既有文化价值、又有阅读趣味的作品，其中最值得一提的，一部是《千年古风——苗寨岜沙纪事》，一部是《苗疆圣地》。

杨正江是头一回见面，是余未人拉来与我见面的。近两年来，余未人发现并指导了紫云县黄老金演述的苗族英雄史诗《亚鲁王》的记录翻译工作，她常常在电话里向我提到这个懂得西部苗语、目前唯一在做史诗翻译和培训西部苗语人才的小伙子。懂西部苗语的人太少了，所以用西部苗语传唱的苗族古歌，被记录下来和宣传给外界的太少了。杨正江也曾在我的博客上踩过脚印，并留言同我交流过。贵州省非物质文化遗产保护中心主任周必素也把他翻译的《亚鲁王》的部分译稿给我寄来让我读。因此，可以说，我们之间也不陌生了。

雨淅淅沥沥地下个不停。车子从清镇出高速公路以后，便转上了弯弯曲曲、高低错落的山间小路。虽然是水泥路面，却因为很窄而只能单行，又有雨水洒在地上，路面变得很滑，司机不敢放开车速，随时都小心翼翼，只要对面来车，便不得不找一处稍微宽点的地方，紧靠在山崖边上等待着会车。雨点打在车窗上，虽然称不上是中雨，却也十分密集。气温骤然变冷，不得不把臃肿的羽绒棉衣穿在身上。陪我的朋友们，在车里用苗语和汉语方言交谈着，我只能连蒙带猜地偶尔听明白三五句。

王老咪所在的龙窝村猫寨组，房子三三两两地散落在山坡上。大概是由于地处城市的远郊区的关系吧，受到现代文化的熏染更为直接，这里的住房大都是经过改造的，与我在黔东南、安顺、遵义，甚至湘西等地看到的苗族村寨，已有很大的不同。传统的吊脚楼，我只看到还有一家，其他都是现代式样的二层楼房，虽然多少还透着苗家传统吊脚楼的余韵。他的家在最高处，一条经过整修硬化（水泥）的小路，蜿蜒地通向他的房舍。

我们鱼贯地走进他的堂屋里，他热情地迎接着我们一行。映入眼帘的，是中央略靠左边的火炉（已经不是火塘，而是有烟囱的生铁炉子），左边台子上是一个做饭用的电磁炉。由于有文化馆的人带着，说明来意后，他对我们一行没有任何的陌生感。我们围炉在长条板凳上坐下来，他从屋外的小坪坝上拿来一些枝枝杈杈的小干树枝、木块，生起炉火来。以余未人和陈光林为主要发问人，开始了我们对王老咪的苗族古歌的调查采访。

根据陈光林此前的调查，王老咪是他的艺名，本名王启光。苗族。1952 年 5 月 8 日生人。初中文化程度。他从 10 岁开始拜师学艺，边学边与师傅一起做道场，熟练地掌握了苗家历史内容，以及法力、武艺，24 岁出师，师傅为其举行了“搬职仪式”。会唱苗族古歌，多次在当地、龙里（龙里县、毛栗山）和贵阳市周边（新添寨、火烧寨等），参与祭祖暨跳鼓藏、打嘎活动，为过世的老人办道场，特别是十三年一次的鼓藏节。他在回答提问时说，一般为亡人做道场或祭祖，唱苗族古歌要唱三天。但他所演唱的苗族古歌，至今并没有被记录下来，也不了解他所唱的古歌的内容和篇幅。

王老咪在火炉边唱起来，因为是在屋子里坐着唱，当然是低吟浅唱，而不是引吭高歌。一方面给我们吟唱着古歌，一方面回答着我们的提问。吟唱自然是断断续续。我发现，他回答不了概括性的内容，他肚子里装着不同的古歌和故事，却只有在演唱中自然流淌出来。他开始给我们唱的，是盘古开天辟地的故事，但没有太多的情节，情节很简单。问他有没有氏族之间或民族之间征战的故事？他说有。问他攻打的对象是什么人？他说是汉人。我们说，那时也许还没有汉族这个称呼呢。他回答不出来，总之有战争。可见，他所唱的和能唱的古歌，并不都是关于宇宙开辟、人类起源等创世或起源的故事，其中也有氏族之间的厮杀、部落之间的征战，不乏对氏族部落英雄的讴歌咏唱，也许把他所吟唱的作品叫作英雄史诗比较妥当，而与早先已经记录下来且已出版了的那些创世史诗是有区别的。地方的文化工作者说，没有给他创造一个适宜于演唱的环境，所以他说的唱的，只能是简单的梗概，而不是有血有肉的作品。他们说的是对的。只有在祭祖或给亡灵做道场时，他才能真正地投入，才能挥洒自如地演唱。

他说唱时操的是西部苗语，而懂西部苗语的人少之又少。在座的一位邻村出生的女士，是文化馆的干部。她说，王老咪的演唱中夹杂着很多古苗语，我们不懂，她的父亲能懂。大家得出的认识是，先把他唱的全部录制（录音和录像）下来，这样可获得完整的演唱文本，然后再一段一段放给他听，请他释意。否则，无法弄懂他讲述和演唱的内容是什么。

王老咪所唱的盘古神话，因我不懂苗语，翻译也不是每句都译（实际上也不能打断演唱者），细节不得其详。我想起了 100 多年前日本人鸟居龙藏在这一带的调查，说过这样一段话：

> 关于苗蛮之神话，以往文献史上最著名者，为《后汉书》所记《槃瓠》之传说及夜郎大竹之传说二种。此等神话，凡欲言苗蛮事者必引用之，此处则无叙述之必要(可参看第六章所引用之《后汉书》文)，兹所宜研究者为关于现时苗族有如何之神话传说耳。据余所知，青苗间有一种甚有趣味之创生记的传说，为人类学上最有裨益之材料，兹记载之如下：
>
> 安顺附近青苗之耆老曰："太古之世，岩石破裂生一男一女，时有天神告之曰：汝等二人宜为夫妇。二人遂配为夫妇，各居于相对之一山中，常相往来，某时二人误落岩中，即有神鸟自飞来，救之出险，后此夫妇产生多数子孙，卒形成今日之苗族。"
>
> 又有一安顺青苗之耆老曰："太古之世，有兄妹二人，结为夫妇，生一树，是树复生桃、杨等树，各依其种类而附之以姓，桃树姓"桃"名 Chélé，杨树姓"杨"名 GaiYang，桃杨等后分为九种，此九种互为夫妇，遂产生如今日所有之多数苗族。此九种之祖先即花苗、青苗、黑苗、红苗、白苗……是也。多数人产生后，分居于二山中，二山之间有深谷，彼等落入谷中时，有鹰一羽自天上飞来救之出，由是苗族再流传于四方。因此，吾人视鹰为神鸟，常感其按而祭之。吾等苗族，贵州最多，明时，吾等中有移住于西部及 Siotsuo 者。"

据以上神话考之，白、黑、红、青、花苗等皆出自同一祖先，且皆以 Mun 为名，故此传说实可证明苗族为同一种族也。（《苗族调查报告》上册，第 48—49 页，国立编译馆，中华民国二十五年四月初版）

鸟居龙藏 1902 年在贵州的调查，依据苗民衣着的颜色和样式而把贵州的苗族定名为白苗、黑苗、红苗、青苗、花苗、鸦鹊苗（头饰为鸟形）等；

有的也根据生产方式定族名，如麻山以打铁为业的苗族，就定名为打铁苗。他的调查结论是：一是苗族为同一民族；二是他们的族源神话有二种形态，一为石出，一为木出，没有提及盘古创世这一神话形态。关于盘古神话及其发源地，近百年来，聚讼纷纭，外来说（印度说、希腊说）、南方说（沅陵说、两粤说、苗族说、来宾说）、中原说（桐柏说、泌县说），莫衷一是。王老咪所说的盘古开天辟地神话，可能与此前已记录的湘西苗族歌师龙玉六演唱的《濮斗娘柔》（《古老话》，岳麓书社，1990 年）是同一个版本，也未可知。无论是王老咪还是龙玉六，因其所述盘古开天辟地的故事都嫌语焉不详，还有待于做进一步研究。

王老咪吟唱古歌时，他的儿子一直在一旁站着，30 多岁吧，其实他已经是一位能唱很多古歌、能独立为人家作丧事道场的歌师了。在他父亲回答来访者的提问时，他从里屋里拿出了一把家传的芦笙，开始低音吹奏起来。那芦笙的颜色说明此物已经很有年头了，通体呈古铜色，竹管接口的地方都是黑黑的油腻污垢，显然是老辈子的家传乐器。

芦笙的出现，那“像凤凰之鸣”的音响，使大家的兴致多少有所转移。杨正江跃身夺过芦笙，一边舞动腰身走步，一边吹起悠扬的芦笙曲。端的是，“应节之转，逐声之移”（《黔书》），俨然在跳月的广场上那般投入、那般动情。待悠扬的芦笙声响停下来，王老咪的思绪才跟着采访者的问题，回到现场中来。

由于事出突然，王老咪穿的不是民族服装，而是时下一般的干部服，故而根据他自己和他家人的服装，很难判断出他是苗族的什么支系。从此前陈光林等人的略嫌简单的调查材料中，可以做出判断的是，王老咪是此地土著，因为他已故的父亲和师祖王友元（1888—1973）、师傅（1926—2005），都是清镇本地人。陈光林应邀把他于 2010 年 11 月 30 日在王老咪家门前拍摄的照片发给了我。将其与 1902 年日本人鸟居龙藏调查时所摄那些照片对比，王老咪头上戴的，应是藏青色或黑色的高筒帽饰，颇像以前的蓝布缠头巾。而长衣上部藏青色，下部蓝色，腰间（只看见前胸部分）缝有一长条形的白布，白布上绣着当地传统的刺绣纹饰。这个腰围上的刺绣图案是什么意思，不得而知，但他衣服上的刺绣纹饰中的八角星形图案，与苗人拥有和使用的铜鼓上的八角星形纹是相同的。“彼等之花纹中，尚有在圆圈内描画星形者，此中星形又互相连续，绘于长裙及上衣腕部之横线中……又此种花纹，与绘于铜鼓中心之‘太阳形光线’相同。”（鸟居龙藏）而王老咪的夫人所穿上衣从斜肩上垂下来的两条飘逸的浅蓝色的飘带上，也有这种星形纹饰；而在上衣的带状刺绣花纹中，则是圆形中配以四角形的连续纹。而连续花纹在苗族刺绣中是其审美特点之表现。围腰上的图案与色彩，虽然显得更加写实，而其意涵亦然。

刺绣被认为是苗族民族精神的一种重要载体，而刺绣在“打铁苗”已经发展为一种绘画。杨正江告诉我，他们这一支苗人，就是鸟居龙藏所说的“打铁苗”。鸟居龙藏说：“苗人之所以盛行刺绣者，在彼等精神中，多少或存有审美趣味，然其趣味即有一种苗人之一种的嗜好。……即彼等表现于刺绣上之意匠，为连续花纹。色彩为一种阴郁表现，分子花纹，虽有直线，然多用曲线。且其曲线，最为巧妙，并以涡纹、蔓草、重圆填补之。其花纹之最发达者为绘花纹。有曲线之美，其终点每变化为涡纹、蔓草。……要之，于彼等刺绣上所表现之性格，即为柔弱阴郁，与表现于笙之音律之沉静、阴郁，同一也。此不可谓非苗人之人种心理学上最应注目之事实也。”鸟居龙藏先生此论不可谓不精辟。

虽然是一次时间很短的走马观花，却给我留下了很深的印象，同时也给我留下了许多谜团。我们带着种种问题离开了王老咪多少有点儿神秘的住所，告别了藏在山麓皱褶里的龙窝村猫寨组。仅这个村寨的名字，就让我无法走出龙窝和猫寨的想象！

事情也许仅仅是开始。我向清镇市文化局长建议，请他们把王老咪所掌握的苗族古歌全部记录和录制下来，然后，一段一段地回放给他听，请他把其中的古苗语的意思翻译给记录者，再对这些古歌的性质做出判断，是创世的古歌，还是氏族部落迁徙、征战的英雄史诗。这笔至今仍然被埋没在山野中外人无从知晓的西部苗族的非物质文化遗产，应该见天日，应该得到妥善的保存和传承。

写于2010年12月23日

发表于《文艺报·新作品》，2011年6月3日

# 巴渝文化：寻找记忆碎片




寒露过后的第二天，应邀飞赴久违了的山城重庆。即将在这里举行的第十二届“亚洲艺术节·亚洲文化论坛——10+3主题会议”在等待着我们。既是山城，又是水城，还是雾城，如今又是“红歌”的重庆，对我而言，并不陌生，但确乎是有点儿久违了。最后一次造访是哪一年？好像是1998年吧。是来参加由中国当代文学研究会和重庆师范学院（现重庆师范大学）联合主办的“新中国文学五十年学术研讨会”，选择的时间也是没有雾霭缭绕而秋高气爽的深秋。会间朋友们结伴去大足观摩那些始建于唐末宋初的石窟艺术，为的是探寻巴渝文化的源流和根脉。

积250年而终成大器的摩崖造像，使这座近50年来习惯于以“红岩”为文化标志的城市，显现出浓重而悠远的历史沧桑感。有人说，大足石刻无异于是巴渝文化史上耸起的一座丰碑，从它每一刀、每一凿的痕迹里，似乎可以窥视到巴渝文化千百年来的发展脉络。那铜梁龙舞、黔江摆手舞、小河锣鼓、川江号子、巴渝吹打（接龙吹打、金桥吹打）、秀山花灯、九龙楹联和口述故事、梁平三绝（灯戏、竹帘、年画），似乎都可以在大足石刻里依稀找到历史的踪影。须知，一座世界性的名城，有没有炫人的历史和悠远的传统是大不一样的。

自江北机场的现代化候机楼出来，登上接机的汽车，由北而南，逶迤到达离嘉陵江不远的君豪大酒店，几乎穿过了整个重庆市区。史上有言，重庆的九龙坡曾经一度是巴国的都城之所在。记忆中的那些显示着古巴国人依山临水而居的文化传统、负载着沉重历史的老民居，那些纵横交错的石板街巷，那些层叠蜿蜒的山路，从视野中消失不见了，而车窗外闪过的，变幻成了一栋栋、一排排新建的显示着现代意味的高楼大厦。我的心，既为那些老街道、老房子的消失感到惋惜，又为那些像积木似直指天宇的楼宇感到惊诧。——我意识到，眼前的景象，是一个现代化快车道上的重庆！

从酒店的窗口向远处眺望，希望搜寻到我记忆中那些并不连贯的重庆的印象碎片。不远处不就是滔滔东去与长江汇合的嘉陵江吗？记得多年前青年女作家包川陪同我到川南的珙县、宜宾去考察巴人还是僰人的岩画和悬棺，曾来到重庆，到朝天门码头，到她童年时生活过的老屋、街巷和邻居家中参观。她的旧居就坐落在两江汇合处的高高的崖畔上。在可以雄视江水和船舶的崖畔平坝上，在江边的几十级水泥台阶上，我们遥望着两条颜色不同的江水如何汇合在了一起。在那一带，我头一次近距离地亲眼看到和了解了普通重庆市民的日常生活，棒棒军坚忍不拔的耐力，妇女群体日复一日的勤劳，也聆听了这位女作家动情地讲述她家道的变故以致衰落，她的知识分子出身的父母跌宕命运的凄婉故事。

回顾我对重庆文化的知识和印象，大半来自两个途径：一是抗战时期麇集于陪都的人文学者和作家们的文字，特别是那些民族学家们的调查，如卫聚贤主办的《说文月刊》、顾颉刚主办的《风物志集刊》和《文史杂志》周围的那些人文学者；二是解放后出版的革命回忆录和长篇小说《红岩》。研读抗战时期的那些文化与学术著作，使我对以重庆为代表的巴渝文化及其传统产生了浓厚的兴趣。改革开放之初，虽多次来渝，但活动的范围，主要是文学圈子里的人士以及重庆作家们工作和居住的中山三路的重庆村，抗战时期中共活动的纪念地红岩村 13 号、曾家岩 50 号、桂园、《新华日报》旧址。当然，还有从发轫到崛起到强盛到失败的巴人或僰人留在三峡中的悲壮历史与足迹……1980 年我在简阳访问刚刚出道的周克芹以后，决定拐到重庆，访问重庆的文艺界。此后我在一篇文章里写道："重庆对我来说，是一块巨大的磁石。"我一直期望探寻和认识一个巴渝文化的重庆！说老实话，以往的多次重庆之旅，至少在文学界，我并没有寻觅到巴渝文化的踪影，而重庆文学界朋友们的思想、意识以及辉煌成就，并没能给处在探索困惑中的我点亮一盏明灯。

多年来我没有放弃捕捉每一个可能了解巴渝文化的机会。有一次，我从成都经重庆回北京，动身前，老作家沙汀特别关照并打电话给万县的青年作者，在我乘坐的轮船停泊万县的几个小时里，与他们在泵船上会面并座谈，他们还陪我上岸在沿江集市上流连参观，使我这个过去仅在何其芳的散文中略知一点点万县地方文化的文学编辑，第一次近距离接触到了巴东土著和巴东文化。而正是这些常年生活在高山深峡中、一向与山民船夫休戚与共的巴东作者和文化干部，给我补上了巴渝文化这一课。

后来，我的工作重点从文学批评转向文化研究，在成都举行的四川省民间文学普查工作会议上，我提议要重视对民俗礼仪歌谣的搜集。巴中县（今巴州区）文化馆的朱仕珍立即将他们搜集编辑的一本油印的《巴山民俗歌谣选》送给我。我从这些民俗歌谣诗文中了解了地处巴渝文化腹地的巴中人的日常生活和活态的巴渝文化。我不无感慨地说："巴中文化馆的同志站得高，看得远，我们今天才开始提出来，他们却已把书稿都编好了，并准备出版发行了。"1988 年，这本油印的书稿出版了，在那时的川东北，也就是现在的巴东一带，一下子就发行了 4 万册！这本书里第一次选入了过去出版的文籍图书中压根儿就没有入载的建房仪式歌谣、春官歌谣、祝寿仪式歌谣、婚嫁仪式歌谣、丧葬仪式歌谣、民间工匠歌谣、其他民俗歌谣等七类民谣，是一本多么难得的地域文学和民俗文学选本呀！巴东一带农村里从事民俗礼仪活动的民间传人，看到这些记录和描述当地民俗礼仪的书能够公开出版，意识到民俗礼仪活动是被允许的了，不会再受批判了，于是，他们又重新拾起传承这类民俗礼仪的活动。90 年代，他们又陆续出版了《丧葬礼仪歌谣选》和《工匠民俗歌谣》，将川东北流行的"出堂三献"和"对灵三献"仪式，以及与这些仪式相伴而生的诗歌、赞语、吉利、祝词，悉数录之成册，不仅为读者提供了生活中会在不经意间便悄然消失的乡土文学读物，而且给民间的土、石、木、知客事、赞礼生、押礼先生、春官等诸类匠人提供了一本民间知识手册。

古代巴人生活过的巴渝之地，一向被视为"淫祀"的地区。学界有人主张《山海经》中的《大荒经》是巴国人的作品。我的老伴多年来研究《山海经》古图和中国古代图文叙事传统，时任重庆大型文学期刊《红岩》主编的张胜泽老友从重庆图书馆为她复制了清咸丰五年（1855 年）四川顺庆海清楼成或因刻本《山海经绘图广注》中的一些古图，使她斩获了清代巴渝画家是怎样看待和怎样形象地解析《山海经》的实证视觉材料。这些古图也为我对巴渝文化的探索提供了一个崭新的视角。巴渝文化是与儒家的文化无缘的，应该说是一种独立的地域文化。可惜，多年来愈来愈强的文化趋同化思潮，却一步步地把巴渝文化的独特性几近消磨殆尽了。

深藏在渝东南边陲武陵山区的酉阳，因唐人段成式的《酉阳杂俎》而闻名遐迩。说不定那里的文化就是重庆的一个标志性文化符号。现在想来，总为自己没有到过酉阳而追悔莫及。段先生说：巴渝（酉阳）的文化“及怪及戏，无侵于儒”。也就是说，巴渝文化及其传统是历史久远的，而且是一种与儒家文化及其传统无缘的独立的文化。2010 年酉阳县政府将“酉阳古歌”申报参评国家级非物质文化遗产名录时，作为评审组成员，我为这种长期以来默默无闻的文化的现身而感到振奋，曾毅然地为它投上了一票。我们不能眼睁睁地看着这种古文化传统永远被埋没下去。“酉阳古歌”的入选，以其独立性与独特性在文化多样性的中华文化家族中增添了一支艳丽的奇葩。

对我而言，“亚洲文化论坛”是一个良机，借机就亚洲携手合作保护东方文化传统，包括巴渝古老文化传统问题，略陈己见，也算是对提高国人的文化自觉进一言吧。

2012 年 1 月 10 日<br>发表于《文艺报》，2012 年 2 月 6 日

# 遥望西宁

许多事情都从记忆中消失了，而50多年前的西宁之行，却至今仍然牢牢地刻在脑海里无法忘却。

1959年对于中国人来说，是献礼之年。各行各业都忙着为国庆十周年献礼。北京建了人民大会堂、历史博物馆等十大建筑。电影界奉献出了《五朵金花》等18部优秀影片。我所任职的中国民间文艺研究会也为编辑出版“中国各地民间故事集”和“中国各地歌谣集”两套大型献礼丛书成立了献礼办公室。陶建基先生被委任为献礼办公室的副主任，我被调去当秘书。陶先生是民主党派，新中国成立前就在国统区用曼斯的笔名翻译过苏联作家伊凡·柯鲁包夫的长篇小说《鼓风炉旁四十年》，我上中学时就读过，新中国成立后曾在人民文学出版社供职。那时他在中国民主促进会里的职位，是北京市委宣传部部长。他为人谦和厚道，严于自律，学识渊博，从不剑拔弩张，又有编辑出版工作经验，由他做这两套囊括全国各省的丛书的统领，是最合适不过的人选。少数民族史诗的搜集出版，从1958年7月起就纳入了中国作协、中国民研会和文学研究所的工作日程。其时蒙古史诗已先后有两种版本问世，边垣编著的《洪古尔》1951年由商务印书馆出版第1版后，1958年作家出版社印行了第2版；琶杰演唱的《英雄格斯尔可汗》也在这一年问世。规模最为宏伟的藏族英雄史诗《格萨尔》的搜集翻译工作，便显得特别紧迫和突出起来。为了促进《格萨尔》的搜集工作，经中央宣传部批准，由青海省担纲开始全面搜集，组织上派我赴青海去与青海省文联联系落实。

我要去的西宁，那时还不通火车。在一般人的观念中，西宁离北京是那样的遥不可及。常常叫人想起大唐的文成公主远嫁吐蕃王松赞干布，在唐蕃古道上骑马乘轿的苍凉。大概也是为了献礼吧，从甘肃的柳园到西宁的铁路9月份修通，国庆节要通车，实现兰州到西宁的铁路全线贯通。对我来说，这可是个好消息。我去西宁不用乘坐长途汽车了。我买到了从柳园到西宁的火车票，踏上了第一趟去西宁的试通车的旅程。跨黄河，越湟水，铁路蜿蜒爬行在遍地是黄色油菜花的湟水河谷上，一路向西，向西。走走停停，停停走走，边走边修，边修边走。乘客们不时地下得车来观望从未见到过的高原景色。列车上没有饮用水，没有食品，没有卧铺，没有广播。在乐都等县域停车时，我们到湟水河里舀水喝，在河床岸边漫步游玩，四处捡拾散落在河谷里的新石器时代柳湾人遗留下的彩陶罐、彩陶盆、碎瓦片。那情那景，叫人赏心悦目，心旷神怡，却也徒增了几分思古之幽情。

好容易到了渴望中的古城西宁。这个古称"湟中"的省府，原本是一座具有2000多年历史的高原古城。西汉元狩二年（前121年），霍去病将军在此建西平亭。东汉建安十九年（214年），设西海郡。唐初（619年）建鄯州，成为青藏高原与中原的交通中转站。五代北宋时称青唐城，是吐蕃唃厮啰的国都，成为东西商贸交通的都会。宋崇宁三年（1104年），宋军进入青唐城，改称西宁州（取名西方安宁之意），建陇右都护府。……这个丝绸之路青海道的通衢，沟通中原与西部边地的重要城镇，唐蕃古道必经之地的古城，如今就在我的脚下了。可是，我置身其中的这座古城，那样子却完全不是想象中的样子，多么像是一个小小的县城呀。几十年之后的今天，记忆已经很模糊了，只记得那城墙是黄土筑就的，而且已经倾圮残败有日了。问好了路，我便从大十字一路向北走，出了北门，找到了省委招待所。那时住招待所是很便宜的，只不过床上那床棉被的被头油乎乎的，大概有一年没有拆洗过了，着实在我心里引起一些不快。

我的使命是来落实中宣部转发的文件，尽快组织对藏族史诗《格萨尔》开展实地调查采录和资料搜集。青海省被指定为西藏、青海、甘肃、四川、云南、新疆、内蒙古七个《格萨尔》流传省区的首选地。第二天一上班，我便到省文联去，拜访省委宣传部副部长兼文联副主席、作协主席程秀山同志。他出身于延安鲁迅艺术学院，以创办《青海湖》文学月刊和发表小说《桑巴久周》而被誉为青海文学的开创者、奠基者。接待我的是他的两个部下：《青海湖》编辑部的左可国和王歌行，还有刚从中国民研会下放到这里的徐国琼。他们承诺尽快落实，第一步是先抓好现有的《格萨尔》抄本、唱本和外国资料的汉译编印。他们打算利用在监狱里服刑的一些前国民政府的要员，如县长、警察局长等，来做这项繁难而艰巨的工作，因为他们懂藏文、懂英文，能胜任翻译和资料整理的工作。我的任务很快得到了落实，甚至超出了我的预想。心情变得很轻松愉快起来。接下来，他们陪我去参观了青海省博物馆，我对原始文化有浓厚的兴趣，而那里收藏着的从仰韶文化到马家窑文化的大量出土文物，记录着我们华夏民族的早期文明。这次参观，成为我 30 年后承担的一项国家社科基金研究项目“中国原始艺术”的远因。

两三个月后，献礼之年的12月18日，程秀山带着他们编印的60多本《格萨尔》内部资料本来京汇报工作。北京召开了《格萨尔》工作座谈会。在老舍先生主持下，讨论和部署了藏族史诗的抢救和搜集工作。我们把他带来的这套青海文联编印的《格萨尔》资料本，收藏在王府大街 64 号当时中国文联（现在商务印书馆）地下室的一间库房里。被称为“文革重灾区”的中国文联受到打砸抢的那一天，库房的门紧锁着，这批珍贵的民族文学资料本得以幸免于难。中国文联及各协会宣布解散时，所有重要一点儿的文件物品，都在军宣队、工宣队的指挥下装进战备箱，运去了“三线”湖北省丹江口水利枢纽工程的山洞里保存。而另一批保存在青海文联的《格萨尔》资料本，却在“文革”一开始就被投入了火中，幸得徐国琼同志奋不顾身地从大火中抢救出来，为藏族文化事业立了一大奇功！

后来，我又曾作为中国旅游文化学会的一员去西宁和青海其他地方做过一次考察。那已是 20 世纪 90 年代的事了。在时代巨人的步伐中，古城西宁自是物是人非、模样大变了，已步入了现代化城市的行列。我们入住的，也不再是昔日那个简陋而又有欠清洁的省委招待所，而是青海宾馆了。当我站在宾馆前的广场上，凝视着西宁的老街和新景，回想着几十年前因《格萨尔》而结缘的文坛老友时，陶建基和程秀山两位前辈都早已成了故人，心头陡然涌现出一阵惆怅。主持翻译和编印了大批资料本、最早全面推行搜集计划的程秀山，作家大词典里只记下了他的代表作和他对青海文学的贡献，而他为《格萨尔》的搜集、传播所付出的心血和所作的贡献，却被后人忽略和遗忘了。我手头保存下来的几本青海印制的《格萨尔》资料本，也许成为这段历史小插曲唯一的纪念了。

2013年1月22日

发表于《丝绸之路》，2013年第7期（总第248期，4月）

# 谒唐蕃分界碑

苍苍茫茫的"赤岭"就在眼前了！

我们的车子沿着唐蕃古道青海段前行，爬上了海拔 3510 米的"赤岭"山口。这里就是当年的唐蕃分界处。东西两个山头，如今叫作日月山。那山头上矗立着的，是为纪念文成公主进藏和汉藏团结而建造的日月亭。位于这"赤岭"之上的这座山头，如果没有文成公主进藏和亲的动人故事，也许直到现在还像地图上的许许多多小山那样无声无息、默默无闻。可是，它却不同，它是那样巍峨、那样多情、那样令人敬仰。只因为有了 1400 年前一个唐朝的公主远嫁的故事，才有了这日月山今天的辉煌。

关于文成公主嫁给吐蕃王松赞干布的故事，见于历史文献和民间传说。公元 634 年，吐蕃王松赞干布派使臣前往唐朝首都长安，谒见唐太宗，并请求和亲。唐太宗没有答应。公元 640 年，松赞干布再次派大相禄东赞携带黄金、白银以及珠宝数百件，前往长安求婚。唐太宗终于答应将自己的宗室女儿文成公主嫁给松赞干布。公元 641 年，由江夏王李道宗作为国舅，专程护送文成公主远嫁吐蕃。《旧唐书·吐蕃传》载："贞观十五年，太宗（李世民）以（自己的宗室女儿）文成公主妻之。令礼部尚书江夏郡王（李）道宗主婚，持节送公主于吐蕃。弄赞率其部兵，次柏海（即今之扎陵湖和鄂陵湖），亲迎于河源。见道宗执子婿之礼甚恭，既而叹大国服饰礼仪之美，俯仰有愧沮之色。及与公主归国。谓所亲曰：'我父祖未有通婚上国者，今我得尚大唐公主，为幸实多。当为公主筑一城，以夸示后代。'遂筑城邑，立栋宇，以居处焉。"

当年大唐文成公主远嫁吐蕃王松赞干布，来到这日月山口，举目四顾，但见山岭两边是截然不同的两种景象：一边是雨打芳草萋萋，一边是雪压枯草惨惨，不禁思绪万缕，心潮难平，怀乡之情油然而生。唐太宗听说女儿怀乡心切，不思前行，便特意为其铸造了一面日月如意宝镜送上山来，为的是女儿想家时，可以从镜中看到家乡的父老和山河。护送的吐蕃大将怕公主思乡不进，便暗中将铜镜换成石刻的日月宝镜。文成公主从镜中看不到长安城里的父母，以为父皇在欺骗她，于是一阵感叹，将日月宝镜甩在山石上，继续西行。松赞干布在柏海举行了迎接仪式之后，便与文成公主结伴而行，到达逻些（雅鲁藏布江河谷的逻婆）完婚，并许愿在拉萨给她建设一座新城。据说，这座新城就是现在的大昭寺。

文成公主不愧是个伟大的女子，她以国家民族的大局利益为重，嫁到远离繁盛的唐都长安的吐蕃之地，即使在20世纪90年代的今天，也不能不令人肃然起敬。这件事，不仅在汉藏团结友好的历史上留下了许多优美的传说，而且在唐蕃古道上写下了不朽的篇章。我们可以设想，文成公主一行，当年在交通工具还很落后的情况下，出长安，过咸阳，沿着“丝绸之路”东段西行，越陇山，经甘肃天水、陇西、临洮至临夏，在炳灵寺或大河家渡黄河，进入青海民和官亭，经古鄯、乐都、西宁、湟源，登日月山，涉倒淌河，到恰卜恰，然后经切吉草原、大河坝、温泉、花石峡、黄河沿，绕扎陵湖和鄂陵湖，翻巴颜喀拉山，过玉树清水河，西渡通天河，到结古巴塘，溯子曲河上至杂多，沿入藏大道，过当曲，越唐古拉山口，至西藏聂荣、那曲，最后到达拉萨，这是多么遥远而又多么艰难的一条路啊。这条唐蕃古道自此成为一条沟通西藏高原和内地广大地区的重要通道，同时成为汉藏团结友好的一个象征。这崎岖蜿蜒的漫长古道上，当年那些驿站、城池、村寨，还有遗迹可辨，留给现代人许多未可索解的历史疑案。啊，历史越千年！这一千多年来，凡是进藏的各色人等，有谁不在这个矗立着唐蕃分界碑的日月山山口，驻足流连呢？

我静静地伫立在这块残破的白色分界碑的旁边，仔细地观看上面镌刻着的模糊不清的字迹，但我失望了。历史的风尘已经把这段激动人心的故事给淹没了，只留下这块方不方、正不正的白石头，不停地在向过往的人们默默地倾诉。这块白石，也许是当年从什么遥远的地方运来的汉白玉吧？圣洁的白石原本是吐蕃先民及其后裔藏族所崇拜的圣石，君不见，那上面还悬挂着藏民们挂上去的各种颜色的哈达，祈求它的永存，祈求它给予人们吉祥，祈求汉藏两个民族永远团结！如今，这石碑的外衣虽然已经斑驳破旧，可那傲然的风骨却还不减当年。

我们告别了唐蕃分界碑，离开了“赤岭”山口，沿着唐蕃古道继续前行。在我们身旁闪过的，果然是另一番风景。草原上，草场被划分为一块一块的，边上用围墙圈了起来，看来在承包制实行之后，草原也各有其主了。在那阡陌纵横之间，人工种植的油菜花，开遍了一望无际的草原，充满着勃勃的生机。

1994年10月7日

发表于《吉林日报·东北风》，1994年10月29日

# 日喀则和萨迦采风记




1965年9月初，我和董森决定到西藏进行民间文学调查和采风。正如我在为廖东凡《灵山圣水》（中国藏学出版社，2008年）一书所写的序言中所说："因为那里的神秘的文化吸引着我，引诱着我，所以下定了决心一定要到那里去看看。"我们从北京乘火车到达成都，宿于锦江饭店。晚间，巧遇饭店大厅里的一盆昙花一现，激荡着我们入藏前忐忑的心房，给我一种吉祥的预感。我便用随身携带的禄来福来照相机拍下了这个稍纵即逝的珍贵瞬间。

第二天，我们便从成都机场出发乘坐民航班机飞往拉萨。那时的西藏，除了拉萨机场有一家国营的小饭馆外，全藏没有饭馆，人民币也不通行（使用大头银元），于是我们便在机场饭馆里吃了一顿饭，就到拉萨市里西藏自治区的内部招待所里住下来。由于拉萨市里没有公共交通，行动都靠两条腿走路。我们参观了布达拉宫、罗布林卡、药王山、八角街、大昭寺等，了解藏民的风俗习惯，看藏民的转经。罗布林卡是达赖喇嘛的夏宫，十四世达赖出逃后，罗布林卡回到了人民手中，过去是奴隶的藏民们成群结队地到罗布林卡去游玩观赏，特别是仔细地观看达赖的宫室和寝室。对我们来说，这一天也是一个千载难逢的机会，与普通藏民接触，了解他们的一些风俗习惯。

接下来的日程，我们从拉萨到山南的日喀则继续作调查。日喀则是西藏的第二大城市，是班禅喇嘛的根据地（首府）。在日喀则，我们分别向居住在第一居民委员会的多木拉（男），第三居民委员会的琼达（女，22岁）、多拉（32岁）、白玛求真（18岁）、嘎桑卓玛（女，52岁），第四居民委员会的拉木（女，26岁）、米玛多吉、怒则公林（男，21岁）、次仁（37岁）、多吉（男，48岁）、次仁结巴（女，57岁），第五居民委员会的多拉（32岁），第六居民委员会的次仁央洁（34岁）等歌手访问采录，他们给我们演唱或口述流行在日喀则的民歌，由我们临时聘请的吴坚和边巴二位做口译，并临场用藏文记录下来，晚上我们再和翻译一起琢磨译成汉文，并由我和同伴董森记录在稿纸上。那时的纸是竹纸，很薄很脆，单面写字，经过60多年的沧桑，如今已经泛黄破碎，成了文物了。我们从搜集到的藏族民歌中，挑选出29首，以《西藏藏族民歌》为题发表在《民间文学》杂志1965年第6期上。未发表的日喀则民歌原始记录稿，至今我还保存着。如今重读这些藏族民歌，仍然被迸发自内心深处的那种喜悦所感染：

**歌唱西藏自治区成立**

吉祥的时刻来到了，
我们庆贺自治区的诞生；
站起来的奴隶们，
兴高采烈地在欢庆。

蓝蓝的天空中，
出现了幸福的太阳；
透过那朵朵白云和彩霞，
把整个西藏地方照亮。
——多吉唱

**大树扎下了深深的根子**

大树扎下了深深的根子，
那是咱们的党和毛主席；
树上长满了无数的枝条，
那是咱们六亿民族兄弟。
看树根，
像绵羊的绒毛一样深厚；

看树干，
欣欣向荣、茁壮有力；
看树顶，
像小麦的穗子团结在一起。
亲爱的党和毛主席，
我们藏族热烈地欢呼您。
——多吉唱

**东方升起了太阳**

东方升起了太阳，
照亮了整个西藏；
毛主席的威望，
传遍了世界四方。

奔腾流水的源头，
那是咱们的党和毛主席；
水流经过的地方，
庄稼就能扎根生长。

过去的黑暗年月里，
农奴受尽了苦楚，
辛苦劳动的成果，
却被三大领主抢去。

今天的幸福生活，
是共产党给我们带来的；
新西藏的建设，
正像夏天的潮水一般兴起。
——多吉唱

**火红的太阳带来了温暖**

火红的太阳带来了温暖，
旱天的雨露降下了水分；
党和毛主席呀，
是您拯救了贫苦的藏族人民。
——多拉唱

**不必计算年月**

不必去计算年月，
也不必计算年，
不到庄稼成熟的时候，
孩子我当奴隶是当不完的。
——拉木唱

**鬼鸟也不来盘旋**

契德朗山的山脚下边，
看去像是公鸡的血冠，
不用说神鸟不来光临，
就是鬼鸟也不来盘旋。
——拉木唱

【注：契德朗山，位于西藏那木岭县塘巴地区，而塘巴则因大贵族塘巴而得名，这首民歌是讽刺他的。】

在日喀则的调查采访结束后，1965 年 9 月 16 日，我们又到了萨迦县。萨迦县隶属于日喀则市，地处西藏自治区南部，在日喀则地区的中部，雅鲁藏布江的南岸。在当地找了一位翻译，名叫才旺冬久。在他的帮助下，深入县城的所在地萨迦镇（乡），到居住在半山腰里的普通藏民家中作了三天的田野调查，采访了平措、边巴扎西和木布扎西等乡村歌手。

在萨迦，才旺冬久帮我们临场口译，晚上再一起琢磨译成汉文写定。相对于日喀则，这里歌手们的演唱，在对农奴制的抨击中，多了一些艺术想象力和淳朴无华的风格。这里引录边巴扎西唱的两首：

### 请你告诉他

天上飞着的鸟儿呀，
是飞向哪里去的？
假如你要飞向丹嘎，
对谁也不要告诉什么；
请您告诉他，
姑娘在故乡里等他，
我们翻身做主当了家；
请你告诉他，
我们有了富裕生活勿牵挂。
——边巴扎西唱

### 当奴隶的时间是过不完的

夏天的庄稼地垄里，
姑娘正在那里拔草，
找到了一只鸟叫格桑卓玛，
它说："姑娘你来了。"
姑娘我的难言之苦，
怎能对你格桑鸟儿倾倒！
小鸟儿无端地生我的气，
忽地从地上飞起。
"小鸟儿，原谅我吧，
请你耐心地落地，
姑娘内心里埋藏的话儿，
要向你从头讲起。
姑娘半生的苦楚，
有谁懂得一星半丝！
心底里有没有不幸，
请看我的眼窝就能得知。
堆（地名）的萨嘎地方，
不堪讲起那里的往事，

像心肝一样的男人，
独自留在那里，
姑娘给人当了奴隶，
当奴隶的时间是过不完的。”
——边巴扎西唱

再引录平措唱的两首：

**聂拉木的托门山**

来到聂拉木的托门山，
马儿止步往回转；
马儿呀，马儿，
只因马料未吃完！

来到聂拉木的托门山，
人也止步往回转，
人呀，人，
只因你的心儿难离山这边！

来到聂拉木的托门山，
牦牛止步往回转，
牦牛呀，牦牛，
只因你离不开北方的草原！（指藏北草原）
——平措唱

【注：聂拉木的托门山，位于中国和尼泊尔边界上。】

**我们兴高采烈地盼望**

从那人口众多的汉族地方，
多多地派人来吧，
一代一代地派人来，
再来吧，

我们兴高采烈地盼望。

从那马匹众多的蒙古族地方，
多多地送马匹来吧，
送来顶好的马和马鞍；
再来吧，
我们兴高采烈地盼望。

从那粮食丰饶的兄松（平原）地方，
多多地运粮食来吧，
运来顶好的粮食和口袋；
再来吧，
我们兴高采烈地盼望。
——平措唱





萨迦的民歌中，有一种独特形式，藏语叫“索”，共有28个曲调。“索”主要是群众到寺庙中去唱的，也有群众自己娱乐时唱的。就内容来看，多为颂歌，有颂寺院的，有颂山川、自然、家乡的。这首《我们兴高采烈地盼望》，就是被称为“索”的藏族民歌范式之一。

平措演唱和口述了75首藏族民歌，木布扎西演唱和口述了40首藏族民歌，我们用藏汉双语记录和翻译写定。这些原始记录稿虽然经历了复杂多变的60多年的沧桑，至今都保存完好，可惜一直没有机会公开发表出来。

在萨迦的调查结束后，我们继续前行，远赴与尼泊尔接界的错那县。我们没有车辆，只好在萨迦郊外的公路口上站等解放军拉粮食、汽油和劈柴的过路卡车。终于等来一辆卡车，我们拦在公路上，招手请司机停车，并获准带我们到错那县。在错那县勒布区的采风，我另有一文《勒布采风手记》，这里就不多费口舌了。

1965年9到10月间西藏平叛后在日喀则和萨迦两个地方所作的民间文学调查采录，是难忘的，在我国民间文学史上也是一次历史性的田野调查。这次民间文学田野调查，除了手头保存下来的藏文记录稿和汉文翻译稿外，还有大量的照片。我背着一部从机关里借来的禄来福来照相机，沿途拍摄了许多照片，记录了西藏的民俗生活和我们个人的历史行程，全部洗出照片（注明拍摄地点、光圈、距离等相关资料），把照片和底片贴在一个牛皮纸自制的照相本上，交给了单位资料室保存，如今都不知道哪里去了。

录自我的访谈口述史

# 勒布采风手记

1965 年 9 月末。错那。这里是仓央嘉措的故乡。

在错那休息了一天，痛痛快快地洗了一个温泉澡，略做准备，第二天一大早就启程，往祖国最西南端、与印度接界的错那县勒布区——门巴族聚居的山谷进发。我国出版的地图上，找不到勒布这个地点。这是我西藏采风之旅的最后一站，也是最远的一站。

所谓准备，其实也很简单，无非是三件事。一是找一位当地的向导，以免瞎撞迷了路。向导是在西藏旅行首先要考虑的问题。错那县城所在地那个镇子很小，有什么外人到了这里，很快便会传遍全城，就像内地的一个村子里常见到的情形一样。我们到宣传部说明意图后，很容易就找到了一位搞宣传工作的解放军同志，他正好要去勒布区办事。我们当即同他说妥，与他同行。向导的问题，就这样轻易地解决了。二是向老乡借了两匹性情温顺点儿的马，我骑一匹，我的同伴董森骑一匹。这也不难，县里还给我们配备了一位看上去不到二十岁的年轻藏族小伙子跟着，以便到达目的地后把马牵回来。不过，他没有骑马，他靠两条腿走路。他用半通不通的汉话对我们说，你们骑上马走吧，我在前面的山口等你们。他便背着一支冲锋枪，一缕风似的在我们前面上了路。三是到错那县仅有的一家供销社里一人买了一斤“高级糖”。所谓“高级糖”，是“三年困难时期”对高价糖的称呼，实际就是上海出品的用锡纸包的太妃奶油糖。那时全国通用粮票在西藏各地是不通行的，即使有粮票，也没有饭馆或粮店，甚至你有人民币也没有用。一旦没有饭吃，高级糖就可以充饥。

我们骑马慢慢悠悠地沿路向着通往勒布的山口走去。这个山口海拔大概不低于4000米。现在正是金秋时节，是一年中最好的季节了。道路两边的山坡上植被很薄，只有高原上才生长的那种叫不出名字来的小草小花，编织成一层薄薄的又绿又红又紫又黄的薄纱似的植被，起伏不定地覆盖在山坡上，延伸到无限远处。

当我们来到山口的时候，天空中突然彤云密布，风起云涌，下起了大雨，圆圆的大雨点，随着风势，像雨箭一般，迎头向我们射来。我们俯身在马背上，顿时，便成了一只只落汤鸡。我们的心情却格外激动，因为我们所遇到的，是在内地难得遇到的自然奇观。我们兴致勃勃地策马迎着雨箭继续前行。十多分钟之后，大雨便停歇了。山口上空几分钟前还咆哮翻滚的云团，如今温顺地随风向远处漂流而去，多么像是在一场厮杀中败下阵来的千军万马。天晴了！太阳很高、很大，显得比暴雨之前威风多了。

人们常说，大自然像个魔术师。翻过山口，在我们眼前展现的是另一番无法想象得出来的景象。所来径山口这边的那些高原小草，骤然间无影无踪了。迎面而来的则是漫山遍野高大威武的阔叶树，一棵挨一棵地拥挤着，密密层层，迎着从太平洋吹来的热风，摇摆着宽大的树叶子，发出阵阵涛声，从目极之处的山顶一直延伸到渺远的山涧。公路很窄，是战时修筑的专用单行线，路面狭窄不能会车。据说，这条公路，战时是由一位师长负责指挥的，如遇到车辆相遇，则必须将其中的一辆推下山谷里去。路的右侧是拔地而起、需要仰视的高山和阔叶树，左侧则是被浓雾覆盖着的无底深渊。骑马走在这样一条狭窄的道路上，好像行进在古代栈道上，心里直发怵，脊背上一阵阵发凉，下意识地把马拨到山坡这一边，令其沿着山根走，尽量离山涧那边远些，眼睛也尽量不往山谷里看。山谷里弥漫着浓浓的雾霭，无法看到谷底有多么深。白色的浓雾，像牛奶、像棉絮，一阵阵、一片片、一堆堆、一团团，后浪推前浪似的，沿着山势的坡度由谷底往山顶疾速飘动。在我发涨的头脑里，这些雾流宛若一条湍急的河流，不可思议地从地而天直立起来了一样。我的心情极为紧张，尽管极不愿意张望身边的万丈深渊，眼睛却还是不由自主地频频向谷底望去，而每望一次，又在心里增加了一分就要滚下山去的紧张。俗话说，上山容易下山难，骑马下山可真是比上山难多了。本来下山是不能骑马的，骑在马背上下山，每走一步，就颠簸一次。但一方面考虑到要尽可能地保存体力，另一方面实在是懒得迈动已经很酸很累的两腿，所以即使在下山的路上，我们也没有下马，而是信马由缰任其颠簸。

离开公路，穿过一片树林，沿着一条弯弯曲曲的小道，走进这个既被称作区、又被叫作村的勒布时，一年之中有九个月大雪将其与祖国隔离开的门巴族兄弟们——手中拿着砍刀的男子，头部勒着箩筐背带的女子，都停下步来，用好奇的目光注视着我们。我们这两个不速之客，成了他们目光的中心。除了他们的区委书记和文书两个人外，他们大概没有见过更多的汉人，更不知道这两个汉人到他们这个边远而寂静的小山村里来要干什么。

门巴族居住的山谷，处在印度洋暖流的控制之下，空气是异常温暖而湿润的。到处是高大的阔叶树和茂盛的草地。拨开碧绿挺拔的草茎，当露珠从叶片上一滴一滴滚落下来的时候，你便可以看到，在丛生的野草的根部，都贮存着一汪静静的水，如果没有牛来吃草，大概这汪水就永远是平静的。离他们居住的村庄不远，一条未被污染的河流，翻动着浪花，不知疲倦地从峡谷的巉岩上滚过，流向远方。谁也不知道它究竟流向何方。

我们留宿的区公所，坐落在山谷里的一块草地上。这是一所用木板房组成的四合院。一座高山拔地而起，把院子里的阳光全部都遮挡住了。虽然整日里都没有阳光的照射，院子的青草却仍然长得极为平整而茂盛，比起城市里那些人工种植的草坪来绝不逊色。指定给我们住的房子，是用木板搭建起来的一所长方形的房子，从外面看起来，很像是在电影里看到的那种西伯利亚森林中的木房子，但一进到里面，就完全不同了，居住条件是极其简陋的。只有一个用木板搭起来的床铺，看不出有人住过的痕迹。其他什么设备也没有了，屋子里泛着与外面一样的潮气。透过木头地板的缝隙，在地板下面极为潮湿阴暗的地方，我看到了长久没有阳光照射而被扭曲了的青草和永远不会蒸发的水洼。

院子里显得异常安静，听不到任何响声，藏族和门巴族干部都出去工作了。接待我们这两个不邀而至的采风者的，是区委书记和他的文书。书记看上去很年轻，三十出头，但显得很老练、很持重，一副瘦削坚实的身板，腰间佩戴着一把手枪，是个战后退伍不久、留下来援藏的老兵。没过几句话，我们便熟了，原来他竟是我的山东老乡，而且巧到是同一个县，顿时一股他乡遇故知的热流向头顶涌动。我环视他的居室，一桌一椅一床，只此而已。

其简单程度，与分给我们住的木房子不相上下。所不同的是，在床铺的木板墙上，挂着一支长枪，在没有油漆刷过的白木桌上，摆着一只刚刚由上级分配给区里的熊猫牌半导体收音机。这是区里最珍贵的财产。他告诉我，他们这里一年至少有九个月大雪封山，在大雪封山的日子里，就与祖国断绝了任何来往渠道。县里原来是设有电台的，后来把电台撤了，每个区发了一台南京无线电厂新生产的熊猫牌半导体收音机，他们就靠着这部收音机收听祖国的声音，与祖国保持着联系。

文书更年轻些，刚从复旦大学中文系毕业，分配到区里来工作。看他那一脸稚嫩的样子，也就是二十一二岁的年纪。他见到我们两个来这里采风的首都文艺工作者，就像是见了他的家人那样亲热，几乎是寸步不离，问这问那，凡是内地的事情，他都感兴趣，他都想知道。他的住所里，连区委书记所有的那个半导体收音机也没有，但他有一些属于自己的书籍，他靠这些书籍来打发工作以外和民族干部下乡或回家后的闲暇时间。他很单纯，也很直率，他说他服从国家的分配到这里来工作，但他在这里感到寂寞，他现在还无法融入这个陌生的环境。说着说着，他像个孩子一样地哭了起来，弄得我们一时手足无措。我们尽可能地开导他、劝慰他，使他认识到他工作的重要，从而安下心来为现在还很落后的门巴兄弟多做些有益的事情。他的情绪逐渐平静下来。我们在勒布的几天里，他形影不离地与我们在一起，给我们的采风提供了很大的便利。

无法回避的是，作为国家公职人员的区委书记和文书，他们在勒布区这个大山深谷里的生活是单调枯燥的。这个门巴族聚居的区，全区人口总数仅有 400 多人，且女性为多，其生产方式，多数人从事种植和畜牧，妇女多从事采集，还有一个制作木碗的老者。从区委的工作来说，他们的管辖范围和活动范围，都是极为有限的。民族干部白天都下乡，平时院子里阒无一人，安静得几近死寂。由于老乡家里住宿条件的限制，区干部们晚上大都要回到区公所来住宿，只有这时，这个院子里才算添了些生气。他们两位是汉族干部，在与门巴族群众交往中，常因语言障碍而受到限制，又因工作性质的关系，特别是文书的工作，不得不留在区委院子里看摊子。处身在这个特殊的环境里，加上县里的邮递员一个月来一次，一年之中大雪封山有九个月，在这漫长时日里，便与外界断绝了一切联系和信息，他们几乎处在一个完全封闭的狭小天地间，其寂寞是不难想见的。

为了招待我们吃饭，文书充当火头军。饭的简单是自不待言的，但由于多了两个吃饭的客人，倒也成为他们平静生活中的一件乐事，他为此感到高兴。饭做好后，我才发现，在院子里还有两个吃饭的食客——在院子里养着一只小狗熊和一只看家狗。主人与熊和狗之间的关系，是非常亲和的，区委书记和文书把这两个动物完全当成了这个家庭中的成员和亲密朋友。在照料客人吃饭之前，先把食物拿给它们吃，而且一直站在旁边与它们喃喃私语，好像它们真的懂得人的语言似的。与这两个动物的亲和，已经成为他们情感领域和精神世界一个不可分割的组成部分。熊和狗能够给他们排遣寂寞，能给他们带来欢乐和愉快。人和动物恢复到了最原始的亲和关系。如果没有了这两个动物，他们的生活将会是另外一种样子。

在这里，我们迎来了中华人民共和国第十六个国庆节。夜幕来临的时分，山村一片静谧。没有辉煌的灯火，没有车水马龙的长安街，没有杯盘交错的宴席，也没有喧闹热烈的音乐，只有隐藏在草丛中的无数小昆虫，唧唧唧唧演奏着快乐的草丛交响乐。我们怀着激动不安和焦急难耐的心情，守着忽明忽暗的烛光，坐在区委书记那部小小收音机旁，静待着来自祖国的声音。当我们听到中央人民广播电台越过重重高山传来并不十分清晰的天安门前第一个有关国庆的电波时，我们每人的眼眶里都充盈着激动的泪水。啊，祖国！祖国的声音！我从年轻的区委书记面部的情绪变化中，似乎听到了他的心声。他远离内地、远离家乡、远离亲人，已经好几个年头了，他肩负着祖国交给的重托，经历过达赖叛国集团的暴乱，又经历过一次边界战争，始终与兄弟民族站在一起，紧紧地团结在祖国大家庭里。没有分裂，没有背叛！没有愧悔，没有懊恼！一个长期远离祖国心脏北京，远离亲朋，又肩负着民族重托的人，在家人团聚和举国欢腾的时刻，内心世界的激荡与复杂，有谁能体会呢？一种敬佩和感激之情，悄然涌上我的心头。我站起来，走到他的身旁，紧握住他的手，说："祝老乡节日好！祝平安！祖国在我们心中，祖国感谢你！"

在区委院子的近旁，有一间带门面的屋子，是一间小小的供销社。店里的商品极其有限，大概与进货的艰难有关。门巴族的运输，一般都是靠妇女用背篓来背，而不管背多重的东西，走的路有多远，系背篓的带子，都是勒在妇女的额头上，靠头部和背部来持重。从县城到勒布，迢迢山路，要翻过几千米高的大山。供销社的进货之艰难是可想而知的了。守店铺的人是个青年小伙子。在门巴地区，很难得见到男性青年。我们便与他攀谈起来，向他调查门巴族的风俗习惯和民间文艺。他从男性青年人的稀少谈起。他说，门巴族男性少于女性，原因不外两个。其一，门巴族盛行巫术，特别是盛行巫蛊。蛊妇很多。她们认为，美丽健壮的男性青年是灵性、力量的化身，只要她们见到这样的男性青年，便设法对他施行巫术，即趁其不备将藏匿在指甲盖里的蛊药下到酒杯里，使其致迷而处于她的控制之中，或将其毒死，这样，这个男性青年的灵魂、力量和美貌，便会转移到她的身上来。蛊妇也有解毒的药，但一般不给中毒的男子解毒，否则就暴露了自己是蛊妇。他还介绍说，门巴的蛊药，主要用采自山上的草药制成，山上有许多有毒或致幻的草药；将毒性最烈的药草，研成细末而成为蛊药。蛊妇毒死的男人太多，致使我们门巴族的男性人口锐减。他对我开玩笑说，你可要小心，像你这样的漂亮男人，我们这里的蛊妇见了，就要找您下蛊药的。我和我的同伴听了，不觉捧腹大笑起来。关于巫蛊的风俗，我小时候虽然也只言片语地听到过，但蛊妇施行巫蛊的那些巫术道理和趣闻，却是头一次听说，而且那样活灵活现，因此既感到新鲜，又感到惊讶和辛酸：人们仍然生活在可怕的愚昧之中！但他把蛊妇放蛊说成是导致门巴族人口锐减的主要原因，未免有些夸大其词。这位供销社的主人还告诉我说，门巴族男性少于女性的另一个原因是，男性青年出去参军的很多，他们在军队里受到训练和培养，得到提高，以后在外面当干部，留在山里的越来越少了。

听说距离区委较远的地方有一个老牧民，他脑子里装着很多有关门巴族的民俗知识。我们决定去那里采访。区委书记和文书自愿陪同我们走一趟。他们从区政府的马厩中，为我和同伴选了两匹性情老实、不尥蹶子的老马。我们四人骑马，沿着一条落差很大、流水十分湍急的河谷鱼贯而行。由于一路上巉岩林立、凹凸不平，十分难走，一直到太阳落山时分，我们才来到我们要采访的那个牧民的家。这是一间孤零零的土房子，前不着村，后不着店。我们跨进这所隐藏在薄薄暮霭中的房子的门槛时，里面显得很黑，几乎看不清里面的布置和陈设。待稍微适应以后，才发现这老汉几乎没有什么家当可言，与我们在日喀则所见到的牧民家里有很大的差异。主人是个大约50多岁的牧民，当他看见他们的区委书记给他带来了两个尊贵的客人时，非常热情地向我们施礼，并在屋子中央点起了火堆，把我们安顿在火堆周围，拿来了酥油和糌粑，让我们先吃晚饭。我们学着主人的样子，把拿着一小块酥油的手伸进装着糌粑的口袋里，抓出一把来，在手中捏来捏去，捏成团，然后送进嘴里。酥油糌粑是一种营养极为丰富的食物，也很可口，很像内地吃的油炒面。但吃砮粑没有酽酽的砖茶不行。老牧民应我的要求，在明明灭灭的酥油灯和篝火的映照下，向我们讲述着他们民族的种种故事。霎时间，我们便被带进了一个神秘而有趣的世界。我们被门巴人古老的文化吸引住了。夜深了，老牧民的声音变得沙哑低沉，于是我们和他一起胼头胝足仰卧在被篝火烤得温热的地板上，拉过他那件发出阵阵羊膻味的老羊皮盖上，很快进入了梦乡。

第二天一大早，在朦胧的晨雾中，走出这所低矮的小土屋时，我顿时感到高原山野里的空气是那样的新鲜。我们听说山顶公路上有几辆装木柴的军用卡车，今天就要返回驻地，我们便当即决定搭乘军车回拉萨，否则我们又不知要等待多少日子了。书记就此与我们作别。年轻的文书却不愿与我们分别，恋恋不舍地一直送我们绕过前面的一座山去。这一程就不是十里八里，绝非戏曲中的“十里长亭”可以比拟。我们几次请他留步，他却总是不愿意作别。当我们最后向他告别时，他猛地抱住了我的肩膀，忍不住哭出声来，像是一对亲人的生离死别。我们短短的相遇过去这么多年了，许多事都在历史的风尘中淡忘了，这个小伙子的身影却一直留在我的脑海里，可惜我忘记了他的名字，也不知道他现在在哪里？

到了勒布之后藏族小伙便回去了，搞宣传的解放军同志也去办自己的事了。同文书把马匹交割清楚后，我们开始往山顶上的公路攀登。带着一个行李包和一架禄来福来照相机，要爬上这座海拔很高的山峰，对我这个坐办公室的内地书生来说，可真不是一件轻而易举的事情，且不说我小时候得过心脏病，稍一动就要心跳加速，但没有别的选择。当一个人没有任何别的希望和侥幸可乘的时候，他就会倾其全力、孤注一掷。我们走走停停，停停走走，挥汗如雨，气喘如牛。在那些停在山腰里装拉木柴的军车还没有起动的时候，我们赶到了山顶的公路。军车的司机们听完我们的要求，十分热情地接纳了我们，不仅准许我们搭乘他们的便车，还立即在山上支锅点火做饭，煮挂面给我们吃。由于高山氧气稀薄，锅里的水不到摄氏80度就滚开了。水开了，煮了好一阵子，挂面却煮不熟。“喂，北京的记者同志，吃饭了！尝尝这高原的饭吧！”在冷飕飕的山风林涛中，我们有滋有味地吃完战士们专为我们煮的挂面，内心有一种无法说出的感激之情。我们庆幸自己又体验了另一种高原生活。

写于 1965 年 11 月

发表于《丝绸之路》，2003 年第 8 期；（西藏）错那网 · 文学芳草地；中国作家网

## 附记

这是 1965 年 9 月底至 10 月初在西藏自治区错那县勒布区门巴族聚居地采风的手记。当时有记录，也拍有照片。可惜在“文革”中大都丢失了，只保留下来一册在藏区采风的藏汉文对照的藏族歌谣记录本聊作纪念。选录 24 首附在文末。

### 请把翅膀借给我

天空中的仙鹤，
请把翅膀借我一用吧，
我多想飞到北京去，
见见恩人毛主席啊！
——根宗唱　里林、洛布记译

【注：根宗，女，51 岁，西藏自治区错那县勒布区玛芒乡人。藏族。自幼居住在门巴族人民聚居区。】

### 关怀我们的是党和毛主席

照遍全藏的是幸福的光辉，
关怀我们的是党和毛主席，
翻身农奴当家作主的好日子，
宣布了自治区的正式成立。

有了毛主席思想的伟大红旗，
好似潮湿的森林里出了太阳；
门巴族人民永远跟着共产党，

建设起一个美好的新西藏。

——错姆唱　刘锡诚、洛布记译

【注：错姆，女，24 岁，西藏自治区错那县勒布区人。门巴族。全国人民代表大会代表。】

**一朵新花**

美丽的祖国的花朵，
开放在花园里；
一朵新花，
和万朵花开放在一起。

——错姆唱　刘锡诚、洛布记译

【注：唱者把获得新生的门巴族比作一朵新花。】

**牧羊歌**

我们的草场多么好哟，
草场上的羊儿吃得胖；
羊儿身上的羊毛多，
多得像万朵白云在天上。

——仁增唱　里林、洛布记译

**比绿水还清亮**

三大领主的剥削，
比火还烫；
共产党的政策，
比绿水还清亮。

——根宗唱　里林、洛布记译

**东山顶上的白云**

东山顶上的白云哟，
你要是变成细羊毛的话，
我将把你织成衣服，

送给每一个解放军！
——里林、洛布记译

**有一个星星叫巴桑**

天上的一百个星星中间，
有一个星星叫巴桑；
当星星集中欢乐的时候，
他却孤独地在一旁悲伤。
——错姆唱　刘锡诚、扎西记译

**路上留下了奴隶的脚趾印**

头发乱蓬蓬地竖起来，
吓飞了天空中的鸟群，
鞋子穿烂了，
路上留下了奴隶的脚趾印。
——错姆唱　刘锡诚、扎西记译

**土地又不是自家的（锄草歌）**

土地又不是自家的，
何必拔得这样仔细；
草儿是多得拔不完的，
没长铁指甲怎能拔出硬地皮！
——错姆唱　刘锡诚、扎西记译

**河水呀**

河水呀，
你可以自由地奔流嬉戏，
当奴隶的妇女，
哪有自由行动的权利！
——错姆唱　刘锡诚、洛布记译

**我一人只得到处漂泊**

天空中有千万颗星斗，
容不下的六个小星结成了一伙；
村庄里有千百万的人口，
容不下我一人只得到处漂泊。
——丹增旺宗唱　刘锡诚、洛布记译

**我是最不幸的**

天上飞的鸟儿中间，
麻雀是最小的；
地上走的人们中间，
我是最不幸的。
——错姆唱　刘锡诚、扎西记译

**刀鞘呵，你要想一想**

刀鞘呵，你要想一想，
砍刀是会出鞘不认你的！
——错姆唱　刘锡诚、洛布记译

【注：这是门巴人民在砍柴时经常唱的一首歌。】

**我们需要你（酒歌）**

东方有的是金子和绿宝石，
太阳才是万物中最宝贵的；
最宝贵的太阳呀不要落，
永远留在这里我们需要你。
——错姆唱　刘锡诚、扎西记译

【注：在不同场合，门巴族群众唱的酒歌是不同的，这里记录的是一首劳动群众自己聚集在一起喝酒时唱的酒歌。勒布区门巴族人民居住在崇山峻岭和原始森林之间，每年自五月至九月间连日阴雨，不见阳光，所以对太阳持有特别的感情。】

### 总有云散天晴的一日

万里晴空之中，
飘来一片乌云，
乌云不是补衣服的布，
总有云散天晴的一日。
——仁增唱　里林、洛布记译

【注：仁增，男，40岁，西藏自治区错那县勒布区玛芒乡人。门巴族。】

### 桃树呀，再见

吃了一个桃子，
酸了我三年；
我再也不吃桃子了，
桃树呀，再见！
——错姆唱　刘锡诚、扎西记译

【注：据演唱者说，这是一首讽刺三大领主的民歌，说的是失去人身自由的农奴多么渴望摆脱压迫。】

### 一个小小的核桃

一个小小的核桃，
就有这么大的声势，
要是背上一棵核桃树，
该是多么的了不起！
——错姆唱　刘锡诚、扎西记译

【注：小小的核桃，暗指小税官。旧社会里，门巴族受西藏地方政府统辖。在勒布地区，除了受藏政府（噶厦的辎康）和错那宗本的压榨而外，还有税官坐镇搜刮民膏，门巴族对税官恨之入骨。税官来时，人民唱这支歌讽刺他。】

### 桥下的鱼儿忧心忡忡

河上的小桥是那样的长，

过桥人的脚步是那样重，
桥下的鱼儿呀忧心忡忡。
——错姆唱　刘锡诚、扎西记译
【注：过桥人，指领主。鱼儿，指受苦的农奴。】

**虽然身在寺庙里面**

喇嘛庙建在陡峭的山巅，
活佛却长着颗黑心眼；
虽然身在寺庙里，
我却不信菩萨不念经典。
——错姆唱　刘锡诚、洛布记译

**一座金顶的宝塔**

有一座金顶的宝塔，
建在三岔路口是为了人们绕行，
外面涂得洁白明净，
里面摆的却是个墨黑的花瓶。
——错姆唱　刘锡诚、扎西记译

**永远不能更换**

要是有个好来本的话，
我们会像吃草的羊儿那样欢快地劳动。
任满的宗本心满意足地换走了，
我们这些要饭人却难更换；
任满的税官也心满意足地换走了，
我们的命运还是永远不能更换！
我们头上戴的是破马尔甲，
背上披的是破牛皮，
身上穿的是破氆氇，
脚上踩的是破靴子，
肚里填的竟是喂牛吃的糌粑粉，

我们呀，

我们这些要饭人永远不能更换！

——次仁顿珠唱　里林、洛布记译

【注：来本，酋长。宗本，县长。马尔甲，门巴族头上戴的小帽，黄边褐顶，帽边留有缺口。】

**心花怒放**

鸪友鸟从莫恩飞来时，

就风和日暖了；

我和情人家见面时，

就心花怒放了。

——次仁顿珠唱　里林、洛布记译

【注：鸪友，门巴语，季鸟名。每年四月将种荞麦时，从南方飞来。莫恩，门巴地区南方的一地名。】

**要是两厢情愿的话**

你是河那边的，

我是河这边的，

要是两厢情愿的话，

就上牛皮船来吧。

——错姆唱　刘锡诚、扎西记译

发表于《民间文学》，1965 年第 6 期

# 老爷山花儿会记

今年夏天北京奇热，遂以中国旅游文化学会民俗专业委员会的名义，邀请几个朋友一道去青海，举办一项“西部采风”的活动。同去的有旅游文化学会的副会长游琪，日本福冈西南学院大学教授、神话学家王孝廉，乡土诗人王耀东，花儿学者黄荣恩，民间文艺家王毅、刘晓路等。在参观塔尔寺、观光青海湖和鸟岛后，又凑巧遇上了出土过原始舞蹈纹陶盆的大通县举行一年一度的“花儿会”。我们闻讯，便决定去参加，希望在山野里聆听那些未经驯化的歌手们对歌。但见漫山遍野的人群，拥挤在一座被称为老爷山的山坡密林里。一簇簇，一堆堆，土族、回族、撒拉族、藏族、汉族，人们身上的衣服五颜六色，在绿色的树丛中泛出耀眼的光，把山头点缀得格外绚丽。嘹亮的对歌声，此起彼伏，从密林里飘荡出来，在山谷里发出回响，传得很远很远。隔着一条河沟观望的我们，也能清晰地听见。

据说，早先，在农历六月初六举行“花儿会”的这天，来参加“花儿会”的人们，可以无视社会的一切伦理规章，男女社交完全自由，自由歌舞，自由交友，即使夫妻相见，也应视若路人。这不禁令我联想到《周礼·地官·媒氏》所描绘的那种情景：“中春之月，令会男女。于是时也，奔者不禁。若无故而不用令者，罚之。司男女之无夫家者而会之。”《尔雅·释诂》说：“会，合也。”令会合男女，就是叫男女自为婚配。当时的社会风尚，允许男女在这一天、在这样的场合里自由相会，自由交友，甚至（私）“奔者不禁”，在歌舞尽兴之后，便与意中之人悄悄地隐入密林之中，谈情说爱，直至野合。这种情景，1985 年春天，我曾在云南楚雄彝族自治州县华山的密林里，与当地彝民们共度插花节时见到过。

大通老爷山的“花儿会”，可能也属于这种古代曾经流行的风俗的遗韵吧？《周礼》里所描写的正是春三月，在青海这样的高寒地区，正相当于六月的气候。“礼失”，在内地难得再见到的风俗，我们有幸在高原深处的大通县老爷山这个所谓的“野”又见到了。青年男女们在茂密的树林神地里自由相会歌舞的情景，无疑正是周代“令会男女”风俗的写照。

男女即兴对唱“花儿”是“花儿会”上的重要内容之一。“令会男女”“奔者不禁”的自由氛围和社会风习，是农村歌手们即兴创作和演唱“花儿”的最佳环境。男女青年在山野里忘情对歌，主要是即兴编唱一些平时很难唱得出口的或缠绵或挑逗的情歌。歌词里甚至包含着许许多多男女交合的隐喻之象，对这些隐喻之象，我们外来者是不易察觉的，而对于歌者或当地群众来说，则是耳熟能详的。因为，他们常常在听到这类歌词时，发出会心的笑声。我敢说，离开了这种特殊的自由氛围和自由心态，是绝对无法编创和演唱出这种被称为“天籁”的诗歌来的。自由氛围和自由心态，对一切诗歌作者都是绝对必要的，尤其对女性作者更是如此。民歌，特别是爱情民歌，本来与青年女子就有着不解之缘，不过，平时只是偷偷地在没有他人的地方低吟，抒发久久压抑在内心的情绪而已，而当她在山野里面对着成千上万的观众引吭高歌时，她便把一切平日的禁忌和压抑的情绪一股脑儿抛在了爪哇国，让纯真的情感像河水那样一泻千里。从“高墙的园子里白牡丹，叶叶儿苦过了塄坎。早起晚夕的我你牵，你我（哈）没牵过半天”到“麦地里拔草豆地里来，手巾里包着些肉来。一天里搭话一晚夕来，水萝卜胳膊上睡来”，那年青女歌手随机应变地编唱，是那样热烈、奔放、高亢、圆润、大胆、坦率，诗情像喷泉一样喷发，在与对手的一唱一答、一纵一放中，吐露着隐蔽的衷曲，打动了在场的听众。她那语言的机趣与幽默，那感情的执着与热烈，常常使在场的观众们乐得捧腹大笑。在这里，我找到了渴望已久的东西：这才是真正脍炙人口的爱情诗！这才是有生命力的诗人！

恐怕没有不曾写过爱情诗的诗人，特别是女诗人。甚至每一个喜欢诗而又在豆蔻年华的女孩，当她做学生的年纪，都曾偷偷地写过感情热烈而奔放的爱情诗，尽管那些诗多数是不准备发表的。即使不会写诗的女孩子，也大多在自己的小笔记本上抄录过一些著名诗人所写的爱情诗。

爱情诗是心灵的剖白，是情感的凝聚与升华，爱情诗以它巨大的魅力打动着万千少男少女的心灵。我们的青年多么需要健康优美、使心灵颤动的爱情诗。可是，当今文坛上，显然缺乏这样巨大影响的爱情诗。就我读过的很少的女诗人所写的爱情诗而论，或者以大胆描写做爱为能事，一味追求粗俗浅露，由于不能唤起美感而令人不堪卒读；或者大量运用隐喻和象征，把自己率真的感情藏匿起来，使诗句变得晦涩难懂，读起来就如同猜谜一样艰难。也许是她们的艺术追求所使然，也许是她们在创作时缺乏一种上面所说的自由氛围和自由心态的缘故，这样的诗作，与我在“花儿会”上听到的那些女歌者——诗人在山岗上和田野里即兴编唱的那些作品相比，不能说不显得有些乏味。

但凡大型的“庙会”，大约都是从“令会男女”的那种一般土民的“会”或“社”脱胎演化而来；而这种“会”或“社”，也一概是在“郊外”举行，而没有在所谓“堂”里举行的。边远地区、民族地区的“花儿会”“插花节”“花炮节”“火把节”一类“庙会”，因文化交融的缓慢或薄弱，相比于内地汉民族的“庙会”而言，也许更多地保留了古意古韵——已经不同程度消失了的或正在消失着的“礼”俗。这是说的民间。宫室则另有一套礼俗，但在本质上也与民间相差无几，只是更繁缛、更含蓄而已，所谓：“燕之有祖，当齐之社稷，宋之桑林，楚之梦云也。此男女之所属而观也。”古代，宫室上下人等，每年都要在天子带领下举行“郊媒”活动，其中也包括在神灵之前，“带以弓韣，授以弓矢，求男之祥也”，即天子和妃嫔表演一些象征性的男女交合的节目，无非以他们的动作隐喻皇族也要多子多孙、绵延万世罢了。

1994 年 12 月 9 日于北京

发表于《女子文学》，1995 年第 5 期，原题为《山野里的歌者》

# 土族女性的美饰





农历六月初六这天，我们来到了土族的聚居地青海省互助县县城所在地——威远镇。这是一座古老的城镇，街心的那座鼓楼，是明代天启四年（1624年）的建筑，经历了近400年的历史沧桑，至今保存完好。我们来到的时候，恰逢这里正在举行土族全民节日——“花儿会”活动和民俗展览。“花儿会”的热闹劲儿很像是内地的庙会，所不同的是“花儿会”上要唱“花儿”、对“花儿”，男女可以谈情说爱。平时难得进城来的土族农牧民，一下子都鬼使神差地涌进这座既古老又现代的小城。熙熙攘攘、成群结队的男女青年，五颜六色、花团锦簇的民族服装，把一向朴素无华的街道装饰得分外美丽。这无疑是观察和了解一个民族心理的最好时机。所幸的是，我们抓住了这个时机，我们因此而感到无比的高兴。

最引人注目的，是那些穿着节日盛装、刻意打扮过的土族妇女。如果说，平素并不讲究美容和修饰，也没有见过大世面的土族女性，今天却使出了浑身解数，着实把自己修饰打扮了一番。谁都想在这民族节日里成为最美丽动人、最能引起异性注意的女性。以自身的容貌美和装饰美吸引异性的注意，达到内心的愉悦与满足，进而达到交友择偶的愿望，可以说是任何一个土族青年女性心底里深藏着的一种莫可名状的潜意识。这是一年当中男女之间唯一能够摆脱伦理束缚、自由进行社交的时机，哪个青年女子不想抓住时机一展风采呢！

土族居住在湟水流域，是一个以游牧为主的民族。近代以来已从事农耕。因此他们的服饰，带有浓郁的游牧生活的色彩。比如男子穿长袍子，束腰带，戴毡帽。女子的服饰，颇为复杂，常穿两袖用红、黄、绿、紫、蓝五色彩布圈缝制成的花袖长衫，左衽大襟，外套以黑色、紫红色和镶边的蓝色坎肩。腰部用一条宽而长的彩带缠若干圈，彩带的尾部垂在腰部右下方，上绣缀着五彩鲜艳的花鸟蜂蝶和彩云图案。下身穿着镶白边的绯红色的百褶裙，裤子的膝下部分套有黑色或蓝色的一截裤筒。脚上多穿绣有彩云的花布鞋。这些丰富的服饰，几乎每一个款式、每一个图案，都是一个文化符号，都有诉说不完的潜在含义。

文化人类学的材料告诉我们，重视面部化妆和头部装饰，对于女性来说，在不同民族中古往今来都是一种相同的审美追求。土族女子的头饰也特别复杂而别出心裁，不仅显示着游牧生活习俗的浓重印迹，而且反映出生活在蓝天白云空间里的土族女性明快热烈的审美心理。据土族学者李友楼和力强在《青海土族的古老头饰扭达》（《民俗》画刊 1990 年第 2 期）介绍，旧时，土族青年女性的头饰分吐浑扭达（干粮头）、适格扭达（簸箕头）、捺仁扭达（三叉头）、加斯扭达（铧尖头和马鞍撬）等形式。以最古老的吐浑扭达来说，形状好似圆饼，上面镶嵌着五色珠串和海螺、贝壳等，额前垂吊着许多束紫红色的丝穗——流苏。头饰的背后，垂吊着两束红色的棉线绳子。再戴上一副银簪和一双大银耳环，颈项上悬挂着一条用圆海螺片制作的项链。戴上这种头饰的女性，整个头部显得艳丽而华贵。可惜，在花儿会上，我们并没有见到这种装饰的女性，可见这种装饰在民间已不再广泛流行了。

我们见到的女性装饰，虽然仍然洋溢着土族人古老的审美情趣，却已经显示出受现代思想影响的端倪。年轻的女性，大都戴一顶细毡礼帽，在帽檐上部缀几枝色彩鲜艳的绒花；也有的戴一顶彩色（杏黄色）大顶高沿的绒帽，边沿上缀以红、白、黑各色的圆点装饰。多数女子的帽子上垂下来两缕彩色流苏，摆动起来，与耳环相映成趣。显然，这种头饰是在原来复杂多变的头饰上演变而成的一种简式。中年已婚妇女的服装，依然沿袭旧时那种带有五彩布袖、左衽大襟的长衫，显得庄重大方。而年轻的未婚女性则产生了新的审美追求，她们多半不再穿已婚中年妇女穿的那种过去流行的款式的衣服，而穿上了西装开领衬衫，有的在衬衫外面再罩以左衽的花布坎肩，使民族的和外来的两种文化结合起来。在她们的心目中，这种结合与统一，不仅外形上是最美的，而且也是最能体现出土族女性内在修养的理想的服饰。

未婚青年女子与已婚女子的区别，还在于她们对发式的处理上。一般来说，未婚青年女性要梳两条或三条长度达臀部以下的大辫子，两条从两鬓间，一条从头顶中间梳过来，这两条或三条辫子在尾部编结在一起，并往往要缀上红色的绒绳缀子或海螺片。我向她们询问其中的缘故，她们说，这是未婚女性的标志，结婚后，这种装饰就要随之改变。据资料，过去土族存在着压抑女性的“戴天头”的陋习。女子到 15 岁，由父母做主，在除夕这天与天结拜为夫妻，将少女的发式改梳成妇人的发式，从此，性关系可以随便，生下子女归母家，不受社会歧视。后来这种陋习被废除了。但从中也还可看出，未行过成丁礼的土族少女，在头饰上与成年妇女是不同的，如今未婚少女的头饰与已婚妇女的头饰的区别，显然还带有成年礼旧俗的痕迹。

一种装饰，在我们看来，主要是美的表现。但任何美的装饰，包括古代的人体装饰和现代的美容在内，都与他们的信仰有关。土族分布，除主要居住在青海省的互助土族自治县外，民和、大通两县也比较集中。此外甘肃的天祝藏族自治县也有少量分布。据资料，生活在甘肃卓尼一带的土族妇女盛行一种叫作“凤凰头”的头饰。将前额的头发分成左右两股，发圈合成辫子，向后系于银质圆盘形的“章卡”上，“章卡”正面雕刻着花鸟图案，发圈上用一条绿色的带子，先从前向后、再交叉绕回将两端在前额打成结。在头顶上部从前向后饰戴 9 颗由圆形铜泡连接成的饰物，铜泡凸面上嵌缀着 10 个珍珠似的圆点，组成图案。在头顶部平插横竖两根铜制的簪子，前面一端伸出额前，成为凤首的形状。这种头饰整个形状像是一只待飞的美丽凤凰。无独有偶的是，我在互助拍摄的一张照片上，年轻女子所穿坎肩的左衽部位，用黄、红、绿三种彩线绣着一只展翅扬尾待飞的凤凰。我们不妨做这样的推测：远古的土族先民，曾经是凤系氏族的子孙。他们曾经以凤凰或鸟为其部落或氏族的图腾。妇女的头饰，也许是她们对远古信仰的一种回顾。有研究者认为，信奉凤凰、燕子或其他鸟类为图腾物的东夷诸部族，远古时曾从青海高原迁徙来到东部沿海一带。有记载说，居住在东部沿海一带、信奉鸟图腾的古越人，当年的服饰，也是左衽的。这种文化现象，多么有趣啊。

1995 年 5 月 23 日

发表于《医学美学美容》，1995 年第 7 期

# 唐布拉采风手记

1985年8月24日。尼勒克县唐布拉草原之夏牧场。

神奇的草原景色，史诗般的牧民生活，一直萦绕在我的心头，像磁石一样吸引着我。在乌鲁木齐开完了少数民族文学讨论会，终于能实现到哈萨克草原去的计划了。车子一早从伊宁出发，在尼勒克县城稍事停留，来到唐布拉草原上一个牧民的放牧营地时，已经是夕阳西下了。虽然没有精确的统计，颠颠簸簸地跑了不下三四百公里！

这里就是闻名遐迩的唐布拉草原，哈萨克同胞们的一处水草肥美的夏牧场。绿茵茵的草场，点缀着各色的野花，从白皑皑的山顶下面那一大片原始森林带起，一直延伸到对面那座雪线以下的山峦的顶部。一群群伊犁马、细毛羊，星罗棋布地在草滩上游牧。一条清澈的溪流，沿着自然地貌形成的河床，滔滔地流向远方。时而暴怒，时而嬉闹，穿过一丛丛蓊茸翠绿的次生林，切割开广袤的牧场。——这就是从天山西部群山中夺路而出的喀什河，一条牧民们赖以生息繁衍的生命之河啊。我被这美丽奇异的自然景色吸引着，深深地陶醉了。

在这夏牧场的营地上，散落着七座圆形的白色毡房。我们一行四个从北京来此地考察的民俗学家和陪同我们的锡伯族作家忠禄先生要下榻的毡房，是其中最大的一个，就坐落在河岸边的草地上。

夜幕初降的时刻，炊烟送来了地锅子里煮羊肉的香味。我们被一位老年的哈萨克牧民邀进毡房里用晚餐。哈萨克人待客的礼仪是热情而隆重的。我曾在蒙古人的毡房里生活过大半年，也曾到过不少少数民族同胞的村寨里做过客，从来没有像这一次在哈萨克人的毡房里所受到的接待这样郑重和神圣。在我们五个人中，我是长者，因此我被安置在正座上。所谓正座，不是通常宴席桌上的那种主宾席，而是在正对着门口的部位在地毡上席地而坐。在我两旁就座的，是我的三个同伴和忠禄，再次是主人家和邻居们，依次坐成一个扇形。我们的面前，铺了一床干净的床单，上面摆满了从城里买来的糖果和妇女们自己烤制的馕，一只只小瓷碗里盛着上等的高山蜂蜜。守候在门口马奶桶旁边的女主人，盛上一碗马奶酒，递给他的家长，这位家长再把它传递给客人们。马奶酒是马奶经过发酵制成的，酸而带着甜味，喝起来味道很好，但比北京市场上酸奶的酸度要高得多，因而喝多了要醉人的。主人十分热情，你喝完了第一碗，第二碗接着就递过来了。酒是用海碗盛的，不多一会儿，我就感到肚子胀了。W 是四川人，曾经有过在白马藏族地区进行民俗调查的经验。他也有酒量，几天前在察布察尔采风时，锡伯族的朋友们请我们吃饭，轮流敬白干，他不仅镇定自若，而且还为我代杯。今晚他却留有余地，不显山不露水，不露一点声色。他的任务是录音，他不想为喝酒而误了差事。J 的分工是拍照，她性格文静柔韧，办起事来却充满热情，不辱职责，尝了半碗酒后，就察言观色，轻手轻脚地寻找时机给大家拍起照来。Z 过去曾经和我们在一个单位共事，她和 J 是要好的朋友，如今是一家出版社民俗方面的编辑，因此大家是互相了解的。她是个个性和事业心很强而又内向的人，今晚更是沉默寡言，低着头只管掰馕蘸着蜂蜜吃，似乎根本就没有旁的人在场一样。

在哈萨克人的毡房里，女主人的角色是十分重要的。转眼女主人已经用一个搪瓷盘把地锅子里煮好的羊头端了上来，盘子上放着一把锋利的哈萨克男人用的英吉沙猎刀。她把盘子交到男主人的手上，男主人又将盘子端到我面前，把刀子递到我手上。根据哈萨克人的习惯，我毫不犹豫地把羊头颧骨上的肉削下来一片，送给席中的老者吃，又将一只耳朵削下来，送给席中的最幼者——这家的小孙子吃，然后，才为自己削了一片。在哈萨克的习俗中，这是尊老爱幼的意思。接着，把盛着羊头和英吉沙刀的盘子传给了坐在我身旁的忠禄先生。招待最尊贵的客人，要用全羊，而吃羊头肉，又要让最尊贵的客人先动刀。这也是哈萨克的古俗。这一套礼仪结束之后，才把羊肉端上席来。但从此就不再是那样文质彬彬地用刀子割着吃，而是改用手撕着吃了。用手撕吃羊肉，俗称“手把羊肉”。这在城市的餐馆里也是一道名菜，但这无疑是狩猎部族的一种遗俗。原始先民常常用羊作为祭祀神灵的牲牷，祭祀完毕之后，族人就将其分而食之。用地锅子煮熟后，用手撕扯着羊肉吞吃，完全是已经成为往昔那种记忆的一种重演，人们在重新体验着那种早已逝去了的狩猎胜利的欢乐。毡房里的空气骤然活跃起来。羊肉味道之鲜美，绝对不是北京新疆餐厅的出品所可比拟的。不仅没有膻味，而且香嫩可口。我的两位女同行吃得那样津津有味，甚至不顾那吃相是否有伤她们俊丽端庄的容颜。

世界发展到了现代化的今日，可是在我们所驻足的唐布拉草原毡房里，却仍然不靠钟表来计时。待收拾餐具时，大概已经是子夜时分了。毡房外面，十几个来自远近毡房的哈萨克小伙子和姑娘，已经在寒风里等了我们很长时间了。他们是应邀来我们所住的毡房，给我们唱哈萨克民歌的。主人没有通报，我们哪里知道？

歌声在毡房里轻轻回荡。姑娘们和小伙子们对唱，唱的是情歌。嬉戏，挑逗，倾诉衷肠，依依别情。起初双方都显得拘谨，声音低回，渐渐地，变得热烈而高亢。我得到忠禄先生的帮助，他将歌词逐句翻译给我听，译得很有诗意，他真不愧是锡伯族的才子。但到了唱得情意绵绵的时候，这位才子也不得不告饶了。有哪一位大作家曾经说过，民歌是不能翻译的，这话一点儿也不错。歌手们唱的调子是固定不变的，歌词却是即兴编出来的。男队唱一段，女队根据男队的唱词赠答。歌词无拘无束地在冬不拉的伴奏下自由地续唱着，调子悠扬、抒情。这大概就是民歌的规律，任何口头的作品都是依客观的环境而存在、变异的，很难说哪就是定稿，也很难说什么时候就是定稿。连那些长篇的史诗都是这样编创出来的。

夜深了，歌声像断了的丝弦一样戛然而止。草原上的男女歌手们散去了，草原变得异常静谧，静得如同死去了一般。我们，县里随我们来的人，以及这家的老少三代人，都留宿于这顶宽大的牧民的毡房里。大家并排躺在厚厚的地毡上，主人还特意为我们铺了崭新的褥子。一盏马灯高悬在毡房的立柱上，昏黄的灯光抖动着，照着每一个远方来客的脸庞。那灯芯的嗞嗞声，在静得可怕的草原之夜里，令人烦恼，令人焦急。我和 W 共盖着一条棉被，和衣直挺挺地躺着，眼睛盯着毡房顶部的那个圆洞，但那圆洞到了夜间是堵着的，无法看到外面的情景。我一动也不敢动，生怕由于自己的动作惊动了别人。他发出了轻轻的呼吸声，好像是睡着了，我感觉到了。

J 不断地翻着身，有时睁开眼睛看看那盏半明半灭的马灯，很快又安静地闭上眼睛。对于她来说，这晚与牧民挤睡在一个毡房里的经历，着实太新鲜、太离奇、太陌生了，唯其陌生，大概才在心底激起了一种很不平常的波澜。Z 翻动得更频繁，床铺底下的小虫子钻出来骚扰她，咬得她心神不宁。第二天她露出小腿来给我们看，的确布满了一连串红斑。她虽然在“文革”中受过苦，但牧民帐篷里的这种民俗生活，毕竟还是第一次体验。

越是强迫自己入睡，越是清醒起来。我思绪万端，决定到毡房外面去领略草原之夜的神秘。白昼那勃勃的生机都到哪里去了？一切都隐遁到了黑暗之中。只有星星眨着眼睛，显出一种特有的生气。风刮得很大，草株瑟瑟抖动着，周身感到寒意料峭。露水很大，沾湿了鞋子和半截裤脚管，身子不由得打了一个寒战。草原之夜，竟然是这般寒冷！

伙伴们大概已经入睡了。轻微的鼾声合着虫鸣的节奏，整个草原都笼罩在一片无边无际的静谧之中。

沉睡的草原难道能永远沉睡下去吗？

1992 年 9 月 8 日改定

首发于《中国西部文学》，1992 年 10 月

# 伊宁情思

在坐落于博尔塔拉蒙古自治州境内的赛里木湖和果子沟经历了忘情的喜悦之后，一种似乎是过度的疲劳，正在袭击着我们。人的情绪是不可能永远处于稳定状态的。亢奋之后，就处于一个低落期。亢奋和低落总是相伴而生、交替出现的。情绪总是那么高涨，不也是十分累人吗？对于那些渴望在大自然中得到往常在办公室和书斋里无法得到的精神享受的人来说，我们此时此刻的心情正是这样。把自己融于大自然之中，坦露出一个人的全部天真和稚气，忘掉世俗中的一切烦恼和不快，是多么的可贵，又是多么的短暂！大自然的美景竟然如此容易一闪而过，谁也无法永恒地将其揽在自己的怀里。

伊宁，这座祖国边陲的花园城市的出现，把我们引入了一种迷离梦幻的世界。在绿树繁花的掩映之中，从建筑到市街，从衣着到饮食，都使我们强烈地感受到，我们正处身在一种浓郁的伊斯兰文化的氛围之中。这座小城市，是哈萨克族的聚居地之一，到处都能看到穿着黑色衣服、戴着白色圆毡帽的哈萨克男人，到处都能看到穿着各色花裙子、戴着插有漂亮雉尾的白色绒毛帽子的哈萨克妇女，到处都能听到哈萨克语的交谈和喧哗声。街上的喇叭里播送出来的，是悠扬动听、旋律舒缓的哈萨克民族音乐，也许是阿肯在冬不拉的伴奏下的叙事演唱。这样的文化环境，对我们来说，是陌生而新鲜的。我下意识地想起了1986年在土耳其的伊兹密尔一座罗马帝国时期的古堡旁听到的那个令人难忘的盲艺人的演唱。可能唱的是阿那多卢的伊斯兰风格的民歌。我至今还保存着他在街头演唱的录音带，还珍藏着我和他在古堡旁合影的一帧照片。多么的相像，多么的陌生而又熟悉呵！

我们一行被安排在军分区招待所下榻。对于我们这些长途旅行者来说，这真是一个十分整洁、十分幽静、十分舒适，再称心不过的住处了。四周的花墙上爬满了绿藤，一簇簇不知道叫什么名字的花儿，颇有点儿艺术性地点缀其间。最使我感到愉快的，也许还不是这个叫人顿生“宾至如归”之感的客舍，而是听说有一位我所熟识的作家和朋友武玉笑也住在这儿。不是文人的自作多情，倒真生出了一点儿他乡遇故知的感触。

记得是在 1987 年，作家们刚刚从一场灾难中苏醒过来，武玉笑便以“文革”中知识分子的悲惨命运为主题写了一个题为《大雁北去》的话剧，交由青艺上演。他在北京给我看了剧本，我激动不已，因而提笔在一夜之间写出了一篇（也是唯一的）很长的戏剧评论文章。从此我们之间建立了友谊。我每次到兰州出差，他总来看望我，与我说古谈今，嘘寒问暖。印象最深的一次，是我应邀到东乡族诗人汪玉良家里做客，作陪的有音乐家易炎、小说家杨文林、评论家谢昌余，武玉笑也来了。他们都是甘肃文艺界的名流。由于我在《文艺报》担任过一个时期的编辑部主任，又写过一些文学评论文章，与他们有过不少交往。当然我也在谢昌余主持的《当代文艺思潮》和杨文林主持的《飞天》上发表过文章，我的文艺观点他们都是熟悉的。所以谈起话来，大家都无所顾忌，真可以说是海阔天空，无所不及。

我们一行从军分区招待所出来，要到州政府去拜访秘书长赛比哈孜同志的路上，在一家烤羊肉串的小摊旁，猛然间发现了武玉笑。他蹲在墙边，正在津津有味地吃着一串羊肉串，手里还拿着几串。哪里像个斯文的作家？那样子宛若一个乡下来的农民，那样的不修边幅，那样的无拘无束，旁若无人。呵，这就是武玉笑的本色！当我高声地、同样也是旁若无人地喊着他的名字时，他惊异地瞪大了眼睛望着我，半晌也没有缓过神来。他哪里想到，在这个边陲小城，能遇上我这个久未见面的北京朋友。他扎撒开散发着羊膻味的手，意思是要同我握手，我没有握住他的手，而是迅疾地抱住了他。我的同行来做民俗采风的朋友们，也都用吃惊的眼神盯着我，不明白发生了什么事情。他们虽然很了解我的脾性，大概还没有见我与什么人如此热烈地拥抱过。也难怪，在此之前，我压根儿没有向他们透露过我有朋友在这个边陲小镇上，他们不感到惊奇才怪呢。这就是我们带有一点儿浪漫色彩的会面。

招待所里客人不多，武玉笑早就住在一楼的一个房间里，他在这里体验生活和写作。招待所是他的活动基地，除了出门采访，就是在房间里接待客人。为了聊天方便，我，W君和陪同我们的锡伯族作家忠禄同志，也被安排住在一楼，与老武隔壁。J君则住在二楼，商量事情时到我们房间里来。Z君别出心裁，撇开我们，自己到一家陌生的哈萨克人家里去投宿，既节省了开支，又体验了生活。总是大清早，趁服务员还没有开门的时候，就爬墙进到招待所里来。她的这些想法和做法，为我们的旅行平添了许多的情趣和谈资。

伊宁地处祖国西北部边陲，实际时差与北京相差几个小时，因此夜晚到来得很迟，天亮也相应地推迟了几个钟头。夜幕到来以后，宁静的招待所几乎成了我们几个来自不同地方的作家和评论家的天堂。我们聚在老武的房间里，旁若无人地神聊。当地文学刊物《伊犁河》的主编郭从远先生，每晚必到，而且不管聊到夜里几点，他都陪伴始终。谈文坛的新闻轶事，谈作品的成败得失，谈深入生活的甘苦，谈哈萨克人的民俗风情。那时，我正起劲地研究文化人类学，此次来伊犁哈萨克自治州旅行，是为了增加对哈萨克族和锡伯族深厚的民俗文化的了解。深感新中国成立以来我国当代作家不大懂得文化人类学，留下了许多不该留下的遗憾。在描写生活时，由于过分地用“政治”这个筛子去过滤丰富的生活，让多彩的生活来适应自己所理解的狭隘的“政治”和所谓现实主义，其结果，大批作品变成了观念的图解，读者很少有兴趣在读过一遍之后再读第二遍。因此，我们漫无边际的神聊，大体并没有离开“说真话”和艺术的本质这两个题目。武玉笑长期在新疆少数民族中间深入生活，对这些民族深层的民俗文化和心理状态，以及社会生活和人际关系，有着深入的观察和了解，给我们讲了很多有趣的事情，不仅使我们增加了知识，而且得到了某种精神的满足。如果那时有心把这些“天方夜谭”记录下来，不就是一部“艺术三家言”嘛。

在伊宁期间，只有一个晚上是例外，我们停止了闲谈。锡伯人是最热诚待客的民族，大概是忠禄这个锡伯人的作家意识到，由于他没有能安排好晚上的活动，冷落了我的朋友W、J和Z，于是决定领着我和这三个北京来的民俗学家到他的一个亲戚家串门，参加一对青年人的婚礼。婚礼是一个民族深层文化的重要而又重要的民俗事象，怎么能错过这个机会呢？听到这个消息，大家自然喜出望外。我们要造访的这一家是哈萨克族，住在伊宁市南部靠近郊区的地方。当给我们开车的那位乌鲁木齐司机转弯抹角找到他家，叫开大门的时候，婚礼已经结束了。忠禄也是几年不来走动了，而且他的突然出现还带来了几个尊贵的北京客人，因此全家把我们的来访看成是一种吉祥的预兆，全家热情地接待了我们这些不速之客。

按照草原上哈萨克人的古俗，新郎要在三天前到新娘家里来接新娘，新娘由四个媳妇陪伴着，戴面纱，唱萨仁歌（即劝嫁歌）和怨嫁歌，进行一系列带有古代婚姻考验式的游戏，然后新娘才能驱马（或骆驼）前往夫家行婚礼。在婚礼过程中，要举行揭面纱，欢宴亲朋，还要举行“姑娘追”等欢庆性的和象征性的活动。这一家是住在城里的人家，这些古老的民俗活动，大概都在外来文化的冲击下逐渐减免了或部分减免了。但他们家的新房里充满了喜庆的气氛，明亮的电灯照着那些崭新的陈设和挂着的、贴着的喜联和绘画，以及哈萨克家庭特有的、以红色为主、红黑相间、色彩鲜明的装饰图案。最富特色的是新娘的头饰。长长的白色面罩披巾，从新娘头部的两侧垂落下来，几乎拖到地上，给人一种端庄的美感。披巾的下面，是一顶镶满了各种金银嵌花和珠链的彩色帽子，帽子顶端装有一个取意于变形的女性生殖器的三叉形装饰物，隐含着子孙繁盛的期望。这些新娘的服饰及其纹样的文化内涵，引起了我们的女民俗学家们的浓厚兴趣。作为婚礼的一部分或补充，女主人热情有加地给我们拿来了哈密瓜、西瓜、馕、马奶和马肠等喜食招待我们。喜食是要分给到场祝贺的每一个人，让众人共享的。这一来，把我们作为婚礼研究者的思路给打断了。看来，如果早有准备，主人家定会像所有的哈萨克人家一样，慷慨地把酒设宴款待我们。我注意到，从女主人的眼神里透露出了一丝不易察觉的歉意。

夜深了。当我们告别这家沉浸在欢乐和幸福中的哈萨克人家时，我在朦胧夜色中偶然发现，他们宽敞的院子里种植着一株如同伞盖一般的庭院绿化树，从那高大的黑影判断，我想这大概是一株枝条上挂满了石榴的石榴树。石榴原产西域，伊犁一定很适合它的生长。我想。石榴多子，不正是对这家新婚夫妇的最好祝愿吗？我们没有带去什么礼物，对此，M君几次提醒我，表示颇为内疚，就让这棵石榴树替我们默默地祝福他们吧。

1992 年 11 月 22 日

发表于《飞天》（兰州），1993 年第 7 期